Entschuldigung, darf ich Ihr Sklave sein?

Allyson Snow

© Copyright: 2019 - Allyson Snow
Herstellung und Verlag: BoD – Books on Demand, Norderstedt.
ISBN: 9783749497737

Cover created by © © Michaela Feitsch / Premade Cover & more
Korrektorat: Kerstin Guzik, Mathew Snow, Wortnörgler

Bibliografische Information der Deutschen Nationalbibliothek: Die
Deutsche Nationalbibliothek verzeichnet diese Publikation in der
Deutschen Nationalbibliografie; detaillierte bibliografische Daten sind
im Internet über dnb.dnb.de abrufbar.

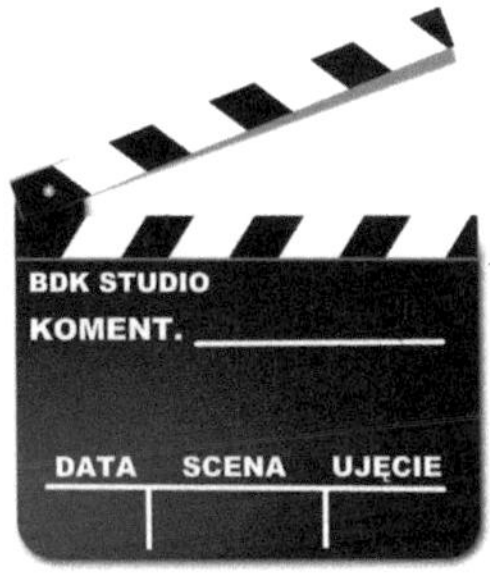
BDK STUDIO
KOMENT.
DATA
SCENA
UJĘCIE

JACK'S BLACK‹
MUTIGER GENREWECHSEL
FÜR FLYNN BROOKS
Kritiker ›hätten ihm davon abgeraten‹

Die Gabel erstarrte auf dem Weg zu Lias Mund. »Das ist nicht Ihr Ernst?«

»Das ist mein voller Ernst!« Flynn grinste sie so fröhlich an, als hätte sie ihm gerade gesagt, er solle schon mal eine Vitrine für seinen ersten Oscar bauen.

»Sie wollen wirklich ...?« Lia fuchtelte mit der Gabel und knallte sie versehentlich gegen eine vorbeisausende Fliege. Der Brummer legte eine Bruchlandung auf den Tisch hin und summte empört. Sie wedelte mit dem Besteck nach dem Tier und das aufgespießte Stück Pizza fiel auf Flynns Serviette. Ups.

Schnell steckte sich Lia das Ding in den Mund. Also die Gabel, nicht die Fliege. Das Metall klapperte gegen ihre Zähne. Flynn sah sie irritiert an, aber sie starrte nur ausdruckslos zurück. Auf Gabeln herumzukauen trieb zwar ihren Zahnarzt in den Burnout, aber es half ihr beim Denken. Sie konnte Hilfe wahrlich brauchen! Alles, was Flynn im Laufe des Abends von sich gegeben hatte, rauschte einer grauen Suppe gleich durch ihre Gedanken und wollte absolut keinen Sinn ergeben! Weil kein verdammter Sinn existierte! Egal, wie oft er das beteuerte! Okay, okay ... Nur nicht ausflippen. Vielleicht wurde es ja logischer, wenn sie wie bei einem Verbrechen alle Sachverhalte neu zusammenbaute.

1. Fakt: Sie saß in einem italienischen Restaurant, am hintersten Tisch, direkt neben der Küche. Damit die anderen Gäste möglichst wenig von ihnen sahen.

2. Fakt: Lia hatte eine Pizza vor sich und einen umschwärmten Schauspieler, der gerade an seinem Rindfleisch herumsägte wie an einer Leiche. Wäre Flynn Single oder wenigstens verwitwet, würde sie ihm den Teller wegnehmen und gleich zum Dessert übergehen. *Auf diesem Tisch.*

3. Fakt: Flynn war verheiratet. Den Nachtisch, inklusive Erregung öffentlichen Ärgernisses, musste sie also streichen.

4. Fakt: Sein Gehirn hatte er offenbar am Set vergessen, sonst würde er ihr nicht solchen Bullshit erzählen.

Lia holte tief Luft und die Gabel aus ihrem Mund. »Fassen wir noch einmal zusammen, nur, damit ich Sie richtig verstehe: Ich habe das Buch ›Jack's Black‹ geschrieben, indem es darum geht, dass eine Chefin einem relativ unbedarften Mann, nämlich Jack, die Vorzüge des SM-Spiels näherbringt. Zur Freude und persönlichen Erbauung meines Kontos wird es verfilmt. Da Sie Jacks Rolle spielen, aber keine Vorstellung davon haben, wie er sich fühlen könnte, wenn es zu gewissen Szenen kommt, die eindeutig über Vanillesex hinausgehen, erscheint es Ihnen wesentlich weniger merkwürdig, mich um eine Einführung in die Kunst des dominanten und devoten Liebesspiels zu bitten, anstatt sich ein Buch zu kaufen und die Kapitel mit Ihrer Ehefrau auszuprobieren?«

Ha! Diesen Schachtelsatz musste sie sich merken. Damit konnte sie ihren Lektor zum Heulen bringen.

Flynn hörte auf, sein Essen zu ermorden. Er legte das Besteck zur Seite, nahm einen Schluck Wein und schwenkte schließlich die Flüssigkeit in dem Glas. »Ich denke, das trifft es auf den Punkt. Ich bin beeindruckt. Ich habe es Ihnen während der letzten Stunde nur fünfmal erklären müssen und Sie haben es bereits jetzt geschnallt.«

Lia ballte die Faust um ihre Gabel. Wie gern würde sie ihm das verfluchte, süffisante Grinsen aus dem Gesicht stechen. Aber Mord an einem umjubelten Schauspieler brachte ihr nicht nur einen Urlaub im Knast ein, sondern auch einen Shitstorm. Leider hatte sie Bücher zu verkaufen. Oder fanden die dann gerade reißenden Absatz?

»Wie stellen Sie sich das vor?«, presste Lia heraus. »Dass ich Ihnen einen zweistündigen Vortrag halte? Lesen Sie einen Ratgeber, es gibt genügend Literatur. Schauen Sie sich einen Porno an. Für den Rest können Sie ja Ihre Fantasie bemühen!«

»Die reicht nicht aus.«

Hervorragend ... ganz toll ... und warum kam er mit solchen Problemen ausgerechnet zu ihr?

»Es gibt genügend Frauen, die dafür bezahlt werden, Männer zu dominieren«, schoss sie zurück. »Man nennt sie Dominas.«

»Kennen Sie eine?«, fragte Flynn interessiert.

»Ja!«

»Oh, gut«, grinste Flynn. »Sie kann Ihnen ja erklären, wie es funktioniert.«

»Ich weiß, wie es geht«, murrte Lia.

»Dann verstehe ich nicht, wo das Problem liegt.«

Was die verdammte Krux an der Sache war? Er verlangte von der Drehbuchautorin seines Films, ihn zu fesseln, zu schlagen und zu demütigen. Natürlich nur zur ›Recherche‹. Andere Darsteller gingen Reiten oder lernten Kampfsport. Bei fachkundigen Reitlehrern und Trainern. Flynn Brooks wollte aber keine Lehrstunde bei einer professionellen Domina, sondern bei *ihr*. Hatte er keine Angst, dass sie ihn nie wieder losmachte?

Vielleicht regte sich Lia deswegen auf.

Weil sie es wahnsinnig gern täte und er beim Weintrinken bemerkenswert attraktiv aussah. Allein, wie lässig ihm ein paar lose Haarsträhnen in die Stirn fielen … Überhaupt schimmerte sein rotblondes Haar herrlich seidig. Es befahl einem geradezu, es mit den Händen zu durchwühlen, während sich ihre Lippen in einem sündigen Kuss vereinten. Halt! Ging das schon wieder los? Sie saß im Augenblick nicht an ihrem Schreibtisch und tippte eine weitere Liebesgeschichte. Was sollten diese schnulzigen Gedanken? Die waren hier völlig fehl am Platz!

Kurzum, nach Sichtung der Fakten wurde Flynns Idee nicht logischer. Im Gegenteil. Sie war Bockmist und er kapierte es einfach nicht! Aber sie durfte ihn nicht anschreien. Arthur, der Regisseur, hatte gesagt, dass sie Flynn für den Film brauchten. Er füllte Kinokassen und damit auch Arthurs und ihre Tasche. Es hielt sie also nur der schnöde Mammon davon ab, ihn vor dem Kellner lauthals auseinanderzunehmen.

»Ich kann nicht zu einer Domina gehen«, unterbrach Flynn ihren mühsam unterdrückten Wutausbruch. »Auf den Skandal, wenn das rauskommt, habe ich keine Lust.«

»Wer sagt Ihnen denn, dass *ich* die Story nicht an eine Zeitung verkaufe?«, fragte Lia.

Flynn lehnte sich zurück und verschränkte die Arme vor der Brust. »Ihnen glaubt es niemand. Man würde sagen, dass Sie eine halbwegs bekannte Autorin sind, bei der man erst abwarten muss, ob der Hype gerechtfertigt ist, und die sich auf diese Art Publicity sichern will.«

Lia spürte, wie die Hitze in ihre Wangen schoss. »*Was?*«

Flynn hob die Hände. »Das ist nur meine Vermutung, was die Presse sagen könnte.«

Ja, ja, das war vielmehr das, was *er* als Gegenstatement abgeben würde! Lia grub die Fingernägel in den Handballen. »Halbwegs bekannt, ja?«, zischte sie.

Flynn verdrehte die Augen. »Es war nur ein Beispiel. Ihr Bekanntheitsgrad ist mir völlig egal.«

»*Ihr* Prominentenstatus verhindert gleich nicht mehr die Ohrfeige«, fauchte Lia.

»Das wäre eine Schlagzeile«, spottete Flynn. »*Flynn Brooks im Restaurant geohrfeigt. Was wird Lia Carsen als Nächstes tun? Sind Ihre Aggressionsprobleme lediglich die Spitze des Eisbergs? Wird-*«

»Halten Sie die Klappe!«

Im Restaurant wurde es mucksmäuschenstill. Selbst der Kellner erstarrte mit zwei Salaten in den Händen und sah irritiert zu ihnen herüber, genauso wie die anderen Gäste.

»Ist das nicht Flynn Brooks?«, hörte es Lia plötzlich hinter sich flüstern.

Flynn verdrehte die Augen. »Herzlichen Dank. Das haben Sie toll gemacht. Jetzt ist es mit der Ruhe vorbei.«

»*Sie* haben doch Ihren Namen herumgetönt!«

»Das stimmt allerdings.«

Für einen Moment stockte sie. Er gab ihr Recht? Einfach so?

»Arthur sagte, für Essen tun Sie faktisch alles«, behauptete Flynn. »Nehmen wir an, ich verspreche Ihnen ein lebenslanges Abonnement für Pizzen, stimmen Sie dann zu?«

»Nur, wenn die Hölle neuerdings aus Eiscreme besteht«, fauchte Lia.

Sie wollte ihm gerade noch mehr Gleichnisse aufzählen, da schob sich eine Frau mit roten Locken an ihren Tisch. Sie drehte ein Handy in den Fingern und fixierte Flynn.

Zu schade, dass Lias Pizza zu lecker gewesen war, um sie auszukotzen. Der Hasenblick der Rothaarigen, das betont entschuldigende Lächeln und die hochgezogenen Schultern waren eine Schande für das weibliche Geschlecht. Kein Wunder, dass sich Kerle wie Flynn immer wieder bestätigt fühlten. Dabei heulte der mit einem Absatz im Gesicht garantiert genauso laut wie der Straßenkehrer von nebenan.

»Es tut mir leid«, sagte das Groupie schüchtern. »Könnte ich ein Foto mit Ihnen haben?«

»Natürlich.«

Unter Flynns Lächeln lief sein Fan puterrot an. Jetzt war sie nicht nur mit den Haaren in den Henna-Topf gefallen, sondern auch noch mit ihren Wangen. Furchtbar.

Flynn rutschte auf seinem Stuhl zur Seite und bot der Rothaarigen genügend Platz, damit sie sich hinsetzen konnte. Ihr dürrer Arm hielt das Handy nach oben, drehte und schwenkte es, aber sie war wohl nicht zufrieden. Jedenfalls drückte sie nicht den Auslöser und verpuffte zu Lias Bedauern nicht in einer Pixelwolke.

Das Groupie zögerte und beugte sich zu Lia. »Könnten Sie vielleicht ...?«

Lia starrte sie ausdruckslos an. »Sehe ich so aus?«

Wow. Die Bewunderin selbstherrlicher Schnösel, äh, Schauspieler konnte sogar noch röter werden. Immerhin machte sie das Selfie jetzt selbst. Und dann noch eins. Und noch eins.

»Ich bin wirklich ein großer Fan von Ihnen!«

»Sind sie alle«, murmelte Lia, aber das Weib hörte sie ja nicht mal.

Flynns Lächeln wirkte einbetoniert, allerdings verrutschte es einen Millimeter nach unten, als sich vier weitere Frauen anpirschten, und zwei davon ihren mehr oder weniger begeistert aussehenden Partner hinter sich her schleiften.

»Wir gehen«, zischelte er Lia zu und winkte dem Kellner.

»Ich habe noch nicht ausgetrunken.«

»Dann trinken Sie schneller«, fauchte Flynn. Er beäugte die Meute, die sie langsam einkesselte. Ein Mann an der Bar machte wahnsinnig unauffällig ein weiteres Foto. Von Lia!

Die kippte ihren Wein auf Ex und stand auf. Bei Flynn bildete sich mittlerweile eine Schlange. Eine Frau nach der anderen stellte sich neben ihn, wartete, bis er die Güte besaß, in die verfluchte Kamera zu sehen und zu lächeln.

»Kann ich ein Autogramm haben?«, schrillte es über das Geschnatter des Fanclubs hinweg.

»Nur, wenn Sie dafür nichts ausziehen müssen.« Flynns Fältchen um die Augen verschwanden, aber das dumme Grinsen blieb. Diese Idioten merkten ja nicht mal, dass er einfach nur eine Grimasse zog!

Die Fragende presste die Lippen aufeinander, lächelte verkniffen und schob sich den Träger ihres Kleides wieder auf die Schulter.

Wo war eigentlich der verfluchte Kellner? Er sollte schon längst mit der Rechnung da sein. Stattdessen lümmelte er hinter der Bar herum und spielte an seinem Handy.

Lia drückte sich an zwei älteren Frauen vorbei, die gerade sinnierten, ob Flynns Allerwertester aufgepolstert war. Einen solchen Knackarsch erschuf Gott nur einmal in tausend Jahren. Normalerweise hätte Lia als Erste darüber gelacht, aber hier und jetzt war es einfach nur erbärmlich. Sie war nie ein sonderlicher Bewunderer von Schauspielern und sonstigen Prominenten gewesen. Weder verehrte sie jemanden oder fiel in Ohnmacht, wenn er ihr auf der Straße begegnete. Nie im Leben käme Lia auf die Idee, einen

Menschen in einem Restaurant während einer privaten Unterhaltung zu behelligen!

»Ach, verzeihen Sie«, sagte eine tiefe Stimme hinter ihr. »Sind Sie nicht Lia Carsen?«

»Nein!«

Lia stellte sich neben die Bar, packte den Kellner am Kragen und fauchte: »Ich will sofort die Rechnung!«

»Ich war gerade dabei!«

»Mit dem Handy?« Lia riss ihm das verfluchte Ding aus den Fingern und warf einen Blick auf den Bildschirm. Twitter.

Wenn #FlynnBrooks in dem Restaurant isst, in dem du gerade probearbeitest.

#GeorginosPizzaLove #lovemyjob
#waterslifeinLondon #aufstehenhatsichgelohnt
#hoffentlichbezahltermitKarte
#bekommedannseineUnterschrift
#nofilter #versteigereseinGlas

102 Retweet, 684 Likes, verfluchter Mist!

»Sind Sie völlig bescheuert?«, blaffte Lia. »Jetzt kommen die alle hierher!«

Der Kellner grinste breit.

»Geben. Sie. Mir. Die. Rechnung!«, raunzte Lia und packte ihn noch ein wenig fester am Schlafittchen.

»Sofort«, ächzte der Vollidiot. Kaum lockerte Lia ihren Griff, riss er sich los, hackte eilig mit dem Zeigefinger auf einen Bildschirm ein und druckte endlich die Abrechnung aus. Sie zahlte den Betrag von 86,23 Pfund auf den Pence genau. Das Trinkgeld konnte er sich schließlich mit dem versteigerten Glas verdienen!

Lia schnappte sich den Beleg, stieß eine schwarzhaarige Barbie beiseite, die sich mithilfe der Frontkamera ihres Smartphones die Lippen nachzog, und drängelte sich zu Flynn durch.

An dessen Arm hing inzwischen eine Blondine mit falschen, viel zu langen Wimpern. Wie wollte die mit diesen Speerspitzen im Gesicht knutschen? Sie stach damit doch jedem armen Kerl die Augen aus!

Flynns Blick war ausdruckslos. Er gab sich nicht die geringste Mühe, seine geistige Abwesenheit zu verbergen.

»Wir gehen jetzt!«, verkündete Lia und in Flynns Augen keimte Hoffnung auf. Er stand auf, aber Blondie klammerte sich fester an seinen Arm.

»Sie können nicht gehen! Es ist doch gerade so nett. Ich heiße übrigens Natalie. Ihren Namen kenne ich ja schon, Mr Brooks. Oder darf ich Sie Flynn nennen?«, gurrte das zu Tode blondierte Flittchen. Sie erhielt augenblicklich Unterstützung von dem Schneewittchenabklatsch, das sich eben die Lippen nachgezogen hatte, und jetzt flötete: »Der Abend ist noch jung!«

»Im Gegensatz zu dir«, blaffte Lia. »Lasst ihn los. Mag sein, dass er zu gut erzogen ist, um euch freibelüftete Grazien zum Teufel zu schicken. Aber ich bin es nicht!«

»Wer ist das?«, fragte Natalie pikiert.

»Der Abschminker«, drohte Lia. »Ich zupf dir gleich alle Wimpern einzeln ab!«

»Ich wollte doch noch ein Autogramm«, ningelte der zugekleisterte Schmollmund.

Flynn seufzte. »Worauf?«

Das bedauerlicherweise momentan nicht vergiftete Schneewittchen drehte ihm den Rücken zu und schob mit einer Bewegung ihre Haare beiseite. Unter dem Wust Extentions kamen nackte Schulterblätter zum Vorschein.

Natalie reichte Flynn einen Edding. Nur sah dieser wenig begeistert aus.

»Vielleicht nicht doch lieber das Handgelenk?«, schlug er vor.

Lia riss den Marker an sich, zog die Kappe ab und schmierte einen großen Kringel auf die künstlich gebräunte Haut. »Ich bin seine Assistentin. Ich unterschreibe alles für ihn und jetzt muss er gehen. Der Präsident von Chicago wartet auf ihn.«

»Oh, wirklich?«, staunte Natalie.

Diese Dummheit schien sogar Flynn die Sprache zu verschlagen. Er starrte Natalie entgeistert an. Die perfekte Gelegenheit für Lia. Sie packte ihn am Arm, zerrte ihn durch die Menge, an den Tischen entlang.

»Ich hab ein Autogramm von Flynn Brooks auf dem Rücken. Das lass ich mir nachtätowieren«, jubelte Schneewittchen.

Jetzt war es Flynn, der im Affenzahn Lia zum Ausgang schleppte. »Hoffentlich stehen draußen nicht noch mehr ...«

Tja, was sollte sie sagen? Der Gott der Prominenten, Schauspieler und Groupiegequälten war ein vergnügungssüchtiges Arschloch. Oder wollte selbst ein Foto mit Flynn.

DREHTAGE MACHEN HUNGRIG

Flynn Brooks diniert mit schöner Unbekannten in einem Londoner Mittelklasserestaurant.

›Ein sehr sympathischer Mensch‹, weiß ein Angestellter zu bestätigen. ›Aber seine Begleiterin war rüpelhaft.‹

Och nö! Vor dem Restaurant drängelte sich eine Meute von gut zwei Dutzend Menschen. Die Paparazzi und Reporter nicht mitgezählt.

Verflucht. Genau deswegen nahm er in diesen Fällen immer den Hintereingang! Aber Lia hatte es ja so eilig gehabt, vorne rauszukommen, dass die Hintertür einen Umweg durch die selfie-süchtige Meute bedeutet hätte. Lia sollte sich solche Tricks auch schnell angewöhnen, wenn sie mit ihren Büchern wirklich berühmt wurde. Nur so entging man Reportern, Paparazzi und Fans.

Der erste Windhauch der Abendluft umfing sie noch nicht einmal, da wehten ihm bereits Fragen entgegen.

»Flynn, was haben Sie gegessen?«

»Kommen Sie öfter hierher?«

»Wer ist Ihre Begleitung?«

»Ihre Schwester?«

»Assistentin?«

»Ihre Mutter?«

»Im Ernst?« Nein, das war keine Frage eines Reporters, sondern Lia fauchte sie heraus.

»Wir gehen jetzt«, sagte Flynn höflich und fasste Lia am Arm. Doch diese riss sich los und fixierte den frechen Kerl, der gefragt hatte, ob sie seine Mutter wäre. Herrje. Sie fiel auf die älteste Provokation der Welt herein.

»Seine *Mutter*?«, brüllte sie.

»Wer sind Sie dann?«, fragte der Paparazzo unbeeindruckt, hielt die Kamera hoch und drückte den Auslöser.

»Wenn Sie das drucken, werde ich ...«

Flynn presste die Hand auf Lias Mund, kassierte prompt einen Schlag in die Rippen und zischte der wütenden Furie ins Ohr. »Reißen Sie sich zusammen. Sonst kommt Ihr Ausraster morgen ganz groß raus.«

Lia knurrte unwillig. Flynn nahm die Finger von ihrem Gesicht, griff stattdessen nach Lias Hand. Zu seiner Überraschung stieß sie ihn nicht weg, sondern erwiderte den Druck seiner Finger. Sie drängten sich durch die Anwesenden, bis sie endlich den freien Gehweg vor sich hatten.

Die Meute war anständig genug, sie nicht zu verfolgen. Aber sie machten immer noch Fotos. Von ihm. Wie er Lias Hand hielt, obwohl es schon lange nicht mehr nötig war. Er musste sie nicht mehr mit sich ziehen. Der Weg war frei und trotzdem löste auch sie nicht die Verbindung ihrer Hände.

»Das werden die jetzt auch drucken«, murrte sie. »Und Ihre Hand auf meinem Mund.«

»Immer noch besser als das, was der sonst von sich gegeben hätte.«

Lia seufzte und zuckte die Schultern. »Vermutlich haben Sie recht. Ist es jedes Mal so?«

»Nein, nicht jedes Mal.«

»Und wann ist es nicht so?«, fragte sie.

»Wenn mich niemand im vollbesetzten Restaurant anbrüllt, ich solle die Klappe halten. Kaum etwas weckt die Neugier der Menschen schneller als die keifende Stimme einer Frau.«

Sie gingen an den Schaufenstern geschlossener Läden vorbei. Das Licht der Laternen war überflüssig. Die Scheinwerfer der Autos erhellten die Dunkelheit. Über das Brummen der Motoren hätte er fast Lias ›Hmpf‹ nicht gehört. Aber nur fast. Allerdings wünschte er, der Straßenlärm könnte Lias nächsten Satz übertönen. »Das war der schlimmste Abend meines Lebens.«

Autsch. Das tat weh.

Flynn ließ ihre Hand los, als hätte sie ein Feuerzeug an seine Finger gehalten. Hey, sie log nicht. Es war der schlimmste Abend ihres Lebens! Noch nie hatte sie sich von Menschen derart bedrängt gefühlt und dabei waren sie vorrangig an Flynn interessiert gewesen. Man sollte ihm einen Oscar überreichen, nur dafür, dass er bisher niemanden umgebracht hatte.

Aber wenigstens parkte ein paar Meter vor ihnen ein Taxi und wartete auf Gäste. Lia stiefelte darauf zu und es fehlten lediglich zwei Schritte bis zu ihrer rettenden Kutsche nach Hause, als Flynn wohl begriff, was sie vorhatte.

»Nicht so eilig!«, rief er aus und stellte sich ihr in den Weg. »Unser Gespräch ist noch nicht zu Ende.«

»Doch«, fauchte Lia. »Die Antwort lautet *Nein*.«

»Dann ist das Gespräch erst recht nicht beendet.«

»Wenn Sie sich länger zwischen mich und mein Taxi stellen, werde ich …«

»Was?«, fragte Flynn. »Mich schlagen? Das wollen Sie doch. Also, warum weigern Sie sich? Ich werfe mich Ihnen zu Füßen, sobald Sie es verlangen. Oder macht es weniger Spaß, wenn ich es freiwillig tue?«

»Nein!«, fauchte Lia. »Haben Sie keinen Selbsterhaltungstrieb? Ich soll Sie fesseln? Bitte schön. Dann werde ich Sie auch knebeln und liefere der Times neue Schlagzeilen! ›Flynn Brooks verschwunden. Flynn Brooks kastriert in einem alten Keller aufgefunden‹ An Ihrem Sarg werden die Groupies Schlange stehen und mit Ihrem toten Gesicht Fotos machen.«

Ihre Stimme hallte über die Straße und toll ... Lia konnte stolz auf sich sein. Flynn wich vor ihr zurück, aber da fuhr das Taxi an, flutschte auf die Fahrbahn und rauschte an ihnen vorbei, verfolgt von Lias sehnsüchtigen Blicken.

»Wollen Sie denn nicht, dass der Film ein Erfolg wird?«, fragte Flynn mit einem Sicherheitsabstand von zwei Armlängen.

Lia legte frustriert den Kopf in den Nacken. Dieser Kerl war die personifizierte Beulenpest! Kam er mit einer Strategie nicht weiter, nahm er einfach die nächste.

Sie starrte über die Straße, aber nirgends konnte sie ein anderes ›Cab‹ erspähen. Mit der verfluchten U-Bahn wäre sie mehr als zwei Stunden unterwegs und müsste dreimal umsteigen. Aus ihrer Tasche zog sie das Handy, wählte die Nummer der Taxizentrale und kaum hatte jemand abgenommen, platzte Lia heraus: »Ich brauche ein Taxi. Sofort!«

»Tut mir leid, Ma'am«, sagte die freundliche Frauenstimme am anderen Ende der Leitung. »Wir sind die nächsten zwei Stunden ausgebucht. Heute sind viele Veranstaltungen und ein Fußballspiel.«

Fuck. Fuck. Fuck! Lia drückte das Gespräch weg und rieb sich die Stirn. Sie saß hier fest. Mit Flynn. Er steckte sich eine Zigarette an und sagte kein Wort. Aber sie spürte seine Blicke auf sich. Sie wusste nicht, wie lange sie still dastand und einfach nur auf ein Cab hoffte.

»Da drüben ist eine Bar«, sagte Flynn, diesmal war seine Stimme näher.

»Können Sie mich nicht hier stehen lassen?«, seufzte Lia.

»Sagen Sie ›Ja‹ und ich höre auf jeden Ihrer Befehle.«

Sie hasste diesen Mistkerl! Warum? Warum sie? Er hatte eine bessere Hälfte! Das war deren Job! Was wollte er mit einer Autorin, die anstößige Romane schrieb?

»Was sagt Ihre Frau dazu?«, klammerte sich Lia an ihre letzte Hoffnung, dass es vielleicht doch nur ein verdammter Witz war. Ein mieser zwar, aber nur ein Scherz.

»Sie ist damit einverstanden.«

Mit aufgerissenen Augen fuhr Lia herum.

»Einverstanden?«

Im Ernst? Seine Frau wusste davon und akzeptierte es? Wäre Lia verheiratet und *ihr* Mann käme mit einer solchen Geschichte um die Ecke, würde sie alles daransetzen, dass er seinen Willen bekam. Wenn nötig würde sie ihm den Allerwertesten wund peitschen, bis ihm Hören und Sehen verging und damit auch der Gedanke, eine andere Frau um diesen Gefallen zu bitten. Wer drei Tage lang nicht ohne Hämorrhoiden-Kissen sitzen konnte, kam nicht mehr auf die Idee, sich von einer anderen dominieren zu lassen.

Flynn sah nervös über die Straße, aber sie waren mittlerweile weit genug von dem verflixten Restaurant entfernt.

»Ich würde Sie kaum damit behelligen, wenn ich es nicht schon mit meiner Frau versucht hätte. Lauren ist einfach ...« Er hielt inne, offensichtlich suchte er das richtige Wort. Ein Synonym für ›unfähig‹ vielleicht? Nein, sei nicht so gemein, tadelte sich Lia. Nicht jede war für solche Dinge zu haben.

»... nicht der Typ dafür«, fuhr Flynn fort. »Sie ist sanftmütig, liebevoll und zärtlich.«

Aha. Und Lia war hartherzig, dominant und ein Monster. Schon klar.

»Außerdem findet sie es lächerlich«, ergänzte Flynn.

Lachte seine Frau unkontrolliert los, sobald Flynn vor ihr auf die Knie ging? Eine Session verlangte mitunter schauspielerisches Geschick. Nicht selten kam man sich absolut lächerlich vor. Nachvollziehbar, dass hysterisches Gegacker bei dem Mann, der sich gerade unterwürfig auf dem Boden räkelte, nicht sonderlich gut ankam. Flynns Gattin plagte vermutlich genau dieses Problem und dann war sie zu keinerlei Dominanz mehr fähig. Armer Mann. Und dabei wollte er nur ein wenig Strenge. Aber halt! Wollte er die wirklich? Oder war es tatsächlich so, wie er sagte, reine Recherche? Nahmen Schauspieler ihren Job so verdammt ernst?

»Haben Sie überhaupt Neigungen in die Richtung?«, fragte Lia.

Ein weiteres Mal sah sich Flynn nervös um und musterte ein vorbeigehendes Pärchen misstrauisch. »Könnten wir das Gespräch vielleicht *in* der Bar fortsetzen? Ich will nicht die Öffentlichkeit über meine Vorlieben aufklären.«

Oh! Jetzt machte er sie neugierig! Welche dunklen Geheimnisse hütete Flynn Brooks in seinem Liebesleben? Zum Teufel, sie gäbe auch einen guten Paparazzo ab. Ihre Neugier brachte ihr bestimmt eines Tages noch viel Kummer ein.

Diesmal folgte sie Flynn in die Bar. Er orderte beim Barkeeper einen Merlot. Dem Himmel sei Dank schien diesem Flynns Gesicht nicht im Geringsten bekannt vorzukommen. Er hob ja nicht mal den Blick von seiner Zeitung, als er ihnen die Flasche und zwei Gläser auf den Tresen knallte. Damit bestückt verzogen sie sich in die hinterste Ecke und setzten sich an einen massiven Holztisch.

Flynn stellte den Wein ab und Lia beugte sich vor. »Also?«

»Was?«, fragte Flynn. Zum ersten Mal an diesem Abend schien er nervös zu sein. Er rieb die Handflächen aneinander und sein Blick sprang unruhig über die Anwesenden.

»Haben Sie sexuelle Neigungen im Bereich BDSM?«

»Haben Sie denn welche?«

»*Was?*«

»Irgendwie musste ich Sie doch in die Bar bekommen«, behauptete Flynn, zeigte ihr das gleiche falsche Grinsen wie seinen aufdringlichen Fans, und offenbarte eine Reihe schneeweißer Beißerchen. Die konnten nur der Kunst eines verdammt guten Zahnarztes entspringen. Niemand hatte von Natur aus solche Zähne! Und dieses Lächeln war geradezu dafür gemacht, so manche Lady mit einem verträumten ›Ach‹ dahin schmelzen zu lassen. Flynn umrahmte es dekorativ mit abwehrend erhobenen Händen. Eine Geste, die er sich in den Allerwertesten stecken konnte! Lia schenkte ihm einen Blick, der einen verheerenden Waldbrand zum Gefrieren gebracht hätte. Für ihn mochte das alles lustig sein, aber *sein* Spiel strapazierte *ihre* Geduld. In seiner Nähe klopfte seit dem ersten Drehtag ihr Herz schneller. Flynns Lächeln ließ ebenjenes gebeutelte Organ abwechselnd erstarren oder hüpfen. Es kostete verdammt viel Kraft, ihn nicht genauso wie diese Freiluftgazellen ständig anzuschmachten. Sein Vorschlag war nur eine weitere Drahtbürste, die ihr Nervensystem wundscheuerte. Wenn Lia aufwachte, dachte sie verstohlen an ihn.

Allein in ihrem Bett liegend stellte sie sich vor, wie es war, mit ihm morgens aufzuwachen und als Erstes sein Lächeln zu sehen. Wenn Flynns Ehering im Licht aufblitzte, bedauerte sie, ihm nicht schon vor Jahren begegnet zu sein. Gut, da ging sie wahrscheinlich noch auf die Highschool, aber ....

»Ich habe, ehrlich gesagt, nie so genau darüber nachgedacht. Meine Erfahrungen damit sind nur gering«, unterbrach Flynn ihre Gedanken.

Lia verspürte das starke Verlangen, mit dem Kopf auf den Tisch zu knallen. Oder noch besser: *Seinen* Kopf! Entweder war dieser Mann endlos naiv oder verrückt. Oder beides.

Flynn schenkte ihnen Wein ein. Er hatte den ganzen Abend nur Alkohol getrunken und war nicht mal beschwipst. Seine Leber war besser trainiert als ihre. Munkelte man nicht, dass er in früheren Jahren Drogen genommen hatte? Vielleicht hatte das Zeug sein Gehirn nachhaltig beschädigt?

»Erregt es Sie, wenn Sie daran denken, gefesselt und ausgeliefert zu sein? Den Befehlen ihrer Herrin zu gehorchen und sich bestrafen zu lassen?«

»Äh.«

Lia schob den Wein von sich und rutschte von ihrem Hocker. »Vergessen Sie es. Sie sind doch ein herausragender Schauspieler, behaupten zumindest alle. Dann haben Sie auch genug Talent, um den Zuschauern vorzumachen, Sie würden es genießen, gefesselt an einer Wand zu hängen, während Sie eine ganze Filmcrew begafft.«

Flynn verzog leidend das Gesicht, bevor seine Züge wieder undurchsichtig wurden. Immerhin grinste er nicht. »Wir werden wohl alle überschätzt. Auf Twitter tönen Sie doch herum, dass Sie verrückte Sachen mögen.«

Was? »Sie folgen meinem Twitter-Account?«, fragte sie fassungslos.

»Glauben Sie, ich bitte eine Frau um einen solchen Gefallen, ohne sie wenigstens vorher in sozialen Netzwerken zu stalken?«

Wahrscheinlich war das nur fair. Sie stalkten sich doch alle gegenseitig. Auf ihrem Smartphone existierte ein Direktlink zu Flynns Instagram-Profil. Der Teufel sollte sie holen. Sie war wirklich nicht besser als seine Groupies.

»Denken Sie darüber nach.« Flynns Stimme war weich, sanft und einschmeichelnd. Wenn das Ziehen in ihrem Schoß nicht von einer Blasenentzündung verursacht wurde, hatte sie ein verdammtes Problem! »Geben Sie mir zwei Tage und Sie werden darum betteln, mich versohlen zu dürfen.«

Wie wollte er das anstellen? Redete er der Presse ein, sie sei wirklich seine Mutter? Die unfähige Assistentin? Nein, was würde das bringen? Kurzum: Er konnte ihr überhaupt nichts! Aber wenn sie einwilligte, ließ er sie vielleicht in Ruhe und sie durfte sich ein Taxi bestellen?

»Meinetwegen«, seufzte sie und spülte das Gefühl mieser Vorahnungen mit einem großen Schluck Wein hinunter.

Flynns Grinsen wurde breiter und hinterhältiger. Oh, bitte, er sollte sich mal nicht zu sicher sein! Doch plötzlich änderte sich sein Gesichtsausdruck wieder.

Er beugte sich über den Tisch und flüsterte: »Wo sind Ihre Grenzen?«

Was? »An den Küstenlinien entlang. Ich bin nämlich gar nicht Lia, sondern Irland«, gab sie zurück.

Flynn stutzte, dann schüttelte er den Kopf. »Nein, ich meine: Wie weit gehen Sie?«

»Bis zum nächsten Taxistand.«

»Können Sie nicht einfach antworten?«, fauchte Flynn. »Ich will schließlich auch wissen, worauf ich mich einlasse. Was weiß ich, welche Pervers-«

»Ich rühre keine Kinder an, genauso wenig Tiere!«

»Himmel, nein, das meine ich doch gar nicht«, rief er. Schnell räusperte er sich und senkte die Stimme. »Ich meine ... Natursekt, Klinik und Feminisierung.«

Wow. Da hatte jemand vorbildlich die Spielarten studiert. »Ich kann nicht, wenn mir jemand beim Pinkeln zusieht. Sobald ich auch nur einen Tropfen Blut sehe, wird mir schlecht. Aber über die Feminisierung können wir reden«, gab Lia zurück. »Solche Spiele sind für Männer eine wunderbare Gelegenheit, ihre feminine Seite kennenzulernen.«

»Oh gut, dann wird das bei mir nicht nötig sein. Ich kenne meine feminine Seite und die mag keine High Heels«, erwiderte Flynn sichtlich heiter.

»Ach ja?«

Flynn nickte wissend. »Meine feminine Seite steht eher auf den Boyfriend-Style. Bequeme Schuhe, lässige Kleidung. Keine hohen Absätze, kein Glitzer, keine engen Röcke. Im Grunde könnte *meine* feminine Seite *Ihre* Schwester sein.«

Hatte sie schon erwähnt, dass sie den Kerl nicht mochte?

DER WIDERSPENSTIGEN ZÄHMUNG

Flynn Brooks zügelt freches Mundwerk seiner Drehbuchautorin durch beherztes Eingreifen. Beeindruckt
ihn die temperamentvolle Schöne? Brooks Frau wurde
an diesem Abend nicht an der Seite ihres Mannes gesehen. Ein Freund der Familie behauptet: ›Es kriselt bereits länger zwischen ihm und Lauren. Es würde niemanden wundern, wenn er sich ein Abenteuer sucht.‹

Aideen sank genüsslich in das behagliche Schaumbad. Das
Wasser schlug sanfte Wellen, massierte ihre Haut und die
Wärme ließ sie für einen Moment sogar frösteln, bevor die
Kälte aus ihrem Körper wich. Sie rutschte nach unten, bis
ihr Kinn das Wasser berührte, legte den Kopf zurück und
seufzte selig.

Gott, war das schön. Der sanfte Schein der Kerzen, der
Veilchenduft, das Plätschern und .... das verfluchte Klingeln
eines Smartphones! Mist, warum hatte sie das Ding mit ins
Bad genommen? Diese verflixten Handys waren kein
ultimativer Fortschritt der Technik, sondern legale
Belästigung. Früher hatte man die Brieftauben eben nicht
ins Haus gelassen. Zur Rache kackten sie durch den Kamin,
aber man entschied selbst, ob man den Brief lesen wollte
oder nicht. Nahm man heute nach dem dritten Klingeln
nicht ab, bestellte der Anrufer schon den Notarzt. Es
konnte dann ja nur etwas Schreckliches passiert sein.

Wenn wenigstens die NSA anriefe! Ein verführerisch
attraktiver und gestählter Agent käme ihr gerade recht.

Die penetrante, piepsige Melodie hörte nicht auf. Aideen
könnte schwören, sie wurde sogar schriller. Ächzend beugte
sie sich über den Wannenrand und angelte nach dem Smart-

phone. Es kippelte auf dem Rand des Waschbeckens. Sie tippte mit dem Zeigefinger darauf und kippte es in ihre Hand.

Es klingelte immer noch! Vielleicht sollte sie es einfach ins Wasser fallen lassen. Aber es zeigte Lias Nummer an. Verdammt, ihre beste Freundin wollte sie dann doch nicht ertränken. Aideen fuhr mit dem Finger über das Display, allerdings hinterließ sie nur Schaum und Wassertropfen. Der Button bewegte sich nicht im Geringsten zu dem blöden, grünen Telefonhörer. Mist!

Das Klingeln verstummte. Endlich! Zwei Sekunden später blinkte eine Nachricht auf.

›Drwei flaschen WEin, Du, ischte, in er Viertel Stunde in meinerWohnung. Brutus‹

Aha.

War Lia betrunken? Oder hatte sie den Text geschrieben, während sie mit den Zähnen das Auto lenkte? Vielleicht sollte Lia ihre Autokorrektur zur Nachhilfe schicken. Letztendlich konnte alles aber nur eines bedeuten: Männerstress. Nur ... Wer war der *Mann*? Lia hatte seit ihrer geplatzten Verlobung keinen Kerl angesehen. Ihr bester Freund war ein Vibrator und sogar der besaß einen leisen Motor, damit er Lia nicht mit unnötigen Geräuschen belästigte.

Aideen wischte sich die Finger an dem Handtuch trocken und schickte Lia eine Antwort: ›Geht klar!‹

Das Telefon schob sie wieder auf das Waschbecken und sich selbst aus dem warmen Wasser. Schade drum. Aber sie konnte ihre Freundin nicht allein drei Flaschen Wein niedermachen lassen.

Aideen trocknete sich rasch ab und warf sich wahllos

herausgeklaubte Klamotten über. Der Stoff klebte an ihrem Körper. Ernsthaft? Aideen ließ sich vor dem Kleiderschrank auf den Boden fallen und zerrte an der verfluchten Röhrenjeans.

Den Knopf bekam sie nicht zu, aber das war jetzt auch egal. Sie zog sich noch ein Shirt über, schlüpfte in Pumps, krallte sich ihre Handtasche und raste die drei Stockwerke zu ihrem Auto hinunter. Himmel, war sie sportlich.

Glücklicherweise war die hiesige Polizei gerade in der Dinnerpause, jedenfalls erwischte sie niemand wegen Geschwindigkeitsübertretung. Aideen keuchte in Lias Wohnhaus soeben das vierte Stockwerk hoch (womöglich war ihre Kondition doch nicht so unerhört), da sah sie Lia.

Ihre Freundin scheiterte gerade an der Tatsache, dass man mit drei Flaschen Wein im Arm keine Tür öffnen konnte. Allerdings trat Lia wie immer ihre Zweifler und die Tür mit Füßen. Diese schwang auf, Lia verlor den Halt und stolperte mit einem spitzen Aufschrei in die Wohnung.

Aideen rannte ihr hinterher. »Ist ... dir ... was ... passiert?« Ihr Brustkorb hob und senkte sich hektisch, sodass ihre Worte eher keuchend herauskamen. Ihre Wangen brannten mit ihrer Lunge und ihren Waden im Gleichklang.

Lia hingegen saß mit angezogenen Beinen auf dem Boden. Der Alkohol war erwartungsgemäß unversehrt. Das war typisch Lia. Zweimal gehen kam nicht in Frage, in vier von hundert Fällen ging ja doch nichts zu Bruch.

Autsch! Aua! Lias Hintern schmerzte und sie presste die Flaschen an sich, als würde sie ihr Baby beschützen. Fuck, tat das weh. Das war alles Flynns Schuld! Gut, nicht direkt. Er hatte sie ja nicht gezwungen, sich zwei Blöcke vor ihrer Wohnung absetzen zu lassen. Aber verflucht, sie hätte es keine Minute länger mit ihm in diesem verflixten Taxi ausgehalten. Wie konnte ein Mensch nur so gut riechen? Nach Shampoo, Aftershave und einfach *ihm*.

Nicht einmal der Zigarettengeruch störte sie. Sie hasste Raucher, aber Flynn rauchte eine Marke, die zu allem Überfluss tatsächlich gut roch. Lia hatte sich gewünscht, ihn intensiver beschnuppern zu können. Am besten, wenn er ganz nah an sie herankam. Dann, wenn er sich zu ihr beugte, um sie auf die Wange zu küssen. Oder auf die Lippen. Oder den Hals.

Verdammter Alkohol! Warum hatte sie nicht die Finger von dem Zeug gelassen?

Als Flynn auch noch ihre Hand genommen hatte und samtweich ›Lia‹ sagte, war ihr eine Sicherung durchgeknallt. Sie hatte ernsthaft mit einem Antrag gerechnet, aber der verfluchte Mistkerl hatte nur wieder gesagt, sie solle es sich überlegen.

Der Wagen hatte nicht einmal vollständig angehalten, da war sie schon ausgestiegen und in den Kiosk geflitzt. Dort hatte sie solange gewartet, bis das Taxi wendete und wegfuhr.

Lia wälzte sich, die Flaschen immer noch an sich gedrückt, auf die Knie und stemmte sich hoch. »Wie gut, dass ich jonglieren kann«, seufzte sie.

Aideen kicherte und Lia drehte sich zu ihrer Freundin um. Wie sah die denn aus? Ihre krausen Locken waren so stramm zurückgebunden, dass ihre Augenbrauen hochgezogen wurden. Diesen permanent erstaunten Anblick kannte sie sonst nur von operierten Promis. Unzählige Sommersprossen zogen sich über Aideens Stupsnase. Ein niedlicher Anblick, der schon so viele Männer getäuscht hatte. Die Bizepse hatte sich Aideen nicht im Fitnesscenter antrainiert. Nein, das machte sie in ihrem eigenen Dominastudio, während andere sie bezahlten. Jetzt sah sie allerdings nicht aus wie eine strenge Herrin, sondern wie eine farbenblinde Kleinstadtnutte.

»Grün und pink stehen dir nicht«, sagte Lia.

»Ich liebe dich auch«, lachte Aideen. »Ich war gerade in der Wanne und fünfzehn Minuten sind nicht viel Zeit. Gib mir das nächste Mal siebzehn, dann ziehe ich ein verdammtes Abendkleid an.«

Aideens Stimme war tief und herb. Lia liebte das Organ ihrer Freundin. Der rauchige Klang bereitete den Männern doch bestimmt mit einem Wort schlaflose Nächte.

»Ich saß noch bei Flynn im Taxi, als ich dir geschrieben habe.« Lia ging in ihre Küche und stellte die Flaschen der Reihe nach auf der Küchentheke ab.

»Flynn wer?«

»Flynn Brooks.«

Aideen hob die Augenbrauen und grinste frech. »Hattet ihr ein Tête-à-Tête?«

»Nein.« Wenn ja, wäre es ein blödes Date gewesen!

»Okay, dann beabsichtigst du, dich in den Alkoholismus zu trinken, weil George Clooney ein Rendezvous mit dir will?«, fragte Aideen.

Lia runzelte die Stirn. »Nein. Wie kommst du darauf?«

»Seitdem dein Buch verfilmt wird, halte ich alles für möglich. Schließlich wissen jetzt die Kerle, welche Spielart du bevorzugst. Glaub mir, auch Männer wie George Clooney sind in Wahrheit nur kleine Jungs, die ein wenig Disziplin brauchen.«

Lias Mundwinkel begannen unkontrolliert zu zucken. Hysterische Heiterkeit? Ja, damit könnte man ihren Gemütszustand sehr gut beschreiben.

»Ich steh aber nicht auf George Clooney«, gab sie gespielt bockig zur Antwort.

Aideen raufte sich die festgezurrten Haare. »Hast du mich nur herzitiert, um mich auf die Folter zu spannen?«

Sie nahm den Korkenzieher aus Lias Schublade, entkorkte die erste Flasche und füllte ihn in die Gläser, die ihr Lia hinhielt.

»Jede Frau steht auf George Clooney«, behauptete Aideen und stieß ihr Glas gegen das von Lia.

»Ich nicht.«

Aideen verdrehte die Augen. »Ist mir bekannt. Du stehst auf Flynn.«

»*Was?*«

»Ach, Schätzchen. Ich bin deine beste Freundin. Ich weiß, auf welchen Typen du abfährst, bevor es dir selbst klar ist. Aber ich habe ihn gegoogelt. Er ist verheiratet. Seine Frau bekäme im Falle einer Scheidung bestimmt genug Geld von ihm zugesprochen, um einen Auftragskiller beauftragen zu können.«

»Kennt sie einen?«, fragte Lia beunruhigt. Wenn Flynns Frau kriminelle Freunde hatte, war Lia nicht nur geliefert, das würde einiges erklären! Flynns Gattin behauptete, Flynns Idee mache ihr nichts aus, aber kurz vor der Umsetzung überrollte Lia rein zufällig ein Gurkenlaster. Oder sie wurde bei einem Einbruch mit dem Eierkocher erschlagen.

Aideen schwenkte den Wein in ihrem Glas, mit der anderen Hand umklammerte sie ihr Handy. Sie tippte darauf herum, machte ›Hm‹ und hielt Lia das Bild einer Frau unter die Nase. Sie war bestimmt zehn Jahre älter als Lia, besaß rabenschwarze Haare und ein herablassendes Lächeln. Sie stand vor einem Filmplakat neben Flynn, der sich aus unerfindlichen Gründen ein Loch in den Bauch zu freuen schien. Er grinste breit, seine Frau hingegen wirkte, als wünschte sie sich weit weg.

»Er hat gesagt, sie sei sanftmütig und liebenswert. Dabei sieht sie aus wie seine strenge Gouvernante«, platzte Lia heraus.

»Vielleicht hatte sie einen miserablen Tag und lächelt deswegen nicht?«

Mist, auch eine Möglichkeit. Lia kniff die Lippen zusammen. Sie sollte Flynns Frau nicht schlecht machen. Sie kannte Lauren nur aus Erzählungen und Zeitungsartikeln. Damit konnte sie sich kaum ein Urteil bilden.

Aideen hielt das Telefon wieder vor ihre eigene Nase, grinste und legte plötzlich den Kopf in den Nacken, um lauthals in Gelächter auszubrechen.

»Was ist?«, fragte Lia verdutzt.

Aideen lachte, schnarchte dabei sogar, und zeigte Lia ihr Display. Statt einer stolzen Schwarzhaarigen starrten Lia die eigenen aufgerissenen Augen entgegen. Ihr Mund wurde von einer männlichen Hand bedeckt und als Lia das Bild wieder kleiner zoomte, wusste sie endgültig, wem sie gehörte. Flynn. Die Scheißkerle hatten das Foto veröffentlicht! Allein für die Überschrift würde sie diese Idioten verklagen!

›Der Widerspenstigen Zähmung‹

Wie wahnsinnig originell!

»Da steht, Flynn und seine Frau hätten Probleme«, las Lia vor.

Aideen winkte ab. »Bild dir darauf mal nicht zu viel ein. Es gibt immer irgendeinen ›Freund‹, der behauptet, alles zu wissen.«

Schade. Lia seufzte. Aideen hatte Recht. Je eher sie sich diesen Unsinn wieder aus dem Kopf schlug, umso besser.

»Warum wart ihr überhaupt essen?«, fragte Aideen.

»Er will, dass ich ihm dominante Spiele zeige«, gestand Lia. »Damit er weiß, wie er es darstellen muss.«

Es gehörte schon einiges dazu, Aideen sprachlos zu machen. Flynn konnte sich auf die Schulter klopfen. Obwohl er überhaupt nicht hier war, schaffte er es.

»Ich habe abgelehnt« fügte Lia hinzu. »Ich will nicht.«

Aideen lehnte sich gegen die Küchentheke, trank einen Schluck und legte den Kopf schief. »Wieso nicht?«

Hatte sie nicht zugehört? »Du hast es selbst gesagt. Er ist verheiratet.«

»Na ja ...«, meinte Aideen. »Es gibt durchaus gebundene Männer, die mit der Zustimmung ihrer Partnerinnen zu einer Domina gehen. Einer meiner Kunden wird zurzeit sogar von seiner Frau gefahren, weil man ihm seinen Führerschein abgenommen hat. Sie ist echt süß, hat allerdings keinerlei Ambitionen in die Richtung.«

»Ich bin aber keine Domina«, empörte sich Lia.

Aideen lehnte sich gegen die Spüle. »Er sieht dich offenbar als solche. Oder hat er versucht, dich zu küssen? Zu betatschen?«

»Nein.« Leider! Ihre Hand zu nehmen zählte mit Sicherheit nicht dazu. Auch wenn sie sich im tiefsten Winkel ihres Herzens nach der Berührung seiner Finger sehnte. Flynns Haut war angenehm rau gewesen. Nicht zu weich, sondern ein wenig abgerissen, als würde er mit Vorliebe seinen Garten umgraben.

»Geflirtet?«

Lia senkte den Kopf. »Nein ...«

»Also eine Affäre will er mit dir schon mal nicht.«

Autsch. Das schmerzte mehr als der Sturz auf den Boden. Mehr als jede blöde Idee, die Flynn je haben könnte. Jetzt verbündete er sich auch noch mit ihrer besten Freundin gegen sie.

»Was habe ich euch getan? Ich habe nur das Buch zu dem Film geschrieben«, sagte sie lahm.

»Musst du dann nicht automatisch solche Sachen machen?«, fragte Aideen.

»Nein!«, rief Lia aus. Zumindest hoffte sie das. Gott, sie hatte doch nicht irgendeine Klausel unterschrieben, die sie dazu zwang, Flynn zu dominieren? Obwohl ... in diesem Fall hätte ihr der Bastard schon längst mit einem Anwalt gedroht. »Außerdem kann ich ihn nicht leiden. Ich stehe nicht auf ihn, ich hasse ihn.«

»Aha.«

Eines verdammten Tages würde sie Aideen die Augenbrauen rauszupfen! Damit sie diese nicht mehr so spöttisch hochziehen konnte wie jetzt.

»Du warst in deine eigene Figur verknallt. In Jack«, sagte Aideen. »Nach *deinen* Worten ist *Flynn* die optimale Besetzung.«

»Jack ist der perfekte Mann«, seufzte Lia. »Süß, charmant, gewitzt und heiß. Und er war immer da, sobald ich den Rechner anschaltete. Oder nur mein Kopfkino. Er hat nicht gemurrt, wenn ich keine Zeit hatte, wollte nicht bekocht werden ...« Und verlangte nicht seltsame Sachen von ihr!

»Und was ist mit Flynn?«, fragte Aideen sichtlich amüsiert.

»Der hat sich diese Nummer unbedingt in den Kopf gesetzt und will mich die nächsten zwei Tage soweit reizen, dass ich einwillige. Und ich wette, er kann nicht kochen, murrt, sobald er vernachlässigt wird, und wird ständig meckern, wenn ihm etwas nicht passt.«

»Und du würdest ihn wahnsinnig gern versohlen ...«, soufflierte Aideen.

»Da zünde ich mich lieber selbst an.«

›JACK'S BLACK‹ – VERZÖGERUNGEN BEIM DREH

Arthur Goodwin, Regisseur der Bestsellerverfilmung ›Jack's Black‹ schließt Verspätungen beim Abschluss der Dreharbeiten nicht aus.

›Manche stellen sich an, als ging's darum, Pandapimmel zu essen‹, erläutert er die Gründe.

Flynn griff nach dem Rasierer und ließ ihn durch den Schaum auf seiner Wange gleiten. Das kratzende Geräusch kam ihm heute lauter vor als sonst und verstärkte den Schmerz hinter seiner Stirn. Warum nur hatte er gestern Abend so viel getrunken? Die Lampe über dem Spiegel war zu grell. Das Licht stach ihm in die Augen und er musste die Lider zusammenkneifen. Wenigstens wusste er noch, wie er nach Hause gekommen war. Mit dem Taxi. Nachdem Lia faktisch aus dem fahrenden Wagen gesprungen war.

Was hatte er Falsches gesagt? Er konnte sich beim besten Willen an nichts Ungewöhnliches erinnern. Aber Lia war ohnehin recht seltsam. Manchmal starrte sie ihn an, als wäre sie gedanklich meilenweit weg, nur um kurz darauf schnippisch zu werden.

Seine Idee hatte ihr jedenfalls nicht gefallen. Wer hätte gedacht, dass in der Autorin eines BDSM-, Pardon, ›Dark Romance‹-Bestsellers ein anständiges Mädchen steckte?

Vielleicht war er einfach zu alt für sie. Sie war sechsundzwanzig und er siebenunddreißig. Elf Jahre waren ein erheblicher Unterschied. Nicht nur, was dumme, sexuelle Ideen betraf, sondern auch die zugehörigen Filmrollen.

Er hätte sich niemals breitschlagen lassen dürfen. Jacks Rolle zu übernehmen war die dämlichste Entscheidung aller

Zeiten. Wie sollte er einen jungen, unerfahrenen Sekretär spielen? Er war in der Lage, mit Tackern zu werfen und seinen Steuerbescheid selbstständig auszufüllen, aber darum ging es in diesem verfluchten Film leider nicht. Er konnte sich vorstellen, dass seine Rolle Jack von der Dominanz seiner Chefin fasziniert gewesen war. Starke Frauen waren immer einen zweiten Blick wert. Allerdings konnte Flynn sich genauso gut ausmalen, wie Jack nach der ersten Session am Andreaskreuz lieber Schluss machte und Alkoholiker wurde.

Verflixt, wäre er Lia früher begegnet, hätte er ihr diesen Schluss schmackhaft machen können. In der aktuellen Fassung rannte der verliebte Jack auf Seite dreihundertachtzig seiner Chefin hinterher und fesselte sich an ihren Schreibtisch. Welcher Idiot machte so etwas?

Wenn man eine Frau behalten wollte, kettete man *sie* an, nicht sich selbst.

Aber er musste das Drehbuch und die Rolle ja unbedingt herausfordernd finden. Gut, die Gage war auch nicht übel. Er hasste sich für seine eigene Käuflichkeit.

Flynns Telefon klingelte plötzlich, er zuckte zusammen und schnitt sich prompt ins Kinn. Fuck! Flynn riss ein Kosmetiktuch aus Laurens Packung und drückte es auf die blutende Wunde. Mit der anderen Hand nahm er das Gespräch an.

»Wo bist du?«, brüllte Arthur durch das Telefon, direkt in Flynns Gehörgang.

Grundgütiger. Flynn spürte, wie sich seine Härchen nach innen bogen und sein Gleichgewichtssinn das Handtuch warf. Prompt rutschte Flynn auf den glatten Fliesen aus und krallte sich in die Wandheizung. »Auf dem Weg.«

»Ich hoffe für dich, dass der Weg zum Andreaskreuz gemeint ist. Nackt! Ist mir scheißegal, ob dein Hintern Eiterbeulen hat. Du hattest zwei Wochen Zeit, dir das Zeug von einem Arzt ansehen zu lassen! Ich brauch endlich die ersten Prügelaufnahmen.«

»Könntest du aufhören, es so zu nennen?«, stöhnte Flynn.

»Ist doch scheißegal, wie es richtig heißt!«

»Das Ekzem ist noch nicht abgeheilt.« Lüge. Seinem Hintern ging es wunderbar.

»Dann drehen wir heute nur von vorn. Die Sexszenen sind die einzigen fehlenden Aufnahmen«, brüllte Arthur. »Ich will endlich fertig werden!«

»Gibt es keine unverfängliche Szene mehr, die wir drehen können?«, fragte Flynn.

»Nein!«

»Okay«, seufzte Flynn. »Ich bin unterwegs.«

»Ich würde ja sagen, ich fang ohne dich an«, knurrte Arthur. »Aber dann lässt du dir erst recht Zeit.«

Arthur legte ohne jegliche Verabschiedung auf. Er hatte ihn durchschaut. Gut, ein vierzehntägiger Ausschlag am Allerwertesten war jetzt nicht die Knüller-Ausrede schlechthin.

Flynn warf das Handy auf ein Handtuch, rasierte sich zu Ende und klebte ein Pflaster auf den blutenden Schnitt.

Warum konnten sie das ganze verfluchte Set nicht einfach anzünden?

Flynns Manager hatte beteuert, er würde sich mit dieser Rolle nicht die Karriere ruinieren, sondern sein Spektrum erweitern. Aber sein Agent hatte auch nicht mit Flynns Widerwillen gegen die einschlägigen (Fiel nur ihm das Wortspiel auf?) Szenen gerechnet. Arthur hatte das komplette Set zusammengebrüllt, als sich Flynn mit dem allergischen Ausschlag auf dem Hintern herausredete.

Verflucht, er brauchte Lia. Sonst endeten die Dreharbeiten in einem völligen Desaster. Wenn Flynn den Film verhunzte, konnte er nur noch mit einer Tüte über dem Kopf nach draußen gehen. Sollte Lia ablehnen, musste er wirklich eine Domina aufsuchen. Genauso gut könnte er sein Geld im Kamin anzünden. Mit einer Fremden wollte er nicht darüber sprechen, geschweige denn, dass er seine Jeans ausziehen würde. Mit Lia fiel ihm das leichter. Also das Reden. Er hatte in ihrer Gegenwart noch nie die Hose fallen lassen, aber vor ihr wäre ihm dabei wohler als vor einer Professionellen. Wenn Lia ihn nicht gerade verspottete, konnte man durchaus behaupten, dass er ihr vertraute. Außerdem mochte er ihre süffisante Art. So, als wüsste sie Dinge über einen, mit denen sie denjenigen locker um eine Million Dollar erpressen konnte, und die trotzdem den Mund hielt. Sie war eine Frau, die man sich unweigerlich zur besten Freundin wünschte.

Zu allem Überfluss war sie nicht nur sympathisch, sondern auch hübsch. Ihre kastanienbraunen Locken schaukelten immer dann besonders wild, wenn sie sich über etwas ärgerte. Ihre Augen waren so grün wie üppig wachsendes Moos. Und ja, dieser Vergleich stammte aus ihrem verflixten Buch.

Sie war seine einzige Chance, den verfluchten Film mit einem letzten Rest Schauspielkunst und Würde zu überstehen. Er musste sie so auf die Palme bringen, dass sie nach Rache dürstete.

Flynn streifte sich Shirt und Jeans über und rief sich ein Taxi. Sein Wagen stand immer noch vor dem Italiener und den brauchte er.

Eine halbe Stunde später setzte ihn das Cab genau dort ab. Das Restaurant war geschlossen, die sensationslüsterne Meute längst verschwunden.

Flynn drückte die Entsperrtaste seines Schlüssels. Der Wagen blinkte kurz und Flynn setzte sich hinter das Steuer. Er fuhr nicht zum Set. Arthur würde ihm dem Hals umdrehen, aber das machte er auch, wenn sich Flynn für die ersehnten Aufnahmen einfach zu dumm anstellte.

Er konnte nichts dafür! Wie sah ein Mann aus, der nach Hieben bettelte? Das tat doch weh! Da war seine Steuererklärung noch erotischer.

Bei dem ersten und bisher einzigen Versuch, die Szene am Andreaskreuz zu drehen, hatte Arthur Flynns Miene als ›das Trauergesicht eines Waschbären‹ betitelt.

Lia wohnte in einem viergeschossigen Altbau, mit Ziegelfassade und schmiedeeisernen Geländern vor den Fenstern. Er verfolgte ihren Twitteraccount nur halbherzig, wie alle anderen auch. Aber seither wusste er, dass sie selten vor elf Uhr aufstand. Am Set tauchte sie meistens gegen Mittag auf, schnorrte sich ein Essen und sah den Dreharbeiten zu. Kurzum: Unter allzu viel Arbeit schien sie nicht zu leiden. Sie hatte bisher keinen einzigen Drehtag verpasst und heute wurden die Szenen gedreht, die für sie am spannendsten sein sollten. Ergo fuhr sie nachher mit Sicherheit zum Set.

Flynn stieg aus dem Auto und umrundete Lias blauen Polo. Er legte den Kopf in den Nacken und sah die Fassade ihres Wohnhauses hinauf. Nichts rührte sich hinter den Fenstern.

Aus dem Kofferraum seines eigenen Wagens holte Flynn eine Wegfahrsperre. Arthur war selbst schuld, wenn er solche Requisiten offen am Set herumliegen ließ. Flynn brachte sie an Lias linken Hinterrad an und verzog sich auf die gegenüberliegende Straßenseite. Aus sicherer Entfernung konnte er die Haustür beobachten. Blieb nur zu hoffen, dass niemand wegen eines Stalkers die Polizei rief.

Lia trottete die Holzstufen nach unten. Der Geruch des alten Hauses tröstete sie einmal mehr, aber ihr wurde davon auch leicht übel. Nie wieder Alkohol. Nie, nie, niemals wieder. Gott sei Dank neigten sich die Dreharbeiten langsam dem Ende zu. Keine Drehtage mehr. Keine Ausreden mehr, nicht zu schreiben. Und vor allem: kein Flynn mehr. Er würde aus ihrem Leben verschwinden und irgendwann auch aus ihrem Gedächtnis.

Er würde es auch ohne ihre Hilfe schaffen, die letzten Szenen zu drehen. Dann verschwendete er ohnehin keinen Gedanken mehr an sie. Autsch. Lias Hintern schmerzte immer noch von dem Sturz. Ihr Nacken war verspannt und sie fühlte sich weinerlich. In einer halben Stunde traf sie sich mit ihrem Agenten. Dem sie was bitte anbieten sollte? Sie hatte nichts. Kein Exposé, ach, nicht mal eine Idee. Daran war nur Flynn schuld. Er machte sie völlig irre. Anstatt sich einen neuen, heißen Protagonisten auszudenken, dachte sie nur an ihn. Sie war schlimmer als tausende seiner Groupies zusammen.

Sie stolperte auch den letzten Treppenabsatz nach unten, zerrte an der schweren Haustür und trat hinaus. Leichter Nieselregen setzte ein und sie zog die Schultern hoch.

Zum Glück stand ihr Wagen nur einige Meter entfernt.

Sie ging zu ihm, entriegelte ihn mit der Fernbedienung und stutzte. Irgendetwas stimmte nicht. War er kaputt? Die Fenster sahen heil aus, genauso wie der blaue Lack und die Scheinwerfer. Auch die Reifen wirkten prall wie immer. Hey! Jetzt wusste sie, was sie störte. Warum hatte sie da hinten eine Parkkralle?

Lia stupste mit dem Fuß gegen das Ding, aber verflixt, die Kralle bestand aus massivem Metall. Sie bückte sich und ruckelte, nichts zu machen.

»Mist!«, rief sie aus. »Diese verfluchten Penner. Ich hab denen doch mitgeteilt, dass ich die Steuer überwiesen habe!«

»Alles okay?«

Lia wirbelte so schnell herum, dass sie das Gleichgewicht verlor und ausgerechnet Flynn fing sie auf. Warum hielt er sie fest? Eilig riss sie sich los und brachte Abstand zwischen sie. Ihr Gehirn war immer noch vernebelt und es hatte seit vierzehn Stunden keinen Kaffee bekommen. Wenn er sie jetzt wieder fragte, ob sie es sich überlegt hatte, würde sie ihn anschreien und vermutlich ein ›Ja‹ herauswürgen.

»Was machen Sie hier?«, fragte sie.

»Spazieren.«

Ja, genau. Lia kniff die Augen zusammen. »Müssen Sie nicht beim Dreh sein?«

Flynn hob die Schultern. »Nein.«

Die Regentropfen verfingen sich in den Fasern seines Mantels und glitzerten einen Moment, bevor der Stoff sie aufsog. Obwohl Flynn einen Regenschirm bei sich trug, baumelte dieser geschlossen über seinem Arm. Er reagierte nicht einmal, als ein besonders dicker Tropfen auf seiner Nase landete.

»Sie sehen aus, als bräuchten Sie einen Kaffee«, stellte Flynn fest. Blitzmerker. Er streckte ihr seinen Pappbecher mit dem Logo einer Bäckerei entgegen. »Nehmen Sie den. Er ist noch warm und ich muss sowieso weiter.«

Aha … Sie sollte ihm nicht trauen. Er wollte sie reinlegen, aber wie zum Henker? Moment, hatte er das Finanzamt angerufen? »Sind Sie für die Parkkralle verantwortlich?«

»Nein.«

Wenn er log, dann war er ziemlich überzeugend. Er zuckte nicht mal mit der Wimper. Oder war genau das verdächtig? Ach egal. Sie brauchte Kaffee. Vorher konnte sie nicht denken.

Misstrauisch starrte sie ihn an, bevor sie die Hand ausstreckte und den Becher entgegennahm. »Ist da Essig drin?«

»Keineswegs.«

Lia hob die Verschlusskappe und schnupperte an dem Gebräu. Der Kaffee roch, Überraschung, nach Kaffee. Kein Essig. Vielleicht hatte er Betäubungsmittel untergemischt? Er würde sie doch nicht auf offener Straße entführen? Herrgott, so paranoid, wie sie war, schrieb sie besser Thriller.

Sie trank einen Schluck, ihre Geschmacksnerven knüllten sich zusammen.

»Du meine Güte«, keuchte sie und verzog das Gesicht. »Wie viel Tonnen Zucker sind dadrinnen?«

»Fünfzig Gramm.«

»Fünfzig Gramm?«, rief sie aus. »Wenn ich Diabetes bekomme, jage ich *Ihnen* die Spritzen rein!«

»Tut mir leid«, gab Flynn grinsend zurück. »Doktorspiele gehören nicht zum BDSM.«

»Doch«, knurrte Lia. »Nur ist der Patient festgeschnallt.«

»Ach ja?«

»Ja!«

Ha! Flynn ging einen Schritt zurück. Richtig so.

Lia verzog spöttisch die Lippen. »Wissen Sie denn nicht,

dass sich manche sogar von Dominas Zähne ziehen lassen? Ohne Betäubung? Nur, um den Schmerz zu genießen? Ich denke, wenn ich zustimme, ist das doch eine erste gute Session.«

»Wer will schon einen Film von einem Kerl mit einer Zahnlücke sehen?«

»Ich finde bestimmt noch einen Weisheitszahn«, drohte Lia. Sie warf den Becher in einen Mülleimer und wollte sich gerade von Flynn abwenden, da öffneten sich die Schleusen über ihnen endgültig. Das Prasseln des Regens übertönte sogar Flynns Worte. Lia hastete unter den Schutz des Vordachs. Flynn folgte ihr, steckte die Hände in die Taschen und spähte in den Himmel hinauf.

Seine Haare waren feucht. Er sah so müde aus, wie sie sich fühlte, und zum ersten Mal grinste er nicht wie ein bekifftes Eichhörnchen, das etwas zu verbergen hatte. Es war, als würde sich das Wetter auf Flynns Stimmung niederschlagen. Flynn zog eine Packung Zigaretten aus seiner Manteltasche, steckte sich einen Glimmstängel zwischen die Lippen und zündete ihn an. Er lehnte sich gegen die Mauer und blies den Rauch so, dass der Wind ihn ihr nicht ins Gesicht wehte.

»Sie sind nicht zufällig mit dem Wagen spazieren?«, fragte Lia.

»Nein.«

Mist, verflixter. Sie musste zu ihrem Agenten. Sie musste ihn überzeugen, ihr noch zwei Monate, ach, am besten Jahre, für eine Idee zu geben, sonst konnte sie sich die Miete für das Appartement nicht lange genug leisten. Sie brauchte langsam wieder einen ordentlichen Vorschuss.

Aber der Regen ließ nicht nach und ein Cab wollte sie sich auch nicht rufen. Zu Fuß war sie in zwanzig Minuten am Café und ein Spaziergang täte ihr wahrlich gut.

Der Wind blies eine von Flynns Rauchwolken in ihre Richtung. Normalerweise wäre sie ausgewichen, hätte das Gesicht verzogen und sein ›Sorry‹ mit einem bösen Blick beantwortet. Aber sie tat nichts davon. Sie sog ernsthaft den Geruch von Tabak und einem Hauch Muskat ein. Eines Tages würde ein Psychologe fragen, wann ihr Wahnsinn seinen Anfang genommen hatte. Genau in diesem Moment. In dem eine bekennende Nichtraucherin plötzlich einen Raucher küssen wollte. Sie brauchte dringend Schokolade.

Lia streckte die Hand aus, fing Regentropfen auf und seufzte resigniert. »Ich würde Ihnen wahnsinnig gern noch Gesellschaft leisten, allerdings habe ich einen Termin.«

»Lassen Sie sich nicht aufhalten.«

Wie? Flynn ließ sie einfach ziehen? Der versaute Kaffee war sein einziger Streich? Er reichte ihr sogar seinen Schirm. Vorsichtig spannte sie ihn auf, aber er explodierte nicht.

»Danke«, sagte sie rasch, hob den Regenschirm und lief eilig die Straße entlang.

Flynn sah ihr nach. ›Danke.‹ Dieses Wort würde sie bald bereuen.

Sie lief schnell, am Ende der Straße begann sie sogar zu rennen. Ein großer schwarzer Fleck Regenschirm über braunen Stiefeln aus weichem Leder. Lauren besaß ähnliche Schuhe. Sie steckten Feuchtigkeit nicht sonderlich gut weg und Lia würde in ein paar Minuten sehr nass werden. Zumindest, wenn Petrus ihn nicht im Stich ließ. Aber der Wetterbericht behielt recht. Die Wolken schienen sich nicht so schnell verziehen zu wollen. Anstatt aufzuhellen, wurde es dunkler.

Flynn drückte seine Zigarette in dem Taschenaschenbecher aus und steckte ihn wieder ein. Er sah noch einmal hoch zum Himmel. Der Regen wurde sogar stärker. Sehr gut. Flynn drehte den Knauf der Haustür. Er hatte Glück, sie war unverschlossen. Die Hausgemeinschaft hier war nicht sonderlich vorsichtig. Wenn er ein Stalker wäre, der ihr Böses wünschte, hätte er leichtes Spiel. Ach verflucht. Er fühlte sich einem Stalker näher als einem Mann, der sich einer Herrin hingeben wollte.

Dabei wurde sein bester Freund Dylan nie müde, in Verbindung mit Flynns Ehe dessen masochistische Tendenzen zu erwähnen. Vielleicht sollte er Lauren wirklich anbetteln, es mit ihm auf diese Art zu treiben. Er hatte gelogen, als er Lia einredete, er hätte es schon mit ihr versucht. Die Wahrheit war, dass sie ihn erst für verrückt gehalten und dann eiskalt Nein gesagt hatte. Mit den richtigen Worten könnte er sie womöglich überzeugen, Lia zu ärgern. Seine Frau brachte jeden auf die Palme. Wenn sie Lia sagte, dass deren Eyeliner und dunkelroter Lippenstift zu einer Prostituierten passten, nicht zu einer Autorin, würde sich Lia vielleicht an Flynn rächen wollen. Aber im besten Fall wollte sie das schon heute Abend. Je besser er war, umso eher hatten sie diesen ganzen Schwachsinn hinter sich.

Flynn stieg die Treppen hinauf und las die Namensschilder. Im zweiten Geschoss fehlte an der linken Wohnung der Name, doch im vierten erspähte er endlich ›Carsen‹.

Er drückte gegen ihre Tür, aber natürlich ließ sie sich nicht öffnen. Das war auch nicht nötig. Wenn er nicht hineinkam, dann gelang es Lia bei ihrer Rückkehr ebenso wenig. Er zog aus seiner Manteltasche eine handlange Tube mit der Aufschrift ›Hightech-Kleber‹. Die würde Arthur nicht vermissen, genauso wie die Parkkralle. Arthur passte auf seine Requisiten auf wie ein Eichhörnchen. Er klaubte zusammen, was er finden konnte, vergaß es aber wieder. Flynn schraubte die Kappe ab, presste die weiße Masse heraus und setzte die Tubenspitze zwischen Tür und Rahmen. Er verteilte das Zeug großzügig und es begann bereits, transparent zu werden. Das sollte halten, nicht nur die Tür, auch das Versprechen, Lias Blutdruck in die Höhe zu treiben.

Sie würde diesen Mistkerl umbringen! Die ersten Tropfen auf ihrem Scheitel irritierten Lia noch. Sie sah nach oben und traute ihren Augen nicht. Der Schirm war nicht nur undicht, er löste sich auf. Die Löcher hatte er vorhin nicht gehabt! Mit jedem Meter, den sie ging, wurden sie größer. Wassertropfen platschten ihr ins Gesicht, trotzdem konnte Lia nicht den Blick abwenden. Auch nicht, als sie geradewegs gegen einen Briefkasten rannte.

Die Lücken waren mittlerweile fingerbreit, ihre Haare nass, ihr Pullover durchweicht. Mist, verfluchter. Der Bastard hatte sie reingelegt. Ein sich auflösender Schirm. Das war kindisch! Erst der versaute Kaffee, jetzt das. Hatte er seinen Neffen nach Streichideen befragt oder wie kam er darauf?

Leider konnte sie nicht leugnen, dass es effektiv war. Sie warf die kargen Überreste des Schirms in den nächsten Papierkorb, schlang die Arme um ihren Körper und rannte die Straße entlang. Wenigstens war der Regen zu etwas gut: Die meisten Passanten hielten sich lieber drinnen auf und standen ihr nicht im Weg.

Wenige Minuten später erreichte sie das Café, stemmte sich gegen die Tür und herrlich warme Luft umfing sie. Himmel, war das schön.

In einer Nische sah Lia die schwarzen, unbändigen Locken ihres Agenten. Nassim West studierte gerade die Eiskarte und verflixt, neben ihm saß eine Frau. Sie trug dezentes Make-up, einen grauen Blazer über einer hellen Bluse und sah wichtig aus.

Toll. Ganz toll. Ausgerechnet wenn Lia wie ein ertränktes Huhn aussah, brachte Nassim Publikum mit.

»Hi«, sagte sie und stellte sich neben den Tisch.

Nassim starrte sie verdutzt an, die Unbekannte schürzte abschätzend die Lippen. Ja, ja, Lia sah aus wie eine Pennerin, nur ihr Geruch war besser.

»Könnt ihr bitte rutschen?«, seufzte Lia.

Nassim nickte eilig und rückte auf der Sitzbank näher an die Frau heran. Die sich keinen Millimeter rührte. Diese Frau war ihr jetzt schon zuwider. Lia quetschte sich neben Nassim auf das weiche Polster, zog sich den nassen Pullover über den Kopf und rieb den Ärmel über die Haut unter ihren Augen. Schwarze Farbe beschmierte den Stoff. Toll. Sie sah bestimmt aus wie ein verheulter Panda.

»Ähm ... Lia ... Ist das nicht ein bisschen zu ... äh ... freizügig?«, fragte Nassim.

Lia sah an sich herunter. Sie trug einen BH und ein dünnes Top. Das war mehr, als manche Sängerin auf der Bühne am Leib hatte!

»Finde ich nicht«, gab Lia zurück und starrte den herannahenden Kellner herausfordernd an. »Eine heiße Schokolade bitte.«

Der Ober lächelte, ignorierte ihre herausquellenden Brüste und eilte davon. Er humpelte leicht und seine Haare waren hoffentlich schon zu grau, um zu jemanden zu gehören, der sich mit Twitter auskannte.

»Lia«, setzte Nassim an. »Das ist Minnie Datus. Sie ist die Lektorin des Preston and Wilson Verlags.«

»Freut mich«, sagte Minnie. Wenn man Lia fragte, klang sie überhaupt nicht erfreut. »Wir sind sehr an einem Nachfolger von ›Jack's Black‹ interessiert. Nicht direkt ein zweiter Teil, aber eine vergleichbare Handlung, mit ähnlichen Charakteren und dem gleichen Stil.«

»Eine billige Kopie also?«, rutschte Lia heraus.

Minnie lächelte verbissen. »Das nennt man Serie. Wir bieten Ihnen dafür unsere Zusammenarbeit an. Wir wollen ja nicht, dass ein so großartiges Talent wie Ihres, ein One-Hit-Opfer wird.«

Wow. Lia fühlte sich geschmeichelt *und* beleidigt. Das schaffte sonst nur Flynn.

Nassim tätschelte Lia den Arm. »Hast du Neuigkeiten für uns?« Er wischte sich die Hand an seiner Hose ab und Lia fröstelte. Die Nässe trocknete langsam auf ihrer Haut.

»Ich brauche etwas Warmes«, stöhnte sie.

»Lia«, sagte Nassim streng. »Hast du wenigstens ein Exposé angefangen?«

Lia zog die Nase kraus. »Nein.«

»Eine Idee?«

»Auch nicht.«

»Aber ›Jack's Black‹ ist vor dreizehn Monaten erschienen«, rief Minnie aus. »Haben Sie in der Zwischenzeit nicht ...«

Lia schüttelte den Kopf. Himmel, ausgerechnet gegenüber dieser Frau musste sie es zugeben. Sie hatte nichts. Sie hatte angefangene Manuskripte. Das längste verfügte immerhin über zehn Seiten, aber mehr konnte sie nicht bieten. Keine zündende Idee. Keinen Protagonisten, der sie nachts vom Schlafen abhielt, damit sie seine Geschichte schrieb.

»Eine Schreibblockade?«, forschte Minnie. »Wir haben einen ausgezeichneten Berater für solche Fälle. Er hat auch ein Diplom in Psychologie.«

Im Ernst? Die wollten sie zu einem Seelenklempner schicken, um ein neues Buch von ihr zu bekommen?

»Ich brauch einfach nur Zeit«, presste Lia heraus. »Das ganze Filmding macht mich nervös. Ich kann mich nicht konzentrieren.«

Minnie griff über Nassim hinweg nach Lias Hand. »Das ist in Ordnung. Die Dreharbeiten sind ja auch bald beendet. In drei Monaten ist die Premiere und er wird großartig. Die Kinosäle werden voll sein und die Kritiken ihn zerreißen, aber das normale Publikum wird es nicht interessieren. Sie wollen die Verfilmung *Ihres* Buches sehen.«

Toll, als ob es Lia nicht schon schlecht genug ging.

»Denken Sie, dass Sie uns in vier Monaten ein ausführliches Exposé und die ersten Kapitel vorlegen können?«, fragte Minnie.

Lia hörte kaum hin. In drei Monaten konnte sie Flynn nur noch auf der Leinwand begaffen, sein strahlendes falsches Lächeln. Tausende verrückte Ladys kannten dann fünfundneunzig Prozent seines Körpers und sie würden sich darum reißen, die restlichen Prozente sehen zu dürfen.

Mit aufgefüllten Lippen, künstlichen Haaren und Wimpern warfen sie sich an ihn heran, ließen ihn auf ihren Brüsten unterschreiben ... Wenn Flynns Ehe wirklich in die Brüche ging, sagte er zu ihnen nicht ›Nein‹. Solche Weiber waren schließlich die perfekte Ablenkung und Skandalpresse konnte doch auch nicht schaden, oder?

»Lia? Geht es Ihnen gut?«, fragte Minnie.

Sie fror, ihr Magen fühlte sich wie ein Eisklumpen an. Das ging so nicht weiter. Für Flynn zu schwärmen war eines. Harmlos, eine Inspirationsquelle – aber darüber war sie weit hinaus. Sie war verknallt, obwohl sie nie ein ernsthaftes und ehrliches Gespräch mit ihm geführt hatte. Sie war keinen Deut besser als seine kreischenden Groupies. Was wusste sie schon, wie dieser Mann war? Außer selbstgefällig und unkreativ?

»Lia?« Diesmal war es Nassims Stimme.

»Ihr bekommt das Exposé und die Kapitel. Nicht erst in vier Monaten, sondern in vier Wochen«, stieß Lia hervor. Sie musste ihre Besessenheit unbedingt auf jemand anderen lenken. Auf eine Figur in ihrem Kopf. Auf den Hauptprotagonisten ihres nächsten Buches.

BEGOSSENE PUDEL
TROPFEN LÄNGER

›Jack's Black‹-Autorin zeigt, was sie hat. In einem bekannten Café in der Londoner Innenstadt legt Lia Carsen ihre Argumente sprichwörtlich auf den Tisch. Von dem zweiten Teil der neuen Promi-*Freundschaft*, Flynn Brooks, war nichts zu sehen.

Vielleicht war Minnie doch nicht so übel. Sie fuhr Lia nach Hause, schaltete sogar die Sitzheizung ein und drehte Extrarunden um den Block, weil Lia so wohlig seufzte.

Erst, als sie das sechste Mal an Lias Wohnhaus vorbeifuhren, hielt sie an. Flynn stand nicht mehr im Eingang und auch sonst konnte Lia ihn nicht entdecken. Dem Himmel sei Dank. Er sollte wegbleiben. Das war besser für sie und ihren Plan. Sie würde jetzt nach oben gehen und sich an ihren Rechner setzen. Sie würde einen Namen suchen, der ihr gefiel und sich vorstellen, wie ihr neuer Protagonist aussah. Der Rest käme dann von allein.

Minnie beugte sich zu Lia und reichte ihr eine Visitenkarte. »Rufen Sie mich an, wenn Sie Hilfe brauchen.«

»Danke«, murmelte Lia.

Sie kletterte aus dem Wagen, stieß die Haustür auf und stieg langsam die Stufen bis in den vierten Stock hinauf. Blake war ein hübscher Name, oder? Blake North, Blake Stone. Auf jeden Fall etwas Kurzes, Knackiges. Oder doch ein längerer Name? Jeffrey? Aber das kürzte man dann auch wieder auf Jeff ab. Außerdem kamen beide Namen in jedem dritten Buch vor.

Lia erreichte den vierten Stock, steckte den Schlüssel in ihre Wohnungstür, drehte ihn und ... nichts geschah. Lia ruckelte an dem Knauf, aber das verfluchte Ding sprang nicht auf! Verdammt, war ihr Schloss kaputt? Schon wieder? Das Schloss war doch erst ein halbes Jahr alt!

Lia lehnte sich stöhnend an die Tür, zog ihr Handy heraus und rief den Hausmeister an. Verflucht. Sie musste sich *jetzt* an ihren PC setzen! Wenn sie noch einigermaßen Lust hatte, etwas zu schreiben, und ihr Bauch vor Nervosität und wenig Angst vor dem weißen Blatt kribbelte. Solange die Entschlossenheit, jenes unbefleckte Dokument mit Worten zu füllen, wenigstens auf Sparflamme in ihr köchelte. In spätestens zwanzig Minuten war ihre Motivation wieder dahin!

Dem Himmel sei Dank brauchte Henk nur zehn Minuten. Der Hausmeister keuchte die Treppen hinauf, stützte die Hände auf den Knien ab und rang nach Luft. »Wo brennt's?«

»Meine Tür geht nicht auf«, seufzte Lia frustriert.

Henk nahm ihr den Schlüssel aus der Hand, steckte ihn in das Schloss und rüttelte genauso ergebnislos an dem Knauf wie Lia. Das Türschloss klickte und öffnete sich, was man von der Tür nicht behaupten konnte!

Henk kratzte sich den Nacken. »Das ist nicht das Schloss.« Erneut drehte er den Schlüssel und warf sich gegen die Tür. Es rumste dumpf, aber sie ging nicht auf. Henk versuchte es ein zweites und ein drittes Mal. Sein Kopf färbte sich rot und er schnaufte noch heftiger. »Gibt's doch gar nicht.«

Die Wohnungstür auf der anderen Seite des Flurs öffnete sich. Mr Banks schlurfte heraus, auf seinen Gehstock gestützt. »Was treiben Sie denn da?«

»Meine Tür ist kaputt«, erwiderte Lia.

»Hm«, machte Mr Banks. »Hat der junge Mann heute Vormittag irgendwas versaut.«

»Junger Mann?«, rief Lia aus. Verdammt, welcher junge Mann?

»Der hat sich am Rahmen zu schaffen gemacht. Mit Kleber. Dachte, der ist Ihr Freund und repariert was. Der zuständige Hausmeister vergisst ja gerne mal die Anliegen seiner Bewohner.« Mr Banks warf Henk einen missbilligenden Blick zu. Der nahm inzwischen die Farbe einer überreifen Kirschtomate an.

»Wie sah er aus?«, rief Lia schnell, als Henk den Mund aufklappte. Sollte der junge Typ Flynn gewesen sein? So jung war er nicht mehr, aber aus Sicht von Mr Banks immer noch grün hinter den Ohren.

»Hübscher Kerl. Wäre was für meine Marjorie gewesen. Die hätte ihn zum Tee reingezerrt. Langer, dunkler Mantel, rötliche Haare.«

Das *war* Flynn!

»Ich bring ihn um«, platzte Lia heraus. Sie zerrte ihr Telefon aus der Jackentasche, scrollte sich durch ihr Telefonbuch, bis sie auf den Eintrag ›Flynn Brooks‹ stieß. Ihre Finger, sogar ihre Knie zitterten, als sie den grünen Hörer drückte. Natürlich vor Wut! Warum denn auch sonst?

»Anschluss bei Dr Who«, erklang Flynns Stimme.

»Wenn du nicht sofort herkommst und meine Tür aufmachst, klärt dich Dr Who persönlich über Fisting beim Analverkehr auf«, brüllte Lia.

»Das verführt mich jetzt nicht gerade, mich auf den Weg zu machen. Ich habe mir gerade eine Pizza bestellt.«

»Erstick dran!«, donnerte Lia. »Aber vorher kommst du her! Oder du verrätst mir, was ich machen muss.«

»Ich könnte darüber nachdenken, wenn du mir endlich sagst, ob du mir einen gewissen Gefallen erweist.«

»Dich von deinen Pickeln befreien? Bekomm ich hin.«

Flynn schnalzte missbilligend. »Wir wissen beide, dass ich keine Pickel habe.«

Mr Banks und Henk starrten sie fassungslos an. Hey, *ihre* Tür wurde zugeklebt! Wenn Flynn deren Türen verkleisterte, konnte sie ihn gern höflicher darum bitten, endlich seinen Hintern hierherzuschwingen und sie in ihre verdammte Wohnung zu lassen!

»Flynn! Du öffnest sofort meine Tür oder ich mach deine Frau zur Witwe!«

»Ihr willst du einen Gefallen tun, aber mir nicht?«

Zugegeben, mit der Antwort hatte sie nicht gerechnet. Vor allem nicht mit der Verbitterung. Sein Tonfall gab ihr einen Stich ins Herz und ließ das Ungeziefer in ihrem Bauch gleichzeitig mit den Flügeln schlagen. Hatten die Gerüchte doch einen wahren Kern?

»Ich muss schreiben«, platzte Lia heraus. »Ich hab nur vier Wochen für ein Exposé und die ersten Kapitel. Und ich hab gerade eine Idee. Ich hab zwar noch keinen Namen und keine Vorstellung von dem Typen. Aber es bahnt sich etwas an.«

»Gut«, seufzte Flynn. »Ich komme. War eh ein blöder Einfall.«

Im Ernst? Wenn sie ihm von einer nicht vorhandenen Inspiration erzählte, knickte er ein? Der Mann war zu anständig, um jemanden bis zum bitteren Ende in den Wahnsinn zu treiben.

Aus ihrem Telefon erklang nur noch das Freizeichen. Er hatte einfach aufgelegt.

»Er kommt«, seufzte Lia und lehnte sich gegen die Wand.

»Dann kann ich ja gehen«, brummte Henk. »Sagen Sie Ihrem Freund, wenn die Farbe abblättert, muss er den Schaden ersetzen.«

Das wäre für Flynn immer noch billiger, als eine Domina zu bezahlen, aber diesen Satz verkniff sich Lia. Stattdessen nickte sie und lächelte. »Danke, dass Sie hergekommen sind.«

Henk verabschiedete sich und schlurfte seines Weges, nur Mr Banks blieb bei ihr.

Er stützte sich schwer auf seinen Gehstock. »Ist das so ein Verhältnis, das meine Enkelin als ›kompliziert‹ bezeichnet?«

»Wir haben eine Wette laufen«, gab Lia zurück. Das war zumindest ein verzerrter Teil der Wahrheit. Der Rest würde dem alten Mann einen Herzinfarkt versetzen.

Dieser nickte. »Solche Wetten kenn ich. Eine endete für mich vor dem Traualtar.« Er grinste verschmitzt und deutete auf seine Tür. »Wollen Sie hineinkommen. Ich mache Ihnen Tee.«

»Gern«, sagte sie leise. Sie fror schon wieder und Tee klang himmlisch.

Am Ende bereitete sie diesen selbst zu. Mr Banks verschüttete die Hälfte des Wassers auf den Boden, aber wenigstens war seine Wohnung geheizt. Sie saß auf dem Sofa so nah wie möglich an der Wärmequelle und endlich ließ das kratzende Gefühl in ihrem Hals nach.

Mr Banks gab ihr sogar eine Decke und unweigerlich überkam sie das schlechte Gewissen. Sie hatte sich bisher nie sonderlich für ihren Nachbarn interessiert. Erst Flynn musste ihr Streiche spielen, um sie aus ihrer Ignoranz zu holen.

Sie verbrühte sich gerade die Zunge an der zweiten Tasse Tee, da klingelte es an der Tür. Mr Banks schlurfte zum Eingang, Lia auf den Fersen. Die Hände in den Taschen vergraben und auf den Zehenspitzen wippend stand dort Flynn.

»Guten Tag«, sagte er zu Mr Banks.

Lia schob sich an ihrem Nachbarn vorbei. »Woher wusstest du, wo ich bin?«, fragte sie misstrauisch. Er hatte ihr doch keinen Peilsender untergeschoben, oder?

»Du bist mindestens einmal klitschnass geworden, du klangst am Telefon äußerst wütend und mit Essen könnte dich auch der grusligste Mensch entführen. Da lag die Vermutung, du wärst bei einem Nachbarn untergekommen, nahe.«

»Wo ist der verfluchte Peilsender?«, fauchte Lia.

Flynn verdrehte die Augen. »In deiner Jackentasche. Ich habe ihn hineingesteckt, als ich dich auf der Straße auffing.«

»Woher bekommst du solches Zeug?«, fragte Lia.

»Amazon.«

Hmpf. Sie sollte wirklich Thriller schreiben. Mit genügend Recherche konnte sie irgendwann Flynns kriminellen Energien das Wasser reichen.

»Du kannst wieder in deine Wohnung.« Flynn wandte sich ab, aber Lia sprang vor und packte ihn am Arm.

»Wie hast du das gemacht?«

»Spezialkleber. Sobald man ein Lösungsmittel aufsprüht, löst er sich auf.«

Mr Banks schüttelte seine verbliebenen Haare auf dem altersfleckigen Haupt. »Oh, Boy. Wenn man schon eine Tür manipuliert, repariert man sie nicht, sondern holt die ausgesperrte Frau zu sich nach Hause. Wenigstens für eine Nacht.«

Flynns Mundwinkel zuckten. »Sie muss ein Buch anfangen. Ihre Karriere zu zerstören, führt dann doch etwas zu weit.«

Mr Banks schnalzte mit der Zunge. »Schreiben kann man immer noch bei der Zigarette danach.«

Während Lia spürte, wie ihre Kinnlade nach unten sackte, begann Flynn zu lachen.

»Sie sollten ebenfalls schreiben. Einen Beziehungs-ratgeber.«

Erneut wandte er sich ab, aber dieses Mal hielt sie ihn nicht auf, sie hörte seine Schritte auf der Treppe und wünschte sich gleichzeitig, er würde nicht gehen. Sie wünschte sich sogar, seine Gedanken wären die von Mr Banks. Dass er nicht den Kleber gelöst, sondern darauf bestanden hätte, sie solle bei ihm übernachten. So viel zu ihrem Vorsatz, sich auf einen anderen, diesmal imaginären Mann zu fokussieren. Noch etwas wurde ihr schmerzhaft deutlich bewusst: Flynn könnte sie niemals zu sich nach Hause nehmen. Seine Frau wartete dort auf ihn.

Lia steckte den Schlüssel in das Schloss ihrer Wohnungstür und tatsächlich, diesmal ließ sich die Tür aus dem Rahmen drücken.

»Viel Erfolg«, wünschte Mr Banks und schenkte ihr ein letztes Lächeln, bevor seine Tür wieder hinter ihm zuklappte.

Lia seufzte, schloss ihre Tür ebenfalls und wanderte ins Schlafzimmer, zu ihrem Laptop. Von dem schmalen Schreibtisch aus konnte sie aus dem Fenster sehen. Flynn überquerte die Straße, stieg ins Auto und fuhr davon. Nach Nach Hause. Zu seiner Gemahlin. Ob die wusste, wie glücklich sie sich schätzen konnte?

Flynn parkte gerade vor seinem Haus, da fielen die letzten Tropfen zur Erde und der Himmel begann, wieder aufzuklaren. Er wünschte, er könnte das von seinem Gemüt ebenfalls behaupten.

Die Streiche waren dämlich. Sonderlich viel Spaß hatte er nicht daran. Würde Lia darüber lachen, wäre das etwas anderes, aber dann verfehlte er sein Ziel erst recht.

Flynn parkte auf der Kiesfläche neben dem Haus, stieg aus und überrascht sah er das Licht in den Fenstern. Lauren war schon zu Hause? Nachmittags? Sie war doch nicht krank?

Er schloss die Tür auf und trat in den Flur. Tatsächlich, an der Garderobe hing Laurens rote Windjacke. Papier raschelte und Flynn folgte den Geräuschen in die Küche. Lauren saß am Küchentisch, die Nase nur wenige Zentimeter von engbeschrifteten Dokumenten entfernt. Sie hatte keinen Feierabend, sie machte Home-Office. Als Anwältin einer erfolgreichen Kanzlei waren Ferien, Urlaub, freie Abendstunden oder Work-Life-Balance für Lauren sowieso Fremdworte. Schlimmer noch: Sie mochte diese Worte nicht einmal, geschweige denn deren Bedeutung.

Es kam öfter vor, dass Flynn im Schlafzimmer die Spätnachrichten sah und dann von einer Lauren beehrt wurde, die mit einem müden, zufriedenen Lächeln ins Bett tappte und einschlief, kaum, dass ihr Kopf das Kissen berührte. Vielleicht war das der Grund, warum ihre Ehe trotz der zwölfjährigen Dauer kinderlos geblieben war. Lauren arbeitete oder schlief. Da blieb verständlicherweise nur wenig Kapazität für die Tätigkeit ›Kinder zeugen‹. Von

›Kinder bekommen‹ gar nicht erst zu reden.

Freizeit war für sie ein Makel der Arbeitslosen und Künstler. Und ja, sie zählte ihren eigenen Ehemann in die zweite Kategorie. Ihrer Meinung nach könnte Flynn sehr viel mehr Geld und Ansehen anhäufen. Das Jahr hatte zweiundfünfzig Wochen. Fünfzig davon mit Dreharbeiten vollzustopfen, brächte ihm eine Menge Geld, womöglich mehr Preise und garantiert einen Burnout ein. Zwei Filme pro Jahr reichten völlig, um seine Rechnungen zu bezahlen und ein angenehmes Leben zu führen.

Flynn lehnte sich in den Türrahmen. Lauren sah nicht einmal auf. Sie strich sich über die Nase, wie immer, wenn sie nachdachte, kringelte einen Satz auf dem Papier ein und malte ein großes Fragezeichen. Aber auf dem Tisch lagen nicht nur die Teile einer Anklageschrift, sondern auch Flugpläne und Hotelreservierungen.

»Sind die für unseren nächsten Urlaub?«, fragte Flynn, trat näher und beugte sich über seine Frau.

Er wollte ihr einen Kuss geben, allerdings zuckte Lauren erschrocken zusammen und hob die Hand.

»Oh, du bist es«, lächelte sie und strich über Flynns Wange. »Du hast dich nicht ordentlich rasiert.« Lauren wandte den Blick wieder den Papieren zu, ohne ihn zu küssen. Konnte man auf tote Bäume und Tinte eifersüchtig werden? Die Antwort war: Ja! Aber über den Punkt war er schon längst hinaus.

Flynn griff nach dem Flugticket. »Brüssel?« Die Flugzeit war morgen, 8:30 Uhr und es war nur ein verfluchter *Hin*flug! Wo war der Rückflug? Selbst diese verflixte Hotelreservierung hatte kein Enddatum.

»Ich fliege für sechs Wochen nach Brüssel«, sagte Lauren, ohne auch nur einmal aufzusehen. Man könnte meinen, sie redeten davon, die Brotsorte zu wechseln. Flynn war, gelinde gesagt, überrascht. Genau genommen wagte seine Kinnlade den Absprung aus seinem Gesicht.

»Sechs Wochen?«, rief er. »Und auf die Idee, mich vorher zu fragen, kommst du wohl nicht?«

»Fragst du mich, wenn du mal wieder eine ach so tolle Rolle angeboten bekommst?«, blaffte Lauren ungeniert zurück.

»Ich würde dich fragen, wenn du mal für zwei Sekunden aus deinen Verträgen auftauchen würdest. Außerdem verschwinde ich nicht sechs Wochen, mir nichts, dir nichts, nach Brüssel. Was machst du dort überhaupt?«

Lauren sprang wie von der Tarantel gestochen auf und ging zum Kühlschrank. Sie öffnete die Tür, starrte hinein und nahm schließlich ein Glas eingelegte Oliven heraus. Sie umklammerte das Glas und starrte ihn widerspenstig an. Kein Haar hing ihr wild ins Gesicht. Sie lagen alle wohlgeordnet in dem Bob. In solchen Momenten vermisste er ihre langen Haare. Wenn er sie früher auf die Palme gebracht hatte, war sie durch das Haus gestürzt, hatte Oliven in sich hineingestopft und ihr Haar wehte wie eine schwarze Fahne hinter ihr her. Jetzt wehte nichts mehr. Höchstens ein eiskalter Wind durch ihre Ehe.

»Es geht um eine Firmenübernahme. Das ist verdammt wichtig für mich«, presste Lauren heraus. »Wenn wir das problemlos mit allen Schikanen über die Bühne bekommen, wäre das ein enormer Karriereschritt.«

Flynn schnaubte ungläubig. »Was dann zur Folge hat, dass du noch mehr arbeitest. Und das, ist in Anbetracht dessen, dass der Tag gerade mal vierundzwanzig Stunden hat, nicht mehr möglich!«

Bemüht atmete Lauren ein und aus. »Du wusstest am Tag unserer Hochzeit genau, dass ich Karriere machen will. Ich will Seniorpartnerin werden und du wolltest mich unterstützen!«

»Wann soll ich das anstellen?«, ätzte Flynn. »In den zwei Minuten, die du zwischen Heimkommen und Einschlafen in den Kühlschrank siehst?«

»Du könntest aufhören, mir eine Szene zu machen, nur weil ich sechs Wochen nicht da bin!«

»Als ob aus den sechs Wochen nicht schnell zwölf werden, wenn es dein Chef für nötig hält. Für ihn springst du, aber für mich?«

»Ich habe eine Heiratsurkunde unterschrieben, keinen Adoptionsantrag«, fauchte Lauren. »Wir sind jetzt zwölf Jahre verheiratet, da wirst du doch mal ein paar Wochen ohne mich auskommen.«

Flynn glaubte, sich verhört zu haben. Wichtiger Hinweis an die Damenwelt da draußen: Sagt diese Worte niemals (niemals!) zu eurem Mann! Das hat was von: ›Wir hocken jetzt schon zwölf Jahre aufeinander. Lass mir wenigstens die sechs Wochen Auszeit!‹ Es gab kein gehässigeres Statement, vor allem gab es keine Antwort darauf. Flynn kannte zumindest keine. Ohne ein weiteres Wort verließ er die Küche. Er brauchte Luft und jene im Garten war gerade gut genug. Es roch immer noch nach Regen, nassem Boden und Kiefernholz.

Tropfen perlten von dem Holzgeländer der Terrasse. Hier, auf diesem Fleckchen Erde, grün und feucht, schien die Zeit stillzustehen. Die nächsten sechs Wochen wäre er allein hier, aber wo war der Unterschied zu heute, gestern, die letzten Wochen und Monate? Nirgends.

Seit Stunden starrte Lia auf ihren Bildschirm. Sie hatte sich für den Namen ›Arian Coldwater‹ entschieden. Er war kurz, eingängig und ungewöhnlich. Das war aber auch das Einzige, das sie zustande bekommen hatte.

Ihre Gedanken verirrten sich aller zwei Sekunden zu Flynn, sofern es ihr überhaupt gelang, sie auf etwas anderes zu richten. Sie wollte sich selbst den Kopf einschlagen. Das gab es doch nicht! So schlimm hatte sie es noch nie erwischt. Woran lag es? Dass sie ihn nicht haben durfte? Nein, vergebene Männer waren für sie immer uninteressant gewesen. Sie wollte kein drittes Rad am Wagen sein. Verbotene Affären reizten sie nicht.

Lia grabschte nach ihrem Telefon und rief Aideen an.

»Hi«, tönte deren rauchige Stimme durch die Leitung.

Lia spürte, wie sich ihr Herzschlag ein wenig beruhigte, und atmete tief ein. »Ich will die Stadt verlassen. Das Land. Den Kontinent. Den Planeten.«

»Vielleicht auch noch das Universum?«

Eine hervorragende Idee. Je mehr Kilometer zwischen ihr und Flynn waren, umso besser. »Kommst du mit?«

Aideen lachte leise. »Ich folge dir, wohin du auch gehst, Babe.«

Der schrille Ton ihrer Klingel ließ Lia zusammenfahren. Gott, sie hasste diesen Ton.

»Warte kurz«, bat sie Aideen und ging zur Tür. Hoffentlich war es nicht Flynn. Bitte, lass es nicht Flynn sein. Sie hatte für den heutigen Tag genug von ihm. Ihre Nerven schleiften schon über den Boden und winselten um Gnade.

Aber es war nicht Flynn, der vor ihrer Tür stand, sondern ein junger Mann mit einem roten Cappi und der Aufschrift ›Londeli-Pizza‹ auf dem blauen Hoodie.

Er lächelte sie an und reichte ihr eine flache Schachtel.

»Ich hab nichts bestellt«, sagte Lia verblüfft.

Er runzelte die Stirn, sah auf seinen Zettel und streckte ihr diesen entgegen. »Sie sind nicht Lia Carsen?«

»Doch.«

»Dann ist das Ihre Pizza. Besteller Flynn Brooks, Liefcradrcsse Lia Carsen.«

Oh, Flynn! Er hatte auf ihren Namen Pizza bestellt? Wie wahnsinnig erwachsen! Andererseits ... er hätte sich Dümmeres ausdenken können. Das Essen roch verführerisch. Sie sollte die Annahme verweigern, aber Flynns kindliche Streiche konnte sie kaum den Pizzadienst ausbaden lassen. Ihr Bauch knurrte und das Wasser lief ihr im Mund zusammen.

Sie griff nach der Schachtel. »Äh, was bekommst du?«.

»Nichts. Ist schon bezahlt.« Der Bote packte seine Tasche und eilte die Stufen hinunter.

Verblüfft starrte Lia die Schachtel in ihrer Hand an, ließ die Tür zufallen und wanderte mit der Packung in die Küche. Sie schnippte den Deckel auf und das köstliche Aroma von Teig und Käse schlug ihr entgegen. Sie ging vor Wonne fast in die Knie. Womit war die belegt? Sah aus wie Spinat und Bohnen. Und Nüsse? Schwer zu sagen, aber es roch herrlich. Sie seufzte inbrünstig.

»Lia?«, fragte Aideen besorgt. »Was ist?«

Ups. Sie hatte Aideen immer noch am Telefon. »Er hat mir eine Pizza geschickt.«

»Oh, oh.«

»Sie sieht nicht vergiftet aus«, erwiderte Lia schnell.

»Das mein ich nicht«, rief Aideen aus. »Der Kerl weiß, wie er dich rumkriegt.«

»Da gehört schon ein bisschen mehr dazu als Pizza.«

»Was denn noch?«

»Eiscreme.«

Es klingelte erneut an Lias Haustür. Diesmal war es bestimmt Flynn. Wer wusste, womit die Pizza belegt war. Jedenfalls wollte er es sich nicht entgehen lassen, ihre Vorfreude zu zerstören. Oder er wollte mitessen und sie weiter mürbe machen. Aber nein. Als sie die Tür öffnete, stand nicht Flynn davor, sondern wieder der Pizzabote. Er hielt ihr einen Plastikbeutel hin. »Sorry, das hatte ich vergessen.«

Neugierig lugte Lia in die Tüte.

Mist, elender. Sie war geliefert.

»Lia?«, fragte Aideen.

»Der Pizzabote hat mir noch einen Beutel gegeben.«

»Was ist drin?«

»Ein Becher *Ben & Jerry's*.«

FLYNN BROOKS BESUCH BEI LIA CARSEN BRINGT DIE GERÜCHTEKÜCHE ZUM BRODELN

›Schauspieler? Ne, dafür sah der zu anständig aus‹, behauptet Mr Banks, ein Nachbar von Lia Carsen. Allerdings bestätigt er, dass ein Bild von Flynn Brooks mit dem Besucher von Lia Carsen übereinstimmt. ›Er sah ein bisschen nasser aus. Na ja, hat ja auch geschüttet, als würde Petrus nach zwei Litern Bier vom Himmel strullen. Wie man eine Frau umgarnt, weiß er jedenfalls nicht. Aber davon hat die Jugend eh keine Ahnung mehr. Die heiraten ihre Handys.‹

Fassungslos starrte Lia im Halbdunkel des Treppenhauses auf ihr Handydisplay. Kam sie in die Hölle, wenn sie an ihrem Nachbarn ein wenig Sterbehilfe praktizierte? Aideen hatte ihr heute Morgen den Link zu dem Artikel geschickt. War Lias Laune nach dem Aufwachen noch halbwegs gut gewesen, pegelte sie sich gerade meilenweit unter dem Nullpunkt ein.

Diese verfluchten Reporter! Woher wussten die, dass Flynn gestern da gewesen war? Sie traute Mr Banks zu, sich zu verquatschen, wenn man ihn fragte. Aber er hatte doch sicher nicht selbst die Presse angerufen.

Ob Flynns Frau solche Tratschgeschichten las? Flynn bekam doch keinen Ärger, oder? Andererseits hatte sie bestimmt schon schlimmere Gerüchte gelesen. Wenn man einen Schauspieler liebte, musste man mit Tratsch und hinterhältigem Getuschel leben.

Lia zerrte an der schweren Haustür und schob sich hinaus. Prompt sah sie sich einem Mann gegenüber. Zwischen dem schwarzen Rand seiner Kamera und einer Schiebermütze lugte blondes Haar hervor und das Blitzlicht blendete sie.

Lia legte die Hände auf die Augen. »Muss das sein? Ich kann euch nach dem Aufstehen Selfies schicken, wenn es hilft, aber löst nicht ständig meine Bindehaut mit euren Kcamerablitzen auf.«

Der Reporter senkte die Kamera und schenkte ihr ein breites Grinsen. »Keine Sorge, es ist nichts geworden.« Er kramte in seiner Manteltasche und zog ein Diktiergerät hervor. »Möchten Sie über Ihre Beziehung zu Flynn Brooks sprechen?«

»Nein.«

»Sie könnten gewisse Gerüchte geraderücken.«

Verflucht, eines musste man dem Kerl lassen, er war clever. Lia lehnte sich gegen die Haustür. »Es gibt nichts zu sagen. Wir kennen uns vom Dreh. Die Schlagzeilen sind ausgemachter Schwachsinn.«

Der Reporter rückte näher. »Aber Sie waren gemeinsam essen.«

»Jeder Mensch muss essen und manchmal machen das zwei Menschen zusammen«, stöhnte Lia. »Herrgott. Wenn ich mit jedem Mann, mit dem ich essen war, ein Verhältnis hätte, hätte ich niemals Zeit gehabt, auch nur ein Wort zu schreiben.«

»Wann kommt Ihr nächstes Buch?«

Sie hasste diesen Kerl. »Ich weiß es nicht.«

Der Reporter lächelte sie an. Wenn er nicht gerade eine Kamera vor sein Gesicht hielt, sah er wirklich niedlich aus. Seine Sommersprossen erinnerten sie an Aideen. »Sie haben keine geheimen Infos für mich?«

»Sind Sie eigentlich der verhasste Praktikant, der unter Androhung des Rauswurfes dazu verdonnert wurde, mir aufzulauern, während Ihre Kollegen den richtig spannenden Storys nachjagen?«, fragte Lia.

Er zog die Mütze von seinem Kopf und schwenkte sie in ihre Richtung. »Touché. Ich bin tatsächlich neu in dem Job. Darf ich mich vorstellen? Jonah Simmons. Mitarbeiter des Onlinemagazins LDNP, London Daily News Press. Wir haben echte Nachrichten für echte Freaks, äh, Checker. Ich verwechsle das immer. Mein Boss hat die Website vor zwei Wochen erstellt, um die Times zu ärgern. Dort ist er rausgeflogen und hat auch gleich noch ein paar Kollegen mitgenommen. Seit wir über Flynn Brooks und Sie berichten, schießen die Nutzerzahlen in die Höhe.«

»Ich bereite Ihnen doch mit Freude den Weg.« Lia lächelte säuerlich.

Simmons zwinkerte ihr zu. »Haben Sie Mitleid mit einem Berufsanfänger?«

»Vielleicht.«

»Nehmen Sie mich mit zum Set. Mein Boss kann mich endlich fest einstellen, wenn ich Exklusiv-Fotos bekomme und der LPND, äh, LDNP in aller Munde ist.«

Lia verdrehte die Augen und marschierte an dem Kerl vorbei.

»Warten Sie«, brüllte er ihr hinterher.

Sie hörte das Scharren seiner Schuhsohlen über die Gehwegplatten, als er ihr hinterherrannte. Die Bettelei war erbärmlich und sie war nicht völlig bescheuert. Arthur wollte keine Fotos. Die Produzenten ebenso wenig und überhaupt sollte nichts, absolut nichts, nach außen dringen.

Abrupt blieb sie stehen und drehte sich um. Simmons schaffte es, nur zwei Millimeter vor ihr zu stoppen, die

Arme in der Luft.

Lia berührte mit dem Zeigefinger seine Brust und sah ihm in die Augen. »Wenn Sie mich verfolgen, werde ich Ihren Gürtel öffnen und Ihre Hose herunterziehen«, schnurrte sie.

Simmons starrte sie fassungslos an.

»Und dann werde ich mit dem Warndreieck eine Beschneidung durchführen.«

Simmons Blick wurde noch dümmlicher und als sie zurückwich, zuckte er mit keinem Muskel. Lia sah ihn warnend an und drehte sich herum. Sie erreichte gerade ihren Wagen, da hörte sie Simmons Stimme.

»Ich dachte, Sie wären nett!«

Sie zeigte ihm den Mittelfinger und natürlich klickte wieder diese verfluchte Kamera.

Wenigstens war die Wegfahrsperre an ihrem Auto weg. Pah, von wegen Flynn hatte nichts damit zu tun. Sie konnte froh sein, dass er niemand angerufen hatte, um sie abzuschleppen. Das hätte sie nämlich an seiner Stelle getan! Aber so konnte sie mit durchdrehenden Reifen aus der Parklücke heizen und die nächste rote Ampel überfahren. Sie fuhr einen Umweg über die Felder, bevor sie zum Set brauste. Wenn sie jetzt noch jemand verfolgte, hatte der sich die Bilder verdient.

Am Set sah sie von Flynn keine Spur. Arthur raufte sich den Bart, fluchte unverständliches Zeug, während Marcellas Stimme umso klarer durch den niedrigen Raum schallte.

Sie war die Hauptdarstellerin und Jack's Chefin. Marcella besaß den durchtrainierten Körper, den Lia niemals haben würde, honigblonde Haare, die blausten Augen, die Lia jemals gesehen hatte und sie sah in dem grauen Hosenanzug umwerfend aus. Vielleicht war das die Lösung von Lias

Problem? Um Flynn zu vergessen, musste sie lesbisch werden. Es würde einiges erleichtern. Dann bräuchte sie sich keine Gedanken über Flynns Forderung zu machen. Sie könnte sich die Ohren zuhalten und immer lauter ›Nein, nein, nein‹ singen und es wäre ihr völlig egal, wie süß er grinste.

Ach, verflucht.

»Wie kann man einen verdammten Kopierer zerlegen? Das Ding hat das Siegel ›Idiotengeprüft‹«, brüllte Marcella einen Praktikanten an. Das gehörte übrigens in den Film. Arthur hatte also tatsächlich noch eine Szene gefunden, die er ohne Flynn drehen konnte? Wo zum Henker war der Schauspieler überhaupt? Gingen ihm die Streiche aus?

Hoffentlich. Gestern Abend hatte sie immer wieder ihr Handy in die Hand genommen, im Telefonbuch nach Flynns Nummer gesucht und ihr Daumen hatte schon über dem grünen Hörer geschwebt. Zum Schluss musste sie ihr Telefon in den Kühlschrank stecken, um ihn nicht doch noch anzurufen und einfach nur ›Ja, ich will‹ zu brüllen. Das Verlangen nach sehr viel Alkohol war übermächtig gewesen, aber genauso gut hätte sie ihn gleich anrufen können. Sie konnte stolz auf sich sein. Sie hatte es nicht getan. Auch nicht in der gesamten, verdammten, schlaflosen Nacht. Allein bei dem Gedanken, mit Flynn die Szenen von ›Jack's Black‹ zu üben, stellte sich ein begieriges Kribbeln ein, als würde sie mit gespreizten Beinen auf einer Wiese liegen und eine Horde Schmetterlinge auf und in ihrem Allerheiligsten tanzen. Und wenn sie daran dachte, wie es wäre, in dieser Gleichung die Schmetterlinge durch Flynn zu ersetzen ... Nein, stopp, das ging zu weit und waren eindeutig die falschen Gedanken! Wo war sie stehen geblieben? Ach ja, sie wollte lesbisch werden und Marcella abschleppen. Aber vorher musste sie pinkeln.

In einer Nische verborgen, beobachtete Flynn, wie Lia in der Damentoilette verschwand. Er hatte gestern Abend auf ihren Anruf oder einfach nur auf eine verfluchte Nachricht gewartet. War die Pizza nicht angekommen? Hatte sie den Streich überhaupt nicht bemerkt?

Wenigstens hatten ihn diese Grübeleien von der eisigen Stimmung zwischen ihm und Lauren abgelenkt.

Sie waren nacheinander ins Bett gegangen.

Wie immer.

Er war wach geblieben, bis sie irgendwann kam.

Wie immer.

Sie war sofort eingeschlafen.

Wie immer!

Verflucht, warum konnte Lauren innerhalb weniger Sekunden einschlafen? Flynn hatte sich die ganze Nacht in dem verflixten Bett gewälzt. Seine Gedanken waren zwischen Lauren, dem Film und Lia hin- und hergesprungen. So schnell, dass ihm schwindlig geworden war, und gegen drei Uhr morgens war er doch eingeschlafen.

Als er aufwachte, stand Lauren abflugbereit an seiner Bettseite, küsste ihn flüchtig auf den Mund und schwor: »Ich komme an den Wochenenden. Solange fliegt man nicht von Brüssel bis hierher. Du kannst ungestört deinen Film zu Ende drehen und am Samstag sehen wir uns wieder.«

Jetzt blieben also nur noch Flynn und Lia übrig. Sie sah nicht im Geringsten gereizt aus. Vielleicht sollte er Dylan anrufen. Sein Freund hatte immer eine Menge dumme Ideen. Der würde Lia auf die Damentoilette folgen und sie dort volllabern. Nicht viele Ladys konnten in männlicher Gesellschaft pinkeln. Lia ebenso wenig, sie hatte es in der Bar selbst zugegeben.

Hey, das war eigentlich eine gute Idee. Frauen wurden immer zickig, wenn sie auf die Toilette mussten. Blieb nur zu hoffen, dass er Lia nicht bei größeren Vorhaben störte, sonst war die Anziehungskraft zwischen ihnen zumindest von seiner Seite aus völlig dahin.

Flynn sah sich um, schob sich in Richtung der Tür mit der Frauensilhouette auf dem Schild und marschierte direkt darauf zu. Vorsichtig drückte er die Klinke herunter und spähte hinein.

Nur eine Kabine war besetzt, die Türen der anderen standen offen. Flynn trat ein und schloss die Tür leise hinter sich.

Er räusperte sich ausgiebig. »Wie hat eigentlich die Pizza geschmeckt? Ähnelt der Geschmack von Insekten wirklich Hühnchen? Ich habe Ihnen zwei Extra-Portionen drauflegen lassen.«

Ein Krachen klang aus der Kabine. »Das ist ja wohl nicht wahr, Sie verfluchter Hu...-, Humpen!«

»Humpen?«

»Hurensohn!«

»Soll ich Ihnen die Telefonnummer meiner Mutter geben, damit Sie das mit ihr ausdiskutieren können?«, fragte Flynn.

»Verschwinden Sie«, brüllte Lia.

»Haben Sie es sich überlegt?«

»Nein«, fauchte Lia.

»Sie haben es sich nicht überlegt?« Oh, er wusste durchaus, was sie meinte. Allerdings war es sehr viel lustiger, sie zu reizen. Mit Tigern spielte man nicht, aber Lia war auch nur eine winzige Ausführung einer Raubkatze.

»Ist das ein Ja?«, hakte Flynn hoffnungsvoll nach und wich prompt einen Schritt zurück.

Denn im gleichen Moment riss Lia die Kabinentür auf und kam ihm mit einem Gesichtsausdruck entgegen, der selbst gestandenen Wrestlern, denen sie höchstens bis zur Hüfte reichte, Respekt abnötigte. Auf Lias Zügen zeichnete sich ein unheilvolles Lächeln ab. Ups.

»Schließen Sie ab und ich werde Ihnen einen Einblick verpassen, den Sie Ihren Lebtag nicht vergessen.«

Flynns Herz machte einen beunruhigten Sprung. Das wollte nicht warten, bis die Beine seines Besitzers endlich die Flucht ergriffen. Es wollte schon mal vorrennen. Nach dem Motto ›Rette sich, wer kann!‹

»Womit denn?«, fragte Flynn. Ohne Werkzeuge konnte doch auch sicherlich die kreativste Domina nichts ausrichten, oder? Er wich weiter zurück, bis er gegen ein Hindernis stieß. Das Waschbecken drückte an seinen Rücken. Viele Möglichkeiten zum Entkommen hatte er nicht. Entweder er schaffte es vor Lia zur Tür, oder er sah nach, ob er in den Papiereimer passte.

Skeptisch beobachtete er, wie Lia immer näher rückte. Das Funkeln ihrer grünen Augen unterstrich den süffisanten Zug um ihre Lippen.

»Sie tragen einen Gürtel«, sagte sie zuckersüß.

Ohne es verhindern zu können, wanderte Flynns Blick nach unten. Natürlich trug er einen Gürtel. Irgendwie musste seine Hose ja halten! Einen Gürtel aus stabilem Leder. Und eigentlich harmlos. Unspektakulär, solange man ihn um die Hüften trug, jedoch konnte sich selbst Flynn ausrechnen, dass eine Zweckentfremdung dieses Lederriemens nicht zu seiner Erheiterung ausfallen würde. Nicht, wenn Lia ihre Wut in Schlagkraft umwandelte.

»Vielleicht denken Sie ja noch einmal darüber nach?«, meinte Flynn und versuchte, sich schnellstens an Lia vorbeizudrücken.

»Nicht so schnell!«

Lia packte ihn an der Vorderseite seines Shirts. Zu gern hätte er es darauf angelegt, es zu zerreißen. Aber wie sollte er Arthur erklären, dass er mit zerfetzter Requisite und latent panisch aus der Damentoilette stolperte?

»Ich muss zum Dreh!«, wandte Flynn ein und fand die bevorstehende Szene plötzlich nicht mehr so schlimm. Also die aus dem Drehbuch. Nicht die, die Lia gerade anzettelte.

»Bevor ich mir irgendetwas überlege, möchte ich wissen, was Sie aushalten«, belehrte ihn Lia.

Himmel hilf. Darüber wollte er lieber nicht zu genau nachdenken.

»Vorkosten ist nicht«, wehrte er bemüht scherzhaft ab. Allerdings fiel ihm das falsche Grinsen aus dem Gesicht, als er merkte, dass Lia seinen Gürtel öffnete und ihn aus den Schlaufen zog.

»Halten Sie das wirklich für eine gute Idee? Wollen Sie sich diesen Anblick nicht aufheben?« Flynn hielt den Verschluss zu, denn verdammt war sie schnell, sie hatte den Knopf bereits gelöst. Nicht einmal in der Verliebtheitsphase hatte ihn Lauren mit vergleichbarer Geschwindigkeit aus seiner Hose geschält!

»Ihnen ist klar, dass Sie sich spätestens ausziehen müssten, wenn ich auf Ihre Idee eingehe?«, erkundigte sich

Lia skeptisch. Natürlich war ihm das bewusst und auch das war ein Punkt, den er gern verdrängte.

»Hose runter und umdrehen!«, kommandierte Lia und war sich nicht zu schade, nachzuhelfen.

›Es ist wie im Film‹, redete sich Flynn ein. Herrgott, schließlich waren Nacktszenen nichts Neues für ihn. Mehr Menschen, als ihm lieb sein konnte, kannten seinen nackten Hintern. Und vermutlich wusste auch Lia, wie er aussah.

Flynn folgte ihrer Führung, sich mit den Händen auf dem Waschbecken abzustützen. Eine leichte Gänsehaut erfasste ihn, als er Lias Finger spürte, die sein Shirt nach oben schoben und seine Unterwäsche nach unten. Zum Flüchten war es zu spät. Vielleicht hätte er doch das zerrissene Shirt und Arthurs Gebrüll in Kauf nehmen sollen.

Aber hey, war es nicht das, was er eigentlich wollte? Lia zeigte ihm, was Jack in ihrem Buch durchmachte. Warum fühlte er sich dann so verflucht unwohl? Bevor Flynn ein vernünftiger Grund einfiel, zerriss bereits ein verdächtiges Klatschen die Stille. Wenn er auch nur für einen winzigen Moment überlegte, was das gewesen sein könnte, kam die Antwort in Sekundenschnelle. Der Lösungshinweis war ein schmerzhaftes Brennen auf Flynns linker Pobacke! Er hatte mal gelesen, es wäre gut, den Schmerz wegzureden. Das tat er. Ausgiebig.

»Verfluchter Mist! Zum Teufel mit dir! Berühmt sollst du werden – man soll eine Krankheit nach dir nennen! Die Presse soll dich auf Schritt und Tritt verfolgen, genauso wie deine Gläubiger!«

Er bildete sich ein, Lia kichern zu hören, doch da schlug sie noch einmal zu und Flynn knirschte mit den Zähnen. Das war nicht erotisch, das konnte ihm niemand einreden! Der nächste Hieb traf ihn und er sah sie im Spiegel ein weiteres Mal ausholen. Er drehte sich um, hob die Hände, um den Riemen abzufangen, aber sie zog ihn vorher zurück.

Bevor er etwas sagen konnte, legte sie ihm den Gürtel in den Nacken und zog an den Enden, bis Flynn dem Druck folgen und den Kopf senken musste. Seine Nasenspitze war nur ein paar Millimeter von ihrer entfernt.

»Willst du es immer noch?«, fragte sie.

»Ja.«

»Dann bräuchtest du mehr jüdische Flüche«, spottete sie. »Du bist wehleidig.«

»Treib es mir doch aus«, zischte Flynn. Er gönnte ihr den Triumph nicht. Nicht im Geringsten.

Ihre Lippen kräuselten sich spöttisch. »Netter Versuch.«

Mit einem Zucken der Schultern löste sie den Gürtel, drückte ihn Flynn in die Hand und drehte sich um. Mit langen Schritten ging sie zur Tür. Sie brauchte ihn nicht mal selbstzufrieden angrinsen. Allein die Art, wie sie ihre Hüften bewegte, schwingender als sonst, verriet ihm, wie überlegen und clever sie sich gerade fühlte.

Sie drückte die Tür auf und schlüpfte hinaus. Verfluchtes Weib. Sie ließ ihn einfach stehen. Mit heruntergelassener Hose und einem schmerzenden Hintern!

Er starrte immer noch die Tür an, als sich diese wieder öffnete. Aber es war nicht Lia, der noch eine Gemeinheit eingefallen war. Es war eine Praktikantin, die sich hineinschob und mit einem Blick auf Flynns, äh, Oberschenkel erstarrte.

»Äh ... so-, sorry. Ich ... ich da-dachte, da-da-das ist die Damentoilette«, stotterte sie, schlug die Hände vor die Augen und flüchtete. Wenn sie diese Geschichte an die Presse verkaufte, könnte er ihr das nicht mal verübeln.

FLYNN BROOKS NEUE ROLLE
MACHT IHN MUTIG?

›Ich bin in die Damentoilette und da stand er – Flynn Brooks – mit runtergelassener Hose. Ich meine, in der Damentoilette! Wenn er wenigstens in einer der Kabinen ... Aber er stand direkt vor den Spiegeln. Vielleicht sieht er sich ja gern dabei zu?‹, berichtet die frisch gefeuerte Jung-Visagistin.

Pah, dieser Anfänger!

Lia ging nach draußen zu ihrem Wagen. Sie konnte nicht bleiben. Sie *wollte* nicht bleiben. Der Kerl brachte sie um den Verstand. Er machte seinen Job zu gut. Nicht als Schauspieler, sondern als persönlicher Herumtrampler auf ihren Nerven!

Die blaue Blechkarre rückte in ihren Fokus und unweigerlich stöhnte Lia auf. Schon wieder diese verdammte Parkkralle! Das war nicht das verblödete Finanzamt. Das war Flynn! Oder jemand, den er dafür bezahlte.

Lia machte auf der Ferse kehrt, ging zurück in den unscheinbaren Flachbau und holte tief Luft. »FLYNN!«

Die Wirkung einer lauten, wutentbrannten Frauenstimme war immer wieder erstaunlich. Sofort verstummte jegliches Summen in diesem hysterischen Bienenkorb voller Wichtigtuer. Praktikanten, Visagisten, Kameraleute gafften sie an. Sogar Arthur lehnte erstarrt an einer Säule und die Hälfte eines Sandwiches steckte in seinem Mund.

»Wo ist der verfluchte Mistkerl?«, brüllte sie noch einmal.

Carlos streckte den Finger aus und deutete an ihr vorbei. Sie wirbelte herum. Tatsächlich. Auf dem Parkplatz, vor ihrem Wagen, stand Flynn. Die Hände in den Taschen vergraben betrachtete er mit schiefgelegten Kopf Lias Reifen.

Sie stürmte hinaus, auf ihn zu. »Sorg dafür, dass das Ding verschwindet«, fauchte sie.

»Das kannst du auch.«

»Was?«

Flynn streckte die Hand aus. »Gib mir den Schlüssel.«

»Wenn du mir den Wagen klaust oder zu Schrott fährst, mach ich mit dir eine Heißwachskur. Im Intimbereich!«

»Ich wette, ich schreie dabei weniger als du.«

Lia presste die Kiefer so fest aufeinander, bis ihre Zähne schmerzten. Flynn entwand ihr den Schlüssel, öffnete die Autotür und setzte sich hinter das Steuer. Er startete den Wagen, aber ihr Motor heulte nicht etwa auf, weil er nicht vom Fleck kam. Nein. Flynn legte den Rückwärtsgang ein und fuhr über diese Parkkralle. Sie knirschte und dann walzten ihre Reifen sie platt. Einfach so.

Flynn ließ den Motor ersterben, stieg aus und warf ihr den Schlüssel zu. »Pappmaché. Aber deinen Auftritt war es wert. Deine Fans auf Instagram werden sich freuen, wenn sie das Video sehen.«

Der Schlüssel fiel übrigens zu Boden. Lia konnte nicht etwas fangen *und* über die Vielzahl der Möglichkeiten seines höchst schmerzhaften Todes nachdenken. Aber sie konnte ihn anspringen. Zumindest versuchte sie es. Lia stürzte auf ihn zu, doch er rettete sich auf die andere Seite des Wagens.

»Ich schwöre, ich lass dich für diesen Kindergarten büßen«, zischte Lia.

»Tut mir leid, in erwachsenen Streichen kenne ich mich nicht aus«, hielt Flynn dagegen und seine Mundwinkel zuckten. »Vielleicht solltest du ein Buch darüber schreiben.«

»Na warte«, fauchte sie und sprang um den Wagen herum, aber Flynn war größer und besaß die längeren Beine. Als sie keuchend ihren Kofferraum erreichte, lehnte er schon wieder an der Motorhaube.

»Flynn«, brüllte Arthur. Erst von weitem, dann immer näher. »Wo ist dieser verfluchte Bastard? Ich schneide dir jede verdammte Beule aus dem Arsch, wenn du dich nicht sofort herscherst.«

»Tut mir leid, ich muss gehen«, lachte Flynn, drehte sich um und hastete in den Flachbau. Vier Schritte lang nahm sie die Verfolgung auf, aber ach, zum Teufel. Er war ihr zu schnell. Was machte er in den drehfreien Zeiten? Trainierte er für die Olympiade?

Lia tappte zurück, lehnte sich atemlos an ihren Wagen und erstarrte. Hinter Arthurs frisch gewachstem Lexus hockte ein Zuschauer, vor dem Gesicht eine Kamera. Och, nö, die blonden Haare kannte sie.

»Simmons! Verschwinden Sie«, rief Lia. »Ich hole gleich das Warndreieck raus!« Der hatte hoffentlich kein Video gedreht? Oh nein, meinte Flynn das mit dem Video für Instagram?

Der Reporter senkte die Kamera, winkte ihr zu und wich vor einem Sicherheitsbeamten zurück, der ihn endlich entdeckt hatte. »Viel Spaß noch«, brüllte der Schmierfink und gab Fersengeld.

Lia öffnete die Tür ihres Wagens und wollte sich gerade hinter das Steuer setzen, da ließ sie ein schier unmenschlicher Schrei zusammenzucken. Er kam aus dem Inneren der Halle, vom Set. Eine seltsame Mischung aus Entsetzen, Verzweiflung und bitterster Wut. Ein Ruf von der Art, die die tiefverwurzelte Sensationsgier der Menschen weckte. Sofort strömten die Sicherheitsleute, die Raucher und wer auch immer sich gerade draußen herumtrieb, in die Halle. Ach, verdammt, Lia drückte die Wagentür auf und hastete ihnen hinterher. Sie schlugen die Richtung ein, aus der schon der nächste Wutschrei hallte. Lia drängte sich zwischen den anderen hindurch, um einen Blick auf das Geschehen zu werfen.

Im Mittelpunkt stand ein äußerst aufgebrachter Regisseur, der sich die Haare raufte. »Gebt mir etwas, womit ich ihn verprügeln kann!«

Er deutete mit hochrotem Kopf und bebender Hand auf … war ja klar – Flynn. Er lehnte, mit seinem nackten Oberkörper angebend und gestreckten Armen, an einem Andreaskreuz und grinste von einem Ohr zum anderen.

»Ich hab dir schon die verfluchte Hose gelassen«, brüllte Arthur. »Jetzt reiß dich zusammen und stöhne gefälligst. Das ist doch kein Theater! Du kannst Marcella nicht ständig auslachen!«

Wow. Die Schläge auf den Hintern hatte Flynn offensichtlich bestens weggesteckt.

»Ich könnte Flynn ein paar Knochen brechen. Den kleinen Finger. Oder den Zeh. Ich habe einen Bruder, der macht das hauptberuflich«, flüsterte Marcella. Sie trat in den überhohen Stiefeln von einem Fuß auf den anderen. Ihre Lederkorsage knirschte und sie zerrte immer wieder am Saum. Die Peitsche steckte in der Tasche ihrer Hotpants. Die Arme vor der Brust verschränkt, betrachtete sie Flynn und kicherte hinter vorgehaltener Hand.

»Ich hau ihm gleich seinen verfluchten Vertrag um die Ohren«, wütete Arthur. »Wer zahlt mir das Schmerzensgeld, mit diesem Mann zusammenarbeiten zu müssen. Zehn Peitschenhiebe!«

»Für wen hältst du dich? Den Sheriff von Nottingham? Außerdem ist es gegen das Gesetz«, erwiderte Flynn. »Körperverletzung ist strafbar.«

»Pah!«, prustete Arthur. »Das ist alles im Rahmen des Drehs. Irgendwie muss Marcella ja warm werden.« Arthur schnaufte, kramte in seinen Taschen und stopfte sich eine der Pillen in den Mund, die er immer dann einwarf, wenn er behauptete, mit den Nerven am Ende zu sein. »Verfluchter Scheißkerl, wir sind eh schon in Verzug«, murmelte er.

Es konnte jeder hören, mit Sicherheit auch Flynn, aber den schien es nicht zu interessieren. Er lockerte lieber seine Schultern.

Lia drängte sich zu Arthur durch und tippte dem Regisseur auf den Arm. »Gewähr ihm Aufschub. Ich brauche nur ein Wochenende«, bat sie.

»Was?«, rief Arthur viel zu laut aus. »Noch ein -«

»Wochenende«, sagte Lia wesentlich leiser.

»Danach ist er auch nicht besser«, brummte Arthur. »Völlig überbewertet, der Kerl.«

»Nach diesen paar Tagen wird er froh sein, wenn er es nur spielen muss«, gab Lia zurück.

Damit hatte sie endlich Arthurs ungeteilte Aufmerksamkeit. Er stopfte sich nicht mehr ununterbrochen Pillen in den Mund. Die, die gerade auf dem Weg dahin war, hielt er in der Hand.

»Du redest mit ihm?«, fragte er vorsichtig.

Lia lächelte. »Ja, nennen wir es *Reden*.«

Arthur runzelte die Stirn, wiegte den Kopf, bevor er schließlich nickte. »Gut. Und hau ihm zehn … ach, zwanzig, von mir drüber.«

Lia biss sich auf den Finger, um das Lachen zu unterdrücken. »Ich werde versuchen, es einzurichten.«

Was zum Henker tuschelte Lia mit Arthur?

Er fühlte sich in seiner Position noch nicht einmal so unwohl wie befürchtet. Gut, Arthur hasste ihn, Marcella mit Sicherheit auch und der Rest der Mannschaft sowieso. Wegen ihm mussten sie Überstunden machen.

Was immer Lia zu Arthur gesagt hatte, es mussten verdammt gute Argumente sein, denn Arthur erhob sich zu seiner vollen Größe von 1,65 m und verkündete das Ende des heutigen Drehtages. Um seine Worte zu unterstreichen, warf sich der Regisseur noch eine rosafarbene Magentablette ein. Die Anwesenden, die nur zu gern in den wohlverdienten Feierabend wollten, beeilten sich, ihre Sachen zusammenzupacken und fluchtartig das Set zu verlassen.

Was Flynn allerdings Sorgen bereitete, war die Tatsache, dass sich absolut niemand für seine Befreiung zuständig zu fühlen schien. Als wäre er in eines dieser pseudolustigen Videos geraten, in denen der Held bzw. der Trottel vom Dienst angekettet zurückbleibt, während der Letzte das Licht ausmacht. Nur, dass er der Depp war und das hier kein Film. Beharrlich versuchte Flynn, die Aufmerksamkeit des einen oder anderen auf sich zu lenken, wurde allerdings standhaft ignoriert. Selbst Marcella hatte lediglich ein süffisantes Lächeln für ihn übrig. Schön, dass sie das lustig fand!

Am Ende schaltete Arthur nicht das Licht aus, aber bis auf Lia blieb niemand zurück. Und die kleine Furie schien nicht die leiseste Ambition zu hegen, etwas an seiner prekären Situation zu ändern. Sie sagte kein Wort. Sie lachte ihn auch nicht aus. Stattdessen nahm Lia in sämtlicher Gemütsruhe auf Arthurs Regiestuhl Platz und schlug die Beine übereinander.

Mit ihren katzenhaften grünen Augen starrte sie ihn an, als wäre er eine Maus in der Falle. Keine sonderlich wehrhafte Maus. Flynns Position war bisher etwas unbequem gewesen, aber das war plötzlich sein kleinstes Problem. Die Stimmung im Raum änderte sich schlagartig. Statt einer unbeschwerten oder auch konzentrierten Atmosphäre, wie sie gewöhnlich beim Dreh herrschte, sah er sich nun einer ungewohnten Spannung ausgesetzt.

Mit unheimlicher Gelassenheit scannte sie ihn von oben bis unten. Von seinem inzwischen gezwungenen Grinsen, hinab über seinen nackten Oberkörper, bis hinunter zu seinen Füßen. Sie zog ihm praktisch allein mit ihrem Blick die Hose aus und statt die linke Augenbraue hochzuziehen, könnte sie ihm genauso gut auch wieder seinen Gürtel über den Hintern klatschen. Unwillkürlich war Flynn erleichtert, dass er noch eine Hose trug. Halb angezogen war diese Situation schon kein Vergnügen, würde er jedoch nur in Unterhose oder völlig nackt hier stehen … Lia war es zuzutrauen, sein bestes Stück in die Versenkung zu starren.

»Hast du es dir überlegt?«, fragte Flynn.

Lia zuckte nicht mal mit der Wimper. Sie blinzelte überhaupt nicht. Himmel, war das gruslig, aber sie machte den Mund auf. »Was überlegt?«

»Sag bloß, du erinnerst dich nicht. Wir beide. Lack. Leder. Fesseln. Schläge.«

»Der Anfang ist ja bereits gemacht.« Sie legte den Kopf schief, spähte seine Arme hinauf. Sie begannen langsam taub zu werden und … Fuck! Sie hatte Recht. Er war schon dort, wo er hinwollte, hin*musste*. Nur konnte Flynn nicht behaupten, dass ihn plötzlich der Schlag der Erkenntnis traf.

Er fühlte sich weder sonderlich gut noch besonders mies. Seine größte Sorge war, dass Lia genauso abhaute und er die ganze Nacht hier zubringen musste. So wenig Karmapunkte konnte er unmöglich haben.

»Wir haben hier alles, was wir brauchen«, sagte Lia.

»Du willst doch nicht etwa *jetzt* ...?« Verdammte Hölle, hier konnte jederzeit jemand reinkommen! Einer dieser verfluchten Fotografen und Reporter, die kein anderes Thema zu kennen schienen als sein nicht vorhandenes Liebesleben! Sicher, der Brexit wurde langsam nervig, aber das war wichtiger als die Spekulationen über irgendwelche Liebschaften zwischen ihm und Lia.

Lia trat näher, Schritt für Schritt, bis sie nur noch eine Armlänge Abstand zu ihm wahrte. Er hatte sich seit Jahren nicht mehr eingehender mit dem weiblichen Geschlecht beschäftigt, deswegen war seine Einschätzung womöglich falsch, aber für ihn leuchteten Lias Augen nicht voller Vorfreude auf lustvolle SM-Spielchen. Sie erschien ihm vielmehr genervt. Was immer sie plante, es würde nicht zu Flynns Gunsten ausgehen. Sie verkaufte ihn doch nicht an eine andere Domina?

»Was spricht dagegen?« Wie zufällig strich sie über seinen nackten Bauch, sah ihm unbeirrt in die Augen.

Er wusste nicht, ob es an ihrer Frage lag oder an der winzigen Berührung ihrer Fingerspitzen. Fakt war, dass in seinem Kopf urplötzlich gähnende Leere herrschte. Flynn gab keine Antwort. Wie auch? Sein Gehirn hatte das Sprechen verlernt, genau genommen das komplette Denken. Nicht einmal als sie den Blick abwandte und hinter das Andreaskreuz trat, fiel ihm etwas ein. Sie nicht mehr zu sehen, beunruhigte ihn.

So sehr er sich den Hals verrenkte, er sah sie nicht.

Sein Gehör war nur mittelmäßig. Das Rascheln konnte genauso gut von Lia kommen wie von einer Ratte, die Lust hatte, heute einen Schauspieler anzunagen. Erst Minuten später tauchte Lia neben ihm auf, mit einem Seil in der Hand. Sie wand es um seinen Bauch. Das Holz drückte in seinen Rücken und er spürte seinen eigenen Herzschlag. Heftig pochte er gegen das Seil an, das Lia über seine Brust festzog, um seinen Arm schnürte, dann wieder dem Weg über seine Brust folgte und der andere Arm dran war. Er fühlte sich wie ein verfluchter Rollbraten! Die Finger konnte er rühren, aber das war auch die einzige Bewegung, zu der er noch in der Lage war.

»Weißt du, vielen Bondage-Liebhabern reicht es, wenn man sie ordentlich verschnürt und ihrer Fantasie überlässt«, erläuterte dieses Miststück Flynn mit sanfter Stimme.

»Du willst mich doch nicht die nächsten Stunden so stehen lassen?«

»Ich dachte so an morgen Früh, dann bist du gleich der Erste hier«, spottete sie. Lia bückte sich und wand das Seil um sein linkes Bein. Herrgott!

»Ich habe dir vertraut«, fauchte Flynn. »Glaubst du, es ist lustig, jemanden mit einem solchen Anliegen hinterherzubetteln? Hätte ich gewusst, dass du es ausnutzt, um mich hinterhältig zu verladen ...«

Lia war so schnell wieder auf seiner Augenhöhe, dass Flynn überrascht blinzelte.

»Dann wird dir vielleicht *jetzt* bewusst, dass es eine miese Idee ist.«

Flynn überkam das unbändige Verlangen, sie zu erwürgen. »Warum sagst du nicht einfach Nein?«

»Hab ich doch!«

»Zweimal!« Wenn überhaupt. »Und das war vor den Streichen.«

»Die so außerordentlich kreativ waren«, stichelte Lia. »Das Ärgerlichste sind die letzten Zeitungsartikel.«

»Denk dir bessere aus!«

»Zeitungsartikel?«, fragte Lia. »Mit Vergnügen. *Flynn Brooks feiert Silberhochzeit. Lia Carsen heiratet Thronnachfolger.*«

»Das liest kein Mensch. Außerdem bin ich von einer Silberhochzeit noch Meilen entfernt.«

»Lass das nicht deine Frau hören.«

Oh, sie konnte froh sein, dass sie ihn so gut verschnürt hatte. Sonst wäre die nächste Schlagzeile *›Flynn Brooks wegen Mordes festgenommen. Er zeigt kein Hauch der Reue‹*!

»Meine Ehe geht dich nichts an«, blaffte er.

Lia zuckte zurück. Endlich legte sie ihre stoische Ruhe ab und blitzte ihn wütend an. »Ich vergaß, deine Frau ist ja einverstanden. Die Artikel stören sie sicherlich auch nicht.«

»Richtig«, presste Flynn heraus. »Weil sie weiß, wem sie vertrauen kann und wer eine Konkurrenz für sie ist.« Das waren nicht seine Worte, sondern Laurens, gesprochen bei dem ersten Gerücht über eine Affäre zwischen Flynn und einer Kollegin. Sie hatte es mit einer Handbewegung fortgewischt. Er hatte sie dafür geliebt. Mittlerweile wäre sie vielleicht froh, wenn er sich mit einer anderen vergnügen würde. Aber das ging Lia einen verdammten Kehricht an!

Man könnte meinen, er hätte Lia beleidigt. Für einen Moment sah sie drein, als hätte *sie* einen Schlag abbekommen.

»Es ist und bleibt eine miese Idee«, hielt sie hartnäckig an ihrer Meinung fest und am Seil. Bevor Flynn den Mund aufmachen konnte, fuhr sie fort: »Was nicht heißt, dass ich es nicht machen würde. Deine Frau ist dein Problem. Ich möchte keine hysterische und eifersüchtige Furie am Hals haben. Außerdem bin ich keine Domina, die man für ein, zwei Stunden bezahlt. Wenn du schon eine Einführung verlangst, dann will ich dafür ausreichend Zeit«, erläuterte sie in einer Seelenruhe, die in Flynn Mordfantasien hervorrief.

»Wie viel Zeit?«

Lia rollte das Seilende zwischen ihren Händen. »Ein Wochenende. Ein Wochenende, an dem dein Hintern mir gehört. Allerdings nur in geschützten Räumen.«

»Achtundvierzig Stunden. Das sind harte Bedingungen«, stellte Flynn trocken fest.

»Du verlangst auch viel«, hielt Lia dagegen. »Im Übrigen werde ich nicht mit dir schlafen. Kein Sex im üblichen Sinne.«

Wie ungemein beruhigend ... und beleidigend! Glaubte sie, er wollte Sex mit ihr? Pah, wie kam sie darauf? Aber er verkniff sich jeglichen Kommentar. Sie war einverstanden. Es war das Einzige, das zählte. Ob sie normalen Sex mit ihm wollte oder nicht, konnte ihm völlig gleich sein. Also, warum regte er sich darüber auf?

»Gut«, presste Flynn heraus. »Das kommende Wochenende?«

»Sicher. Bevor du von Arthur wegen Inkompetenz gefeuert wirst.« Sie ließ das Seil los und zog es von Flynns Körper, bis ihn nur noch die Manschetten an dieses verflixte Ding ketteten.

»Wo sind eigentlich die Schlüssel? Für die Manschetten?«, fragte Lia.

»Schlüssel?« Er hatte keine Ahnung von irgendwelchen Schlüsseln!

»War nur ein Witz«, beruhigte ihn Lia mit einem verschmitzten Grinsen. Erst löste sie die Fesseln an seinen

Knöcheln, dann streckte sie sich und befreite auch seine Arme. Sie sackten nach unten und Flynn stöhnte.

»Übrigens, wenn deine Frau Wert darauflegt, kann sie mich anrufen oder mit mir einen Kaffee trinken und Fragen stellen.«

»Machen dir darum keine Gedanken«, brummte Flynn. »Lauren ist in Brüssel.« Selbst wenn sie arbeitslos wäre, würde sie sich niemals mit Lia treffen. Er kannte Lauren. Sie war eine Verfechterin der Gleichberechtigung, auf allen Ebenen. Sie konnte Schwäche nicht leiden, Unterwerfung erst recht nicht.

SPAß AM ›JACK'S BLACK‹-SET

Vergnügt jagten sich Flynn Brooks und Lia Carsen über das Set. Selbst der Regisseur Arthur Goodwin beteiligte sich betont mürrisch an dem Spiel und rief alle zur Räson. Wenn sich die Crew so gut versteht, muss der Dreh doch ein Kinderspiel sein. Ihr Reporter Jonah Simmons bleibt für Sie dran. Sequenzen der ausgelassenen Verfolgungsjagd können Sie sich im Video ansehen.

Flynn schloss die Haustür auf und lauschte in das Innere seines Heims. Nichts rührte sich. Nur der Holzboden knackte leise beim Eintreten. Selbst das Gluckern des Aquariums erschien ihm plötzlich lauter als an jedem anderen Tag. Er hatte sich geirrt. Es war nicht wie sonst. Denn er wusste, dass Lauren heute Abend nicht kurz vor Mitternacht nach Hause kam, sich erschöpft ins Bett legte und um 5:30 Uhr mit dem Weckerklingeln wieder hochschreckte. Es fühlte sich an, als käme sie nie mehr zurück.

Er schüttelte über sich selbst den Kopf. Lauren war viel zu beschäftigt, um eine Scheidung einzureichen. Dadurch wurde das Problem nicht besser, aber es vertagte sich. Auf die nächsten Wochen, die nächsten Monate, Jahre, Jahrzehnte. Vielleicht wurde Lauren ruhiger, sobald sie ihr Ziel erreicht hatte und endlich Seniorpartnerin war.

Genau. Und morgen weckte ihn der Weihnachtsmann mit Milch und frischgebackenen Keksen.

Flynn streifte die Schuhe ab, warf die Schlüssel auf die Kommode und wanderte ins Wohnzimmer. Er brauchte dringend Ablenkung und etwas zu essen. Beim gleichen Lieferdienst, bei dem er für Lia die besondere Pizza bestellt hatte, orderte er nun selbst eine. Mit Salami. Insekten sollten zwar voller Proteine sein, aber er traute sich an das Zeug nicht heran.

Die Wartezeit bis zu seiner Pizza überbrückte er mit Duschen. Flynn verzog sich gerade mit der Schachtel vor den Fernseher, als sein Telefon klingelte.

»Ja?«, fragte er.

»Hi«, sagte Lia zögerlich. »Ich denke über das Wochenende nach.« Er hörte ihr Räuspern und mit einem Mal klang ihre Stimme tiefer, selbstbewusster. »Hast du irgendwelche Vorlieben? Einen Fetisch?«

»Nicht, dass ich wüsste.«

»Stehst du auf Leder?«, bohrte Lia. »Latex? Wolle?«

»Wolle?«

»Gibt es alles.«

»Ich habe mich bisher noch nie sonderlich zu Schafen hingezogen gefühlt«, erwiderte Flynn. »Oder zu ihrer Wolle.«

Lia seufzte inbrünstig. »Bin ich die Einzige, die das Gefühl hat, etwas läuft verkehrt?«

»Nein.« Lüge. Aber was sollte er gerade daran ändern?

»Was willst du ausprobieren?«

Eines musste man Lia zugutehalten, sie gab nicht auf. »Das, was im Drehbuch steht.«

»Toll. Wie unglaublich einfallsreich«, stichelte Lia. »Du hast die einmalige Chance, alles auszuprobieren. Sag mir einfach, was dich neugierig macht.«

»Kontrollverlust.« Es kam ihm schneller über die Lippen, als Flynn es selbst merkte. Aber es stimmte. Er hatte nichts mehr unter Kontrolle. Weder diesen verdammten Film noch Lia, geschweige denn seine Ehe und Lauren.

Gerade sehnte er sich danach, die verfluchte Verantwortung abtreten zu können. Allerdings wuchs in ihm auch der Wunsch, in die kanadische Wildnis auszuwandern, also sollte man auf seine Wünsche nicht viel geben.

»Okay«, sagte Lia.

»Nein«, wehrte Flynn ab. »Vergiss es. Wir üben das Zeug, das im Drehbuch steht. Mehr brauche ich nicht.«

»Das hast du nicht zu bestimmen«, erwiderte Lia kühl.

Flynn runzelte die Augenbrauen. Was sollte das schon wieder? »Dafür machen wir es doch!«

»Ich schenke dir meine Dominanz. Gib dir gefälligst Mühe, sie zu genießen«, fauchte Lia. »Ich habe noch nie mit dermaßen unbrauchbarem Material gearbeitet.«

»Du meinst hoffentlich mit ›unbrauchbarem Material‹ nicht mich!«, erwiderte Flynn scharf.

»Nicht dich, deine Antworten. Sag mir nicht, du hast nichts, was du gern ansiehst, was du gern berührst oder gern tust?«

»Das hat nichts mit SM zu tun.«

»Es hat alles damit zu tun«, widersprach Lia. »Im Ernst, Flynn, wann hattest du das letzte Mal richtig aufregenden Sex, der dich aus den Angeln gehoben hat?«

Es war nicht gerade eine erwachsene Art der Konfliktlösung, aber Flynn legte auf. Er würde einen Teufel tun und mit Lia ein solches Gespräch führen. Sein verfluchtes Sexleben ging sie nichts an. Sie sollte ihren ›Job‹ machen und ihm zeigen, was es zu wissen und zu fühlen gab. Mehr nicht!

Wenn sie ihm mit diesem Telefonat verdeutlichen wollte, dass es eine dämliche Idee war, dann konnte sie sich gratulieren. Sie bestätigte ihm einmal mehr, was er bereits wusste.

Sein Telefon leuchtete, diesmal zeigte es eine Nachricht an.

»Ein indiskretes Vorhaben braucht indiskrete Fragen!«

Indiskret. Klang wie der Werbeslogan eines Fremdgehportals. Aber nein, Sex würden sie nicht haben. Dann brauchte sie auch seine Vorlieben nicht kennen. Herrgott. Er fühlte sich, als drehte er gleich durch. Oder brütete eine fette Grippe aus. Hoffentlich war es nur das. Früher hatte er solche Phasen mit Alkohol betäubt, aber das hielt nie lange an. Außerdem war ihm momentan der Weg bis zu der Flasche Bourbon zu weit.

Die Pizza rumorte in seinem Bauch. Er achtete kaum auf den Film und griff nach dem Handy. Er drückte Lias Nachricht weg, genauso wie die von Arthur, dass er morgen nicht zum Dreh kommen bräuchte. Flynn konnte sich denken warum. Arthur wusste mit Sicherheit von ihrem Vorhaben. Ganz toll ... Aber Arthur würde eher seine Filmbänder verschlucken, als der ihm verhassten Presse auch nur ein Wort zu sagen.

Flynn wählte Laurens Nummer.

Beim dritten Klingeln hob sie ab. »Flynn?« Sie klang gehetzt und abwesend. Aber Himmel, sie würde doch die zwei Minuten für ihn haben.

»Du brauchst am Wochenende nicht herfliegen«, sagte Flynn müde. Er schaltete den Ton leiser und rutschte auf dem Sofa nach unten, bis er den Kopf auf der Lehne ablegen konnte.

»Das trifft sich gut«, erwiderte Lauren. »Die Verhandlungen sind schwierig. Dann kann ich am Samstag unsere Argumentation vorbereiten und am Sonntag im Fitnessstudio die Beraterin von Mr Pearson abpassen. Sie trainiert dort. Ein Plauderstündchen wird uns näherbringen.«

»Klingt toll.«

»Pearson ist überaus verbohrt. Aber seine Consultants sind pfiffig. Pearsons Betreuerin ist vor zwei Jahren mit Auszeichnung von der Uni abgegangen. Sie kompensiert ein wenig seine Unfähigkeit und ...«

Flynn bekam schon beim Zuhören Kopfschmerzen. Er schreckte erst aus dem Halbschlaf auf, als sich Lauren aus dem Nichts heraus erkundigte, warum er denn keine Zeit habe.

»Ich verbringe das Wochenende mit Lia. Sie hat endlich zugesagt.«

Für einen Moment herrschte Stille in der Leitung. Das war so ungewöhnlich, dass sich Flynn aufsetzte. Hatte Lauren vergessen, wer Lia war?

»Lia? Die Schriftstellerin, die nur zu ihrem Vergnügen kommt, wenn sie Männer erniedrigt und noch nie etwas von gleichberechtigter Partnerschaft gehört hat? Dass beide Geschlechter auf einer Augenhöhe sein sollten?«

Jetzt wünschte er sich wirklich, sie hätte es vergessen. »Ja.«

»Nun gut ...« Lauren stieß die Luft aus. »Du denkst, du brauchst praktische Nachhilfe. Ich muss es nicht verstehen. Du wirst wissen, was du tust.«

Eines konnte man ihr nicht vorwerfen: Sie hielt seine Idee für Humbug und ihn für überspannt, aber dennoch verbot sie es nicht. Doch statt über diese Toleranz dankbar zu sein, beschlich ihn der Verdacht, dass es ihr lieber war, wenn Flynn sein Problem mit einer anderen Frau löste, statt bei Lauren die Erfüllung ihrer ehelichen Pflichten einzufordern.

»Du hast also kein Problem damit?«, fragte Flynn.

»Nein. Tu, was du für richtig hältst.«

Was war er doch für ein Glückspilz ...

»Ich muss weiterarbeiten«, sagte Lauren. »Ich liebe di-«

Da hatte sie auch schon aufgelegt. Flynn ließ sich wieder tiefer in das Sofa sinken und schloss die Augen. Es war grotesk. Er würde das Wochenende mit einer Frau verbringen, die er nicht einmal sonderlich gut kannte. Er würde ihr zu Diensten sein, aber sie würde nicht mit ihm schlafen. Warum flatterte die Nervosität in seinem Magen? Die Zeit mit Lia würde sich im Grunde kaum von seinem Dasein als Ehemann unterscheiden. Lediglich die beteiligte Frau änderte sich.

›JACK'S BLACK‹ – DOCH KEINE VERZÖGERUNGEN BEIM DREH?

Arthur Goodwin, Regisseur des ungewöhnlichen Films, erklärt: ›Im Rückstand? Wir sind nicht im Rückstand! Kann allerdings noch werden. Aber jetzt habe ich verlängertes Wochenende. Also verpiss dich von meinem Grundstück!‹

Lia schickte Flynn nicht nur einen Treffpunkt samt Uhrzeit, sondern einen Lageplan sowie einen GPS-Punkt. Die Ausrede ›Sorry, ich habe die Straße nicht gefunden‹ musste er damit bedauerlicherweise aus seinem Repertoire streichen.

Am Freitagnachmittag fand sich Flynn in einer Nebenstraße der Oakley Street ein. Sie konnte sich hier einen Zweitwohnsitz leisten? Bücher zu schreiben schien doch keine so brotlose Kunst zu sein. Oder war es die Bleibe einer Freundin? Wenigstens gingen sie nicht in Lias Wohnung. Er könnte wetten, vor deren Haus hockte mindestens ein Reporter im Baum. Nur der Teufel wusste, was sich die Presse ausdachte, wenn die Wind davon bekam, dass er und Lia in den gleichen vier Wänden übernachteten. Sie würden ständig Lias Bauch fotografieren, in begieriger Erwartung einer ungewollten Schwangerschaft.

Jeder Blähbauch Lias beherbergte dann mindestens Zwillinge. *Seine* Zwillinge. Ein Stich fuhr ihm ins Herz. Er hätte nichts gegen Zwillinge. Ein Einzelkind wäre ihm genauso willkommen wie Mehrlinge, solange die Anzahl seiner Kinder endlich nicht mehr Null betrüge. Eine sinnlose Hoffnung, die er schon vor Jahren aufgegeben hatte. In Laurens Projektplan ›Karriere‹ war für eine Schwangerschaft kein Meilenstein, geschweige denn eine Projektphase vorgesehen.

Er lehnte sich an die Mauer des Eckhauses, stellte die kleine Reisetasche mit seinen Habseligkeiten für die kommenden Tage ab und wartete. Passanten gingen an ihm vorbei. Manche hatten ein Kind an der Hand, andere Tragebeutel mit dem Wocheneinkauf. Die meisten von ihnen würden nach Hause gehen und den Tag genießen. Ohne sich die nächsten Stunden mit einer Frau auseinandersetzen zu müssen, die sie nicht sonderlich gut kannten und die sie nervös machte.

Gott, war er neidisch. Nervenkitzel war nichts mehr für ihn.

»Hey«, sagte plötzlich Lia neben ihm.

Flynn zuckte zusammen. »Bist du vom Dach gefallen?«

»Nein«, erwiderte Lia. »Du hast vielmehr mit offenen Augen geschlafen.«

»Du bist zu spät und wer weiß, wann ich das nächste Mal zu einem Nickerchen komme.«

Zu Flynns Überraschung verzogen sich Lias Lippen zu einem amüsierten Lächeln.

Entschuldigend zuckte sie die Schultern. »Die beschissene Baustelle in der Baker Street war gestern noch nicht gewesen.« Sie streckte die Hand aus, ergriff aber nicht seine, sondern den Ärmel seines Pullovers. Sie zupfte daran, bis er die Reisetasche aufhob und sich in Bewegung setzte. Nur zwei Hauseingänge weiter drückte Lia einen Klingelknopf. Keine Sekunde später ertönte das Summen des Türöffners. Da musste doch jemand neben der Klingel gewartet haben.

Lia stemmte sich gegen die Tür und zog ihn in die Kühle des Treppenhauses. »Wir können in die Wohnung meiner

Freundin Aideen«, flüsterte sie. »Sie ist eine professionelle Domina und verfügt über die passende Ausstattung, um dich glücklich zu machen.«

Was hatte er doch für ein Glück.

»Außerdem wollte ich mich schon immer mit professionellen Werkzeugen austoben«, ergänzte Lia mit einem frechen Grinsen, das er nur halbherzig erwidern konnte. Werkzeuge klangen nach Inquisition und die war nur für die Beteiligten nett gewesen, die besagte Instrumente in der Hand gehalten hatten. Alles in ihm schrie danach, sich auf den Fersen umzudrehen und zu verschwinden. Aber nein, er Idiot folgte Lia in den zweiten Stock.

In der Wohnungstür lehnte eine Frau und trommelte mit den Fingern gegen den Türrahmen. Ihr Blick traf den von Flynn, ihre Lippen teilten sich zu einem Lächeln und offenbarten große weiße Zähne. Sie musterte ihn vom Scheitel bis zur Sohle. Er fühlte sich in die Zeit des ersten Besuches bei seinen Schwiegereltern zurückversetzt. Musste er einen guten Eindruck hinterlassen? Allerdings hatte er sich nicht einmal bei Laurens Vater krampfhaft von der besten Seite gezeigt, warum sollte er jetzt bei Aideen damit anfangen? Sie würde Lia kaum den Schlüssel verweigern. Gott, er wünschte, sie täte es. Aber nein, sie überreichte Lia den Schlüsselbund und rief: »Viel Vergnügen!« Sie zwinkerte ihnen zu, bevor sie die Tür wieder schloss, und Lia nahm den nächsten Treppenabsatz in Angriff.

»Wir müssen eine Etage höher.«

Noch höher? Da brach er sich ja den Hals, wenn er über das Fenster flüchtete. Aber was sollte es, aus der Nummer kam er ohne Egoverlust ohnehin nicht mehr heraus. Er folgte Lia, die den Schlüssel von einer Hand in die andere warf.

»Wir brauchen ein Safeword für dich.«

»Nein.«

Lia drehte sich auf den Treppenstufen um und sah auf ihn herunter. »Wie Nein?«

»Ich meinte, das Wort könnte doch ›Nein‹ sein«, erwiderte Flynn.

Zwei Stufen über ihm war Lia auf seiner Augenhöhe, sogar ein wenig größer. Er würde bei ihr auf die Knie gehen müssen. Welche Domina verrenkte sich schon gern den Hals, weil sie immer nach oben sehen musste?

Lia verzog sinnierend die Lippen. »Zu ungenau.«

»Wir wäre es mit ›Hau ab‹?«, schlug Flynn vor.

Lia schnaubte amüsiert. »Genau. Warum nicht gleich ›Du Miststück‹?«

»Könnte ich mir merken.«

Ihre Lippen verzogen sich noch mehr. Sie legte den Kopf in den Nacken und lachte. Nicht höhnisch oder sarkastisch, sondern ehrlich vergnügt. »Es wäre ein ewiger Kreislauf. Du nennst mich Miststück, ich bestrafe dich und du schreist die nächsten Beleidigungen.«

Schade, dann eben nicht. Sein Blick schweifte die Treppe hinauf, blieb an der Tür und dem Klingelschild hängen.

»Wie wäre es mit Klingel?«

»In Ordnung«, lächelte Lia. »Ich bezweifle, dass du eine Beleidigung damit findest.«

Lia drehte sich um und erklomm die letzten Stufen. Flynn folgte ihr wesentlich langsamer. Sein Herz schlug ihm bis zum Hals, aber leider nicht wegen des Treppensteigens. Der Drang abzuhauen wurde übermächtig und trotzdem sah er ihr zu, wie sie die Tür aufschloss. Sie trat in die Wohnung, Flynn hingegen zögerte. Er konnte sich nicht überwinden, ihr zu folgen.

»Jetzt komm schon«, rief Lia. »Feigling!«

Er? Niemals. Doch, ein wenig. Verfluchte Hölle, das war nicht seins. Das nächste Mal drehte er wieder einen Thriller. Damit kannte er sich aus. Er konnte schießen, es gab einen Stuntman und wenn er nach einem Double fragte, lachte ihn niemand aus.

Die Tür glitt langsam ins Schloss, aber Lia schob sie auf und legte den Kopf schief. »Bist du tot?«

»Nein!«

»Lebende Leichen kannst du bestimmt überzeugend darstellen«, stichelte sie. »Und jetzt komm rein.«

»Ich will nicht.«

Eines musste er ihr zugutehalten: Sie verdrehte nicht die Augen. Er hätte es ihr nicht übelgenommen. Er war schließlich von sich selbst genervt. Er war kein Feigling. Normalerweise. Aber er hatte das Gefühl, einen verflucht großen Fehler zu machen, der sein Leben gehörig aus den Fugen reißen könnte. Manche nannten das eine dunkle Vorahnung, Dylan würde das als völligen Humbug abtun. Vielleicht war es das auch.

Lia stellte sich auf die Zehenspitzen und legte ihm die Hände auf die Wange, bis er in ihre funkelnden, grünen Augen sah.

»Ich verspreche dir ...«, sagte sie lächelnd, »... du wirst es bereuen.« Sie packte Flynn am Gürtel und zerrte daran. »Komm schon«, stöhnte sie und stemmte die Füße in den Boden. »Du bist schlimmer als ein bockendes Maultier.«

»Und du bist süß.« Das kam ihm schneller über die Lippen, als er denken konnte. Aber es war die Wahrheit. Gestern hatte sie ihn noch gehasst. Jetzt gab sie sich alle Mühe, damit er nicht wie ein elender Feigling das Weite suchte oder hier dämlich im Treppenhaus stehen blieb. Vielleicht wurde das Wochenende doch keine totale Katastrophe.

Lia erstarrte und zog ihre Hand zurück, als hätte er ihr auf die Finger geschlagen.

»Okay, ich komme schon«, sagte Flynn schnell. Plötzlich kam es ihm weniger seltsam vor, hineinzugehen, als hier draußen zu stehen und Lia erklären zu müssen, warum er sie süß fand. Süß – was war das für ein Wort? Sie war doch kein Hund.

Er stemmte sich gegen die Tür, die ein weiteres Mal kurz davor war, ins Schloss zu fallen, und trat in die Wohnung. Zugegeben, er war überrascht. Hier sah es völlig harmlos aus! Eine Garderobe, ein Schrank und eine Schuhablage. Nirgends wiesen Ketten den Weg in die Höhle des Löwen, äh, der Domina. Der Schirmständer sah auch nicht aus, als würde er regelmäßig zweckentfremdet. Genauso wenig wie die Küche, die Flynn hinter der ersten Tür erspähte.

Flynn ging weiter, landete in einem Wohnzimmer. Es sah aus wie jedes andere verfluchte Wohnzimmer. Die hohen Fenster sorgten für Helligkeit. Dunkelbraune Möbel ließen es wärmer wirken. Das beige Sofa sah einladend aus, genauso wie die Sessel und Hocker. Sie wiesen keinerlei Manschetten auf, die darauf hindeuteten, dass die Inanspruchnahme der Einrichtungsgegenstände auch mal unfreiwillig erfolgen könnte. Es lagen weder Peitschen noch Handschellen herum. Keine gepeinigten Rufe drangen aus dem Schlafzimmer.

»Bist du sicher, dass wir in der richtigen Wohnung sind?«, platzte Flynn heraus.

Lia hob die Augenbraue. »Natürlich. Aideen wohnt hier. Sie ist nur eine Etage nach unten gezogen, weil die Nachbarin eine Woche lang im Urlaub ist und sie uns nicht stören möchte.« Lia ging in den Flur und deutete auf die hinterste Tür. »Die Folterkammer ist dort. Willst du sie dir ansehen?«

»Nein!«

Am liebsten würde er sich selbst ohrfeigen, aber zur Hölle. Diesen Raum bekam er sicher oft genug zu Gesicht. Im Augenblick fühlte er sich im Wohnzimmer ganz wohl. Obwohl Lia den Kopf schief legte und die Lippen schürzte. Zufriedenheit sah anders aus.

Plötzlich wirbelte sie herum und marschierte zur Eingangstür zurück. Flynn folgte ihr und sah gerade noch, wie Lia den Schlüssel mehrfach im Schloss drehte. Verfluchter Mist! Sie verriegelte die Tür!

»Schließt du dich oder mich ein?«, fragte Flynn.

»Ich schließe die Polizei aus, die deine Leiche nicht zu früh finden soll«, spottete Lia. »Bei dir müsste ich mich doch niemals fragen, ob du gerade türmst, während ich auf dem Klo hocke. Du hast viel zu viel Spaß daran, meine Blase mit deiner Nähe einzuschüchtern ...«

Pah, sie brauchte nicht übertrieben blinzeln, er verstand den Sarkasmus ohne ihren betont unschuldigen Blick. Flynn schnaubte amüsiert. »Wo willst du den Schlüssel verstecken? Im Mülleimer? Oder in deiner Unterwäsche? Dort finde ich ihn erst recht.« Und er hätte eine spitzenmäßige Ausrede, ihr an die Wäsche zu gehen. Eine, die nicht einmal als Ehebruch ausgelegt werden konnte, sondern als reine Notwehr!

»Würdest du nicht«, hielt sie dagegen.

»Doch.«

Lia verschränkte die Arme vor der Brust. »Du hättest vorher eine blutige Nase.«

»Warum hast du mich dann im Restaurant angestarrt, als wärst du eine Nonne und ich der fleischgewordene Messias?«

Zugegeben, es war gemein. *Er* war gemein. Aber zum Kuckuck, er merkte doch wohl noch, wann eine Frau auf ihn stand. Hätte sie sich sonst so gegen seine Idee gewehrt? Ganz sicher nicht. Sie hätte es getan, sie hätte ihn dabei ausgelacht und es hätte insgesamt nicht länger als zwei Stunden gedauert. Aber nein! Das gierige Weibsstück machte es kompliziert und wollte ein ganzes verfluchtes Wochenende, um ihn ausgiebig für seine dumme Idee bezahlen zu lassen. Das war ihr gutes Recht. Die Prüde brauchte sie ihm allerdings nicht vorspielen.

Ihre Wangen färbten sich dunkelrot und verstärkten sogar den Glanz ihrer grünen Augen. Lia ballte die Fäuste. »Vielleicht war ich von dem Bullshit, der aus deinem Mund kam, schockiert.«

»Falsch. Nächster Versuch.«

Ihr Gesicht konnte tatsächlich noch dunkler werden und ihr Blick wütender.

»Bild dir nicht zu viel ein«, zischte sie.

»Mach ich nicht. Ich bin nur nicht blind. Deine Reaktionen sind ehrlich. Das ist alles.«

»Dann interpretierst du sie falsch.«

Nein! Und sie wusste es! Würde es sie abhalten, beharrlich das Gegenteil zu behaupten? Sicher nicht, also änderte er lieber die Taktik. »Du musst nicht abschließen«, sagte er sanft und hoffte, dass er nicht allzu flehend klang. Warum zum Henker dachte sie, er würde wieder abhauen? Er war freiwillig hergekommen. Gut, sie hatte ihn ein wenig schieben müssen, aber das war nicht der Punkt.

»Das denkst du *jetzt*.« Lia schob sich an ihm vorbei und hey, zuckten ihre Mundwinkel?

Sie durchquerte das Wohnzimmer und öffnete das Fenster. Der Luftzug ließ die Blätter der Palme rascheln, die neben dem Sofa in trockener Erde vor sich hinvegetierte. Die Sonne reflektierte auf dem Schlüsselring, den sie sich wie ein Versprechen über den Finger geschoben hatte. Lia hielt die Hand hinaus und sah ihm unbeirrt in die Augen. Der Schlüsselbund rutschte bis auf die Höhe ihres Nagels und fiel nach unten. Flynn fuhr sich durch die Haare und presste die Faust gegen den Türrahmen.

Sie warf den verfluchten Schlüssel aus dem Fenster!

Warum, zum Henker?

Sie sperrte sie beide kurzerhand hier ein, um … ja, um was zu tun? Was zur Hölle hatte Lia vor, dass sie mit einer solchen Reaktion rechnete? Der Knoten in seinem Bauch blähte sich wieder auf. Er hatte wirklich geglaubt, die Nervosität ließe nach, wenn er erst bei Lia war. Aber er hätte es besser wissen müssen. Sie beruhigte ihn nicht. Sie sorgte dafür, dass er sich vornahm, bei der erstbesten Gelegenheit nachzusehen, ob es eine Feuertreppe gab, oder die Wahrscheinlichkeit auszurechnen, mit der er einen Sprung aus dem dritten Stock überlebte. Selbst wenn die unter zehn Prozent lag, war sie vermutlich besser als alles, was ihn hier erwartete.

Flynns geschocktes Gehirn erholte sich nur mühsam von der Freiheitsberaubung und programmierte sofort auf Widerstand. Nur keine Blöße geben. Herrgott, er war doch nicht umsonst Schauspieler. Im Zweifel konnte er sich auf seine Bo-Jutsu-Kenntnisse berufen. Warum überließ er eigentlich ihr das Spiel? In das Wochenende eingewilligt zu haben, hieß noch lange nicht, dass er entmündigt war.

»Schade. Jetzt kann der Stripteasetänzer, den ich dir bestellt hatte, nicht mehr rein«, behauptete er.

Lia schloss das Fenster. Streckte sie ihm eigentlich mit Absicht den Hintern entgegen? »Wozu brauche ich einen Stripper? Ich habe dich und wie du schon sagtest, für eine Nonne bist du der Messias. Fühl dich geschmeichelt.«

Toll. Konnte er zu Scientology wechseln?

»Dreh dich um«, befahl Lia.

»Du kannst mir das Messer in den *Bauch* rammen«, gab Flynn zurück. Als ob ihn hier jemand schreien hörte. Aideen eilte ihm mit Sicherheit nicht zur Hilfe, selbst wenn ihre Freundin sich als blutrünstige Irre entpuppte.

»In Aideens Kühltruhe passt keine Leiche«, stichelte Lia. »Umdrehen.«

Widerwillig wandte sich Flynn um. Die Einrichtung des Flurs war wahnsinnig spannend. Aideen besaß einen passablen Kunstgeschmack. Über dem Schirmständer hing ein Kunstdruck von Monets Seerosenblüten.

Lia legte ihm die Hände auf die Hüften und drehte Flynn in die Richtung der Tür, die am Ende des Flurs lag. Och nö ...

»Hör auf damit!«, zischte Lia.

Erst jetzt merkte Flynn, dass er sich gegen sie stemmte.

»Ich habe nicht nur wegen dir abgeschlossen«, hauchte Lia leise. »Ich habe abgeschlossen, damit ich nicht in Versuchung komme, dich nackt und gefesselt ins Treppenhaus zu stellen.«

»Ich kann dir zu deiner bemerkenswerten Weitsicht nur gratulieren.«

Widerwillig setzte sich Flynn in Bewegung. Er spürte Lia hinter sich. Ihre Schritte waren nicht schwer genug, um sie trotz seiner zu hören, und doch war er sich viel zu sehr be-

wusst, wie nahe sie ihm war. Er bräuchte sich nur umdrehen, sie an der Wange berühren und ... verdammt großen
Quatsch machen. Es gab tatsächlich noch eine Steigerung
des Blödsinns seines Lebens und das wäre, sich bei Lia über
seine lieblose Ehe hinwegzutrösten. Gott, allein der Gedanke ...

Für seinen Geschmack stand er viel zu schnell vor der
Tür am Ende des Flurs. Sie unterschied sich nicht von den
Türen der anderen Zimmer. Sie war aus weißlackiertem
Holz, die Klinke bronzefarben und sie besaß keine Reiß-
zähne, die sich ihm in die Hand bohren könnten. Kurzum:
Es gab nicht den geringsten Grund, beunruhigt zu sein. Da
drin wartete kein Monster auf ihn. Die größte Gefahr war
Lia und das kleine Biest stand hinter ihm und blockierte den
Fluchtweg.

Flynn drückte die Klinke herunter und trat ein. Zwar
hingen Vorhänge an den Fenstern, aber sie waren nicht zugezogen, ließen das Sonnenlicht hinein. Das Tageslicht erhellte das Zimmer mehr, als ihm lieb war. Er erlebte kurz-
fristig das Gefühl, einen Hirnschlag zu erleiden.

Keine Internetrecherche konnte einen auf *das* vorbereiten. Dunkelrote Farbe verlieh dem Raum etwas
Warmes und zugleich Beunruhigendes. Schwarzes Holz,
ebensolches Leder und Edelstahl boten düstere Kontraste.
Das entsprach schon eher seinen Erwartungen und bildete
einen krassen Gegensatz zum Rest der Wohnung. Wie in
jedem gut eingerichteten SM-Zimmer gab es auch hier ein
Andreaskreuz, doch das war längst nicht alles.

Mehrere Regalbretter zierten die Wände und hielten
säuberlich aufgereiht und gut sichtbar beunruhigend aussehende Gegenstände bereit. Die Erstausstattung musste
ein Vermögen gekostet haben. Es würde Flynn nicht

wundern, wenn der Inhaber eines Sexshops nach der Ausstattung dieses Zimmers zwanzig Jahre zu früh, aber neureich, auf den Bahamas seine Cocktails schlürfte. Ein wuchtiger Sessel, mit Goldfarbe angepinselt, wirkte wie die armselige Kopie des englischen Throns. Eine Holztruhe war auf der linken Seite neben einem Ledersofa zu finden, an dem Manschetten davon zeugten, dass es sicher nicht zum Fernsehen benutzt wurde. Gegenüber dominierte ein Kingsize-Bett die andere Hälfte des Raumes. Gusseiserne Streben zierten die Ecken, um darüber dunkelroten Stoff zu einem Baldachin zu spannen. Am Fußende gab es noch einen Bonus. Hohe querliegende Bretter, mit kreisrunden Aussparungen erinnerten verdächtig an einen mittelalterlichen Pranger. Wer dachte sich nur solche Dinge aus?

Den Verwendungszweck der Flogger, Peitschen, Gerten und Himmel, Rohrstöcke musste man nicht mal ihm erklären. Aideen hatte sie wie Trophäen an der Wand aufgereiht. Auch sonst herrschte hier penible Ordnung und es war nicht zu übersehen, dass Aideen eindeutig Spaß bei der Dekoration gehabt hatte.

An der Decke waren einige Haken zu finden und von einem baumelte tatsächlich ein Käfig. Zwischen Sofa und Bett gab es mitten im Raum stehend noch eine lederbespannte Liege, die genauso gut auch in einen Massagesalon passte. Neben dem Andreaskreuz stand eine Apparatur, abgedeckt mit einer Plane. Flynn konnte beim besten Willen nicht erkennen, zu welchem Zweck sie genutzt wurde. Mit viel Fantasie könnte man Ähnlichkeit mit einem Rednerpult hineininterpretieren.

Plötzlich kam ihm der Gedanke, die Szenen einfach nur zu drehen und dabei zu hoffen, dass er nicht völlig bekifft aussah, geradezu himmlisch vor. Er war Schauspieler. Er brauchte das nicht. Er bekam das auch so hin!

Flynn fuhr herum, aber Lia presste die Hand gegen seine Brust, stemmte sich ihm entgegen und schob ihn vollends in den Raum hinein. Die Tür schlug sie hinter sich zu und lehnte sich dagegen. Er kam hier nicht raus. Nicht ohne ihre Erlaubnis. Vielleicht sollte sie das Zimmer hier auch gleich noch abschließen und den Schlüssel verschlucken. Flynns Gesicht hatte an Farbe verloren, wirkte gräulich, ein wenig krank.

Er ballte die Fäuste, steckte sie in seine Hosentaschen und wich Lias Blick aus. »Es ist ...«

»Verstörend?«, schlug sie vor.

»Beeindruckend.« Flynn presste die Lippen aufeinander. Er stand völlig verkrampft mitten im Raum, von Großkotzigkeit keine Spur mehr.

Flynn war ein erfolgreicher Schauspieler, der Kinokassen füllte. Die Frauen lagen ihm zu Füßen, schmachteten Bilder und Filme von ihm an. Er war seit Jahren verheiratet und hatte sicher so manche Lebenskrise überstanden. Es gab für ihn keinen Grund, sich zu verstecken. Eigentlich ... Es war erstaunlich, wie schnell ein solch gestandener Mann bei dem Anblick einer, mit schwarzem Leder bespannten und mit Manschetten ausgestatteten Liege überlegte, ob er nicht besser zu seiner Mutter flüchtete. Sein Fluchtinstinkt kreischte ihm mit Sicherheit unablässig Anweisungen zu. Nun ... was sollte sie sagen? Es war sehr amüsant.

»Wie schön, dass du das lustig findest«, knurrte Flynn.

Lias Mundwinkel schoben sich höher. Sie schaltete das warme Licht der Wandleuchten ein, ging zu den Fenstern und zog die Vorhänge zu.

»Warst du hier schon mal in Aktion?«, fragte Flynn. Er drehte sich um die eigene Achse, bewegte sich jedoch keinen Zentimeter in eine Richtung, geschweige denn auf ein Gerät zu.

»Nein«, gab sie zu.

»Und wann fangen wir an?«

Lia hob die Augenbraue. »Wenn mir danach ist.« Und wenn er nicht mehr aussah, als fiele er gleich in Ohnmacht. Was lief mit den Männern der heutigen Zeit nur verkehrt? Sie hatten die große Klappe, aber ein Raum mit Leder und Edelstahl verwandelte sie in wimmernde Pussys. Man könnte meinen, sie hätte gedroht, ihn zu kastrieren.

Gut, sie war selbst überfahren gewesen, als sie das Zimmer das erste Mal gesehen hatte. Es gab zwar im Internet genügend Bilder und Einrichtungsvorschläge. Es war allerdings etwas völlig anderes, wenn man plötzlich in einem professionellen Dominastudio stand, dem man bereits ansehen konnte, dass besagte Domina ihren Job liebte und daher über den nötigen Sadismus und unbegrenzter Kreativität verfügte. Einige der Möbel waren Aideens Kreationen. Die jagten ihren Kunden schon Angst ein, obwohl sie sich Tage vorher auf die Termine mit Aideen freuten. Kein Wunder also, dass Flynn immer wieder sehnsüchtig zur Tür starrte. Für einen Moment keimte das schlechte Gewissen in ihr auf. Flynn bildete sich ein, er müsse Jacks Rolle am eigenen Leib erfahren. Nur deswegen war er hier, und weil sie ein gemeines Miststück war. Wusste der Geier, warum sie auf das Wochenende bestand. Sie hätte besser nicht auf Aideen gehört.

›Ein paar Tage mit ihm und du wirst wissen, ob deine Schwärmerei begründet ist. Und er wird merken, ob ihm seine Ehe mehr bedeutet als die Aussicht auf eine neue Liebe.‹ Danke, Aideen. Das war der blödeste Rat, den sie je bekommen hatte und sie ließ sich auch noch darauf ein!

Aber was sollte es? Sie waren hier. Sie würden es schon überleben. Flynns Stolz genauso wie ihr Herz. Lia marschierte zu der hölzernen Weltkugel, in der sich eine Bar versteckte. Sie klappte die obere Halbkugel auf, füllte zwei Gläser mit Weißwein und ging mit beiden zu Flynn.

Der war doch nicht so feige. Er pirschte sich an ein Regal heran und drehte eines von Aideens Werkzeugen zwischen den Fingern, das aussah wie ein Pizzaschneider.

»Isst deine Freundin hier Pizza?«

»Das ist ein Nervenrad.«

»Tut das nicht weh?«

»Nur, wenn ich es dir ins Bein ramme.«

Sie stellte die Gläser auf dem Regal ab und nahm Flynn den Pizzaroller, Pardon, das Nervenrad ab. »Streck die Hand aus.«

Zögernd folgte Flynn ihrem Befehl. Sie schob seinen Ärmel zurück, drehte sein Handgelenk nach oben und rollte die winzigen Spitzen über seine Haut. Sie wanderte über Flynns Handballen, die Innenseite seines Unterarms und dann die Oberseite entlang. Die Spitzen fuhren über die feinen braunen Haare und seine Hand lag in ihrer. Er brüllte nicht panisch auf und rannte auch nicht davon. Sein Arm zuckte nicht ein einziges Mal, aber sie hatte Mühe, ihr eigenes Zittern zu unterdrücken. Sie hielt doch nur seine verfluchte Hand. Er war noch nicht einmal nackt. Am Ende fiel nicht *er* zuerst in Ohnmacht, sondern *sie*. Eingewickelt von seinem Charme, seiner Nähe und ihrer Blödheit.

»Das ist ja harmlos.« Hoffentlich klang er nicht allzu erfreut.

Der Teufel sollte ihn holen. Die Spitzen sahen schlimmer aus, als sie waren. Sie piksten, aber es war ein angenehmer Schmerz, mehr ein Kitzeln. Seine Härchen stellten sich auf und er spürte die Wärme von Lias Berührung. Sie biss sich auf die Unterlippe, sah hochkonzentriert aus und sie schaffte es tatsächlich, ihm die Nervosität zu nehmen.

Er gewöhnte sich an den Anblick des Leders, des Metalls und der geschlossenen Tür. Die Versuchung, aus dem Fenster zu springen, ließ nach. Sie machte blanker Enttäuschung Platz, als Lia den Pizzaroller weglegte. Seinetwegen hätte sie stundenlang so weiter machen können. Wenn es sich am Arm gut anfühlte, wie dann erst auf dem Rücken, an den Seiten und …

Flynn nahm das Weinglas entgegen und prostete ihr unsicher zu. Sie trank einen Schluck, wandte sich ab und inspizierte die Truhe. Er stürzte die Hälfte des Weins hinunter, der herbe Geschmack lenkte ihn von dem Kitzeln an seinem Handgelenk ab und von den enttäuschten Nervensträngen, die sich nach mehr Berührungen von Lia sehnten. Waren in dem gegärten Traubensaft Drogen oder was ging in Flynns Gehirn ab?

Eine weitere Tür zog seine Aufmerksamkeit auf sich und er öffnete sie. Dahinter befand sich ein komplettes Bad. Waschbecken, Toilette und eine Dusche. Okay, nichts Außergewöhnliches. Jedenfalls auf den ersten Blick, aber an der gefliesten Wand der Duschnische waren ebenfalls Manschetten angebracht. Nur eben aus Edelstahl. Der Sinn und Zweck, war eindeutig. Vor Flynns innerem Auge bildete sich eine für ihn ungewöhnliche Szenerie. Während er die Edelstahlringe anstarrte, sah er seine eigenen Handgelenke darin gefangen. Die Hände in Kopfhöhe festgehalten, stand er mit dem Gesicht zu der gefliesten Wand, ohne die kleinste Chance, zu erkennen, was hinter ihm geschah, sofern er sich nicht den Hals verrenken wollte. Er spürte lediglich den warmen Strahl des Wassers, der auf ihn einprasselte, und zarte Finger, die sich über seine nackte Haut stahlen, langsam seine Schulterblätter streichelten, der Linie seiner Wirbelsäule folgten. Sie kitzelten seine Seiten, eine mogelte sich vorwitzig nach vorn und ... Abrupt riss sich Flynn von dieser Illusion los und wirbelte herum. Er stieß fast mit Lia zusammen, die plötzlich hinter ihm stand und ihn fragend musterte.

Gott sei Dank war die Beleuchtung nicht sonderlich hell. Er könnte schwören, dass sein Blut zwar nicht nach unten, aber in seine Wangen schoss. Denn als er Lia so dicht vor sich stehen sah, wurde ihm bewusst, wem die Hände in seiner Fantasie gehört hatten. Ihr!

Flynn fragte das Erste, das ihm einfiel. »Wozu braucht man hier ein Bügelbrett?«

Lia spähte an ihm vorbei und richtete ihren Blick auf das Brett, das neben dem Waschbecken lehnte. Sie grinste. »Wenn schon jemand dienen will, kann er gleich die Wäsche erledigen.«

»Das ist erotisch?«

»Vor allem praktisch«, gluckste Lia. »Es kommt darauf an, was man daraus macht. Für jede falsche Bügelfalte eins mit dem Rohrstock?«

Wo war noch mal der Ausgang? Aber Lia hielt ihm ein zusammengerolltes Seil unter die Nase.

»Erinnerst du dich?«

»Der Rollbraten«, rutschte ihm heraus.

Lia hob die Augenbrauen hoch. »Was?«

»Ich habe mich mit dem Seil und am Kreuz wie ein festgeklemmter Rollbraten gefühlt, dem keiner zutraut, in der Pfanne zu bleiben.«

Sie lächelte nicht nur, sie kicherte sogar. Ihre Nase kräuselte sich dabei. Er konnte sich nicht helfen. Süß war ein beschissenes Wort für eine erwachsene Frau, aber wenn sie lachte, sah sie tatsächlich genau so aus: Süß.

Ehe sich Flynn versah, nahm sie ihm das Weinglas weg und schüttelte das Seil. Es fiel auseinander, sie legte es ihm um den Nacken, verknotete es auf seiner Brust und drehte ihn herum. Einmal, zweimal, ihm wurde ja schon schwindlig. Sie wand es um ihn, verschränkte Flynns Arme hinter seinem Rücken, schnürte sie fest und begutachtete schließlich ihr Werk.

»Vielleicht hast du recht.«

»Womit?«

Lia schob ihn vor einen bodenlangen Spiegel. »Das sieht tatsächlich nach einem Rollbraten aus.«

Ein außergewöhnlich symmetrischer Rollbraten. Lia hatte es geschafft, die Knoten auf seiner Brust zu einer schnurgeraden Linie anzuordnen. Er spannte die Muskeln an, spürte den Druck des Seils. Es lag fest um ihn, um seinen Brustkorb, die Arme, fesselte seine Unterarme aneinander. Er konnte sie keinen Millimeter bewegen.

Ein Schauder durchfuhr ihn, ein erregtes Kribbeln, das ihm durch den Unterleib schoss. Grundgütiger!

Vorsichtig spannte er erneut die Muskeln an, wieder drückte sich das Seil gegen sie und sein Atem beschleunigte sich. Leichte Erregung ergriff ihn und er spürte, wie seine Unterhose zunehmend enger wurde. Oh nein, nein, nein! Warum konnte er nicht die Potenz eines Kaktus haben? Wenn allein schon ein simpler Strick seinen Freund zum Aufstehen animierte, musste Lia doch denken, er hätte sie angelogen. Am Ende glaubte sie, er wollte eine Affäre mit ihr. Das sollte sie nicht glauben. Sie war keine Frau für eine oberflächliche Liebelei. Das hatte sie trotz ihrer Kratzbürstigkeit nicht verdient. Das verdiente niemand.

Er konnte den Blick, mit dem sie ihn im Spiegel ansah, nicht deuten. Sie sah gedankenverloren aus. Plötzlich stellte sie sich auf die Zehenspitzen und ihr Mund näherte sich seinem Ohr.

»Jetzt«, sagte sie.

»Was jetzt?«

»Wir fangen *jetzt* an.«

Flynn räusperte sich. »Haben wir nicht schon angefangen?« Schließlich war er gefesselt und es fühlte sich nicht einmal sonderlich schlecht an.

Lia schnaubte amüsiert. »Das ist nicht mehr als Spielerei.«

Oh, Fuck ...

FUSIONSGERÜCHTE IN BRÜSSEL

Zwei große Aktienkonzerne loten die Möglichkeiten einer Fusion aus. Lauren Brooks, Mitarbeiterin der Kanzlei Mitchells & Brownes und Ehefrau des bekannten Schauspielers Flynn Brooks, soll die Verhandlungen betreuen. Gerüchten zufolge unterstützt ihr Mann sie in Brüssel. Kommt es deswegen zu Drehverzögerungen bei Flynn Brooks neuem Film? Leider sind weder das Ehepaar Brooks noch der Regisseur Arthur Goodwin für ein Statement zu erreichen.

Lia löste das Seil. Flynn schüttelte seine Arme und den Strick ab.

»Geh duschen.«

Flynn stutzte. »Was?«

»*Duschen*. Wasser. Seife.«

»Ich war heute früh duschen«, protestierte Flynn. Er schaffte es doch sicher nicht, innerhalb weniger Stunden einen abstoßenden Geruch zu entwickeln, oder?

Lia verschränkte die Arme vor der Brust, ihre Lider flatterten, als würde sie sich mit Mühe das Augenverdrehen verkneifen. »Dann gehst du noch mal.«

»Okay.« Er wollte gerade an ihr vorbeigehen, raus aus dem Zimmer und zu dem Badezimmer, das hoffentlich keine Metallschellen besaß, doch Lia packte ihn am Arm.

»Wo willst du hin?«

»Duschen.«

»Da drin!« Lia zeigte auf das Bad, das direkt an diesen Raum grenzte. »Du kommst erst wieder raus, wenn ich es dir gestatte.«

»Okay.«

»In diesem Raum lautet die Antwort übrigens ›Ja, Herrin!‹«

Gott bewahre! Flynn sah zu, dass er in das vermaledeite Badezimmer kam, warf die Tür hinter sich zu und lehnte sich dagegen. Herrin ... Sie zog es wirklich mit allen Schikanen durch.

Das hier war absolut nicht sein Metier. Es mochte durchaus Männer geben, die ihre Geliebte nur zu gerne als Herrin betitelten, Flynn war das zu abstrakt. Devotes Kriechen, während sich die Zuchtmeisterin die Nägel lackierte und hin und wieder herummoserte? Das war nicht seins.

Kam er aus dieser Nummer raus?

Vermutlich nicht. Lia ließ sich sicher nicht von ›Ist doch nichts für mich‹ abhalten. Sie machte nur das, was er von ihr verlangt hatte. Vielleicht hätte er noch darauf bestehen sollen, es ihm schön zu machen. Allerdings würden sie dann einfach nur essen gehen.

Verflucht, er hatte sich diesen ganzen Unsinn selbst eingebrockt. Flynn hatte einen Einblick gewollt, aber momentan war dieser beinahe schon zu tief.

Ihr Buch hatte erotischere Dinge behandelt als Wäsche bügeln. Herrgott, er bügelte ja nicht einmal seine Hemden selbst. Das war immerhin eine eheliche Pflicht, die Lauren erfüllte und nicht der Putzfrau überließ. Es entspannte sie. Vielleicht war das ja Sinn und Zweck dieser Aufgabe? Ein zum Wäscheglätten genötigter Mann war relaxter? Irgendwie wollte das nicht in sein Hirn.

Je mehr er grübelte, er wurde nicht schlauer. Wie viele Minuten stand er hier schon herum? Wie viel Zeit gab sie ihm? Wie lange brauchte Lia, um sich vorzubereiten? Bereitete sie sich überhaupt vor oder sortierte sie gerade

Aideens Bügelwäsche? Himmel, Bügeln wäre vermutlich noch das Beste, das ihm passieren könnte. Es war lächerlich und unverfänglich, half ihm allerdings herzlich wenig bei den Dreharbeiten.

Mit einem flauen Gefühl im Magen zog Flynn sein Shirt aus und ließ es auf den Boden fallen. Ebenso schnell schlüpfte er aus seiner Hose, den Socken und eben allen anderen Klamotten. Er fühlte sich wie ein Verurteilter, der zur letzten Dusche antrat.

Es grenzte an ein Wunder, dass seine Hände nicht zitterten, als er die Wärme des Wassers einstellte und schließlich aufdrehte. Er musste sich entspannen. Er lockerte seine aufeinandergepressten Kiefer und zwang seine Fäuste, sich zu lösen. Der Strahl massierte Flynns verspannte Schultern und erst das harsche Klopfen ließ ihn zusammenfahren.

»Komm raus«, rief Lia. Eine einfache Anweisung zu einem ungünstigen Zeitpunkt. Eilig drehte Flynn das Wasser ab, wirbelte herum und krallte sich gerade rechtzeitig an der Duschwand fest, als er auf den glatten Fliesen den Halt verlor.

Er hörte Lia erneut rufen. »Was treibst du da?«

»Nichts.« Er brach sich nur fast den Hals. Wie viele Sekunden hatte er, bevor sie wütend wurde? Oder rechnete sie damit, dass er sich erst abtrocknen musste? Er tat es in Windeseile. Er streifte sich Unterhose, Hose und sein Shirt über. Der Stoff blieb auf der Hälfte seines Bauches kleben und er zerrte noch am Saum, als er aus dem Badezimmer trat.

Er gab sich alle Mühe, zerknirscht auszusehen, doch er erstarrte. Lia hatte die lederne Liege in den Raum gezogen und saß mit übereinandergeschlagenen Beinen darauf.

Aber das war nicht der Grund für Flynns Sprachlosigkeit. Es war ihre Kleidung, oder was man als diese bezeichnen könnte. Ihre Kurven, die sie sonst unter locker fallenden Shirts verbarg, waren nun sinnlich verpackt. Schwach schimmerte das edle Leder ihrer geschnürten Korsage, die nicht nur ihre Taille zu betonen wusste. Ihre langen Beine steckten in einer engen Hose, ebenfalls aus Leder, um in glänzenden Pumps zu enden, deren Riemchen sich zart um ihre Knöchel schlangen. Die Absätze nahmen es höhenmäßig gut und gerne mit dem Mount Everest auf. Sein Mund wurde staubtrocken und sein Puls pochte in seinen Ohren. Er sollte sie nicht so anstarren, aber er konnte nicht anders. Sie sah aus wie eine Göttin. Er brauchte vermutlich sehr viel länger, als gut für ihn war, um mit seinem Blick zu ihrem Gesicht zu wandern.

»Pünktlichkeit ist nicht gerade eine deiner Tugenden«, sagte sie kühl. Sie sah zu der Wand mit den Lederpeitschen. »Mit welcher fange ich wohl an?«

»Verzeihung?«, sagte Flynn eher zaghaft, als überzeugt.

Jetzt starrte sie zwar nicht mehr zu den Peitschen, dennoch verunsicherte ihn ihr Blick. Wusste der Geier, was sie vorhatte. Was dachte sie? Was ging in ihrem Kopf vor sich? Gerade das machte ihn wahnsinnig. Die Meinung anderer interessierte ihn nur selten. Aber etwas in ihm wollte sich nicht vor ihr zum Gespött machen.

»Knie nieder«, befahl sie.

Flynn hockte sich hin, ließ sich auf die Knie sinken und legte die Hände auf seine Oberschenkel. Sein Herzschlag erreichte eine Frequenz, die bestimmt nicht mehr gesund war. Aber den Mund aufmachen? Im Leben nicht.

Ihre Absätze klapperten über das Parkett und instinktiv sah er auf, erhaschte einen Blick auf die Gerte in ihrer Hand.

»Wer hat dir erlaubt, mich anzusehen?« Sie hob die Reitgerte, das Lederblättchen drückte gegen seinen Hinterkopf und er senkte ihn.

»Die Zehen flach auf den Boden, mehr Abstand zwischen die Füße«, korrigierte sie Flynns Haltung. Sie war sich nicht zu schade, mitzuhelfen, indem sie ihm mit dem eigenen Fuß seine auseinanderschob.

»Wenn sie nichts anderes verlangt, erbietet man der Herrin nackt seinen Respekt«, kritisierte sie.

»Das ist nicht sonderlich fair, du hättest mich wenigstens ...« ›Warnen können‹, wollte er sagen, aber da schlug sie Flynn auf die nackte Fußsohle. Nicht fest, nicht einmal schmerzhaft, dennoch zuckte er erschrocken zusammen.

»Du solltest lernen, mitzudenken.«

Sein Vorhaben, sich zu entspannen, löste sich in Luft auf. Er knirschte mit den Zähnen und ballte die Hände. Natürlich, sie machte keine Fehler. Aber wenn sie einem Anfänger nicht vorgab, was er zu tun hatte, sollte sie verflucht nochmal nicht mit fehlerfreien Ergebnissen rechnen!

Lia stand neben ihm und sagte kein Wort. Wartete sie auf Widerspruch? Es fiel ihm verdammt schwer, ihn herunterzuschlucken. Die Diskussion konnte er nicht gewinnen.

Einige Momente später trat sie hinter ihn und legte etwas um seinen Hals. Es fühlte sich weich, kühl und unnachgiebig an. Ein Halsband. Sie zog das Leder um Flynns Kehle zu. Es schnürte ihm weder das Blut noch den Atem ab und doch strahlte es einen Hauch Gefahr aus. Er spürte den Kloß in seinem Hals, den festen Sitz des Leders und wurde sich erneut seiner eigenen Nervosität bewusst. Wann hatte er das letzte Mal nicht gewusst, was auf ihn zu kam? Es gab eine reichliche Auswahl an Spielarten und Lia beherrschte sicher viele. Würde sie darauf Rücksicht nehmen, dass er ein lausiger Anfänger war? Wenn sie ihn schon dafür ermahnte, nicht ihre Gedanken lesen zu können? Eine bezahlte Domina müsste auf seine körperliche und geistige Gesundheit achten. Aber Lia hatte jeden Grund zur Rache. Eine zugeklebte Tür, versauter Kaffee, Insekten auf der Pizza. Für Letzteres würde er denjenigen qualvoll sterben lassen.

Noch immer stand Lia hinter ihm, schwieg und trieb die Spannung ins Unermessliche. Er lauschte dem hektischen Schlagen seines Herzens, versuchte, seinen Atem gleichmäßiger werden zu lassen, und wurde prompt aus dieser Entspannungsübung gerissen, als Lia die Hand in seinen Haaren vergrub. Sie bog Flynns Kopf zurück. Das Halsband drückte in sein Genick und gegen seinen Adamsapfel. Verdutzt schnappte er nach Luft. Sie hockte neben ihm, ihre Nase nur wenige Zentimeter von seinem Gesicht entfernt. Flynns Herz setzte für einen Moment erschrocken aus und er schluckte hart.

»Diese Haltung wirst du immer einnehmen, wenn das Spiel beginnt«, raunte sie. »Hast du das verstanden?«

Er konnte sich nicht helfen. Ihre Stimme erinnerte ihn an das Schnurren eines Panthers, der gerade zufrieden eine unschuldige Antilope verdaute.

»Ja«, presste Flynn heraus.

»Ja, was?« Lias Tonfall war lauernd.

»Ja ...« Er wusste, was sie hören wollte. ›Ja, *Herrin*‹ – ein winziges Wort, nicht sonderlich bedeutsam. Doch so sehr er sich auch bemühte, es über die Lippen zu bringen, er sträubte sich. Er grub die Fingernägel in die Handballen.

Sein ganzer Körper schien unter der Anspannung zu vibrieren.

»Verflucht, ich kann es nicht sagen«, gestand er.

»Du wirst es lernen.« Sie löste die Hand aus seinen Haaren. »Steh auf.«

Mit flauen Knien erhob sich Flynn und es grenzte für ihn an ein Wunder, dass seine Beine nicht einfach den Dienst versagten. Die kniende Position hatte eindeutig ihre Vorteile.

»Zieh dich aus.«

Herrgott, seine Finger zitterten, als er sich das Shirt über den Kopf zog und das lag ganz sicher nicht an der Kälte im Raum. Aideen musste eine Fußbodenheizung besitzen. Flynns nackte Füße waren warm, was er von dem Rest seines Körpers nicht behaupten konnte. Die Nervosität sammelte sein gesamtes Blut im Bauch. Wenigstens nicht ein Stück weiter unten. Die Aufregung erstickte jede Erregung im Keim. Dem Himmel sei Dank. Beim Urologen wollte auch niemand einen Ständer haben. Flynn öffnete seinen Gürtel und der Stoff glitt zu Boden.

»Die Unterhose ebenfalls«, befahl Lia mit sanfter Stimme. Sie saß wieder auf der Liege, beobachtete ihn und wippte mit dem Fuß. Ein Königreich für ein Fitzelchen ihrer Coolness.

Flynn schob die Finger in den Bund seiner Unterhose, aber er zögerte. Es war völlig bescheuert. Er war sicher nicht der erste entblößte Mann in ihrem Leben. Er zog sich auch nicht zum ersten Mal vor einer Fremden aus und sie würde ihn kaum ohne Kleidung sehen wollen, wenn sie mit einem abstoßenden Anblick rechnete. Trotzdem war der Gedanke, sich Lia nackt zu präsentieren, eher erschreckend als anregend.

»Bist du dir sicher?«

»Soll ich mich vielleicht umdrehen?«

Ihr Spott versetzte ihm einen Stich. Sie brauchte die Gerte nicht. Verbal konnte sie gut genug austeilen. Also schön. Flynn zog die Unterhose herunter und schob mit dem Fuß die Kleidung zur Seite.

»Die Hände am Hinterkopf verschränken, Füße hüftbreit auseinander.«

Er folgte ihren Befehlen. Ihre Ruhe gefiel ihm nicht. Sie strapazierte seine Nerven. Konnten sie nicht einfach zur Sache kommen? Zu den Fesseln, zu den Schlägen? Dann hatte er es hinter sich. Aber sie spielte mit ihm, rutschte von der Liege und betrachtete ihn von oben bis unten. Flynn presste die Lippen aufeinander. Hektisch hob und senkte sich sein Brustkorb. Adrenalin jagte durch seine Adern und es fiel ihm schwer, ruhig stehen zu bleiben. Die Berührung der Gerte an seinem Rücken, wie sie der Linie seiner Wirbelsäule folgte, beruhigte ihn nicht im Geringsten. Das Flattern in seinem Bauch nahm zu, auch wenn sich dieses merklich änderte. Es war kein angstvoller Knoten mehr, viel eher fühlte es sich erfreulich an. Die Zärtlichkeit jagte ihm leichte Schauer durch den Leib und ein angenehmes Kitzeln stellte sich ein, als sie die Mulde über seinem Gesäß erreichte. Sie streifte nur die Härchen, ganz leicht. Seine Muskeln spannten sich unwillkürlich an. Für die Ledergerte war die Berührung zu warm und zu weich, es mussten ihre Finger sein und sie wanderten über seine Seite.

»Arme gerade«, kommandierte sie.

Flynn hatte nicht gemerkt, wie seine Arme nach unten sanken und nur zögernd hob er sie wieder. Ihren Berührungen nachzufühlen war einfacher, wenn man nicht auf Körperspannung achten musste. Lia zwickte ihn in die

Brustwarze. Flynn zuckte und trat einen winzigen Schritt zurück. Sofort spürte er einen heftigen Schlag und ein Brennen an seinem Hinterteil.

»Fuck!«, presste er heraus. Sie kniff ihn in die andere Brustwarze. Er wich erneut aus und ein weiterer Hieb traf ihn. Herrgott! Wie viele Hände hatte diese Frau?

»Augen geradeaus.«

Sie zwickte ihn wieder. Der kurze Schmerz durchzuckte ihn, doch diesmal blieb er stehen, rührte sich keinen Millimeter und sah stur nach vorn.

Lias Finger strichen seine Seite entlang. Flynns Lider senkten sich, er starrte nicht mehr krampfhaft auf die rotgetünchte Wand, sondern gab sich Lias federleichten Berührungen hin. Nervosität, Unsicherheit, sogar Scham mischte sich mit der Zärtlichkeit ihrer Finger. Ein weiteres Gefühl keimte in ihm auf. Seine eigene Erregung. Diese begann sich gegen Flynns Willen langsam zu steigern und schließlich in seiner Mitte zu bündeln. Genau deswegen hatte er seine Unterhose behalten wollen. Selbst eine Blinde könnte sehen, welche Wirkung Lias Berührungen auf ihn hatten. Als ihre Finger nun vielversprechend über seinen Bauch wanderten, der Linie seines Beckens hinab zu seinem Oberschenkel folgten, entfuhr ihm ein Seufzer. So hatte ihn lange niemand mehr berührt. Wann hatten das letzte Mal neugierige Hände seinen Körper erkundet, voller Zärtlichkeit?

»Gefällt dir das?«, hauchte Lia.

»Ja«, erwiderte er leise. Er konnte kaum fassen, wie sich die Stimmung in diesem Raum geändert hatte. Von hart, spannungsgeladen und beinahe beängstigend lullte Lia ihn ein, wiegte ihn in völliger Sicherheit und ließ ihn vergessen, dass das eigentlich nur eine Finte sein konnte. Sie zog ihre Hand zurück und Enttäuschung machte sich in ihm breit.

»Hättest du nicht getrödelt, würde ich nicht aufhören.«

Ha! Lüge. Oder doch nicht? Ihr Blick war ungewöhnlich warm.

»Ich habe mir nur Mühe gegeben, sauber zu sein«, wandte er ein. Vielleicht hatte er ja Glück.

Lia schnaubte amüsiert. Ihre Augen funkelten. »Das Diskutieren müssen wir dir unbedingt austreiben.«

Verflucht!

Himmel. Flynn sah so geknickt aus, dass in Lia der Wunsch aufkeimte, ihn zu umarmen und zu tätscheln. Der Kerl wusste ganz genau, wie er sich bei Frauen einschmeicheln musste.

Durfte man das dulden? Keineswegs. Schließlich hatte er einen Einblick in dominante Spielchen haben wollen und nicht in Kuschelsex. Diesen konnte er ausreichend mit seiner Frau veranstalten. Prompt fuhr ein eifersüchtiger Stich in ihr Herz.

Lia winkte Flynn zu der Liege. Sie war mit einem guten Dutzend Manschetten bestückt. Flynns Blick huschte misstrauisch darüber. Er strich mit den Fingern über den glatten Bezug der Liegefläche und Lia ließ ihm den Moment, bevor sie ihn mit dem Hintern zuerst darauf drückte.

»Leg dich hin.«

Flynn gehorchte, sichtlich widerwillig, aber ohne jegliche Diskussion. Seine Bewegungen waren nicht anmutig, sondern fahrig. Gute Güte, wenn sie jetzt noch mit Dirty

Talk und verheißungsvollen Drohungen anfing, bekam er mit Sicherheit einen Herzinfarkt.

Kaum lag er auf dem Rücken, verschränkte er die Hände auf der Brust und sah aus, als hätte er sich in seinen Sarg gelegt. Er verfolgte, wie ein in die Ecke gedrängtes Tier, jede ihrer Bewegungen. Sie kam sich vor wie sein Zahnarzt. Sie umfasste seine Knöchel und zog leicht daran. Er rutschte ein Stück nach unten, braver als jedes Lamm. Von seiner Aufmüpfigkeit keine Spur mehr. Aideens Worte kamen ihr in den Sinn.

»Beim ersten Mal sind sie immer so hübsch unsicher. Sie wissen nicht, was geschehen wird und das macht sie fertig. Sie geben die Kontrolle ab und werden dafür mit einem Magengeschwür belohnt.«

Lia drückte Flynns Füße zusammen, fixierte sie mit einem breiten Ledergurt. Seine Handgelenke steckte sie in die Manschetten neben den Hüften. Flynn ließ sie keine Sekunde lang aus den Augen. Wenn sie zu ihm sah, grinste er unsicher. Doch als sie über seinen Bauch strich, sog er die Luft ein und senkte die Lider. Nur die Hölle wusste, wie gern sie jetzt mehr tun würde, als ihm nur eine Augenmaske überzustreifen. Er schluckte hart. In einer fairen Welt könnte sie ihm Nervosität aus dem Körper vögeln, aber sie durfte ja nicht!

Sie prüfte ein letztes Mal, dass er tatsächlich nichts sehen konnte, und legte den Kopf in den Nacken. Leise stieß sie die Luft aus und rieb sich über die Stirn. Flynn war nicht der Einzige, den das alles fertig machte. Es ging ihr kein Stück besser. Das war Gottes Strafe für all ihre Sünden. Flynn lag wehrlos vor ihr, sichtlich erregt und sie durfte ihn nicht einmal küssen. Die Anspannung ließ jeden Muskel an seinem Körper heraustreten. Wie oft legte ihn seine Frau pro Tag flach? Bei diesem Anblick konnte man sexsüchtig werden. Lia wäre es jedenfalls. Sie konnte sich ja jetzt schon kaum zurückhalten. Wie von selbst glitten ihre Finger über seinen Bauch, immer weiter hinab.

Flynn ballte die Fäuste. »Klingel.«

Eilig zog sie die Hand zurück. Hatte er gemerkt, dass sie fast den Kampf gegen ihre Selbstbeherrschung verloren hatte? Oder war ihm das alles schon zu viel? Herrgott, dann konnte sie ja überhaupt nichts mit ihm anstellen! Andererseits war es gut, wenn er das Safeword jetzt schon benutzte. Dann könnte sie ihn hinauswerfen.

»Ich habe gerade erst angefangen«, fauchte sie betont unzufrieden.

»Es klingelt!«

Jetzt hörte es auch Lia. Der unerwünschte Besuch musste den verfluchten Finger auf der vermaledeiten Klingel festgenagelt haben. Der schrille Ton verstummte kein einziges Mal. Mit einem genervten Brummen marschierte sie aus dem Raum, ging zur Eingangstür und zog den Zweitschlüssel aus ihrer Korsage. Sie schloss auf und öffnete die Tür. »Was ist?«

Moment, die blonden Haare kannte sie doch. Ein Fotoblitz blendete sie, und als sie wieder sehen konnte, grinste der verfluchte Reporter sie an.

»Hi.«

»Verschwinden Sie. Müssen Sie nicht Ihren Einkauf fürs Wochenende erledigen?«, fragte Lia. Wie hatte er sie überhaupt gefunden?

»Journalisten haben nie Feierabend«, verkündete Simmons und warf sich in die Brust. »Ich dachte, ich könnte Sie nach einem Interview fragen.«

»Woher wissen Sie, dass ich hier bin?«

»Ihr Wagen steht vor dem Wohnhaus Ihrer Freundin. Logische Schlussfolgerung: Sie besuchen Aideen.« Er spähte an ihr vorbei. »Oh, ist hier das Studio?«

Was? Lia drehte sich um. Verflucht, die Tür zu dem Zimmer stand offen, aber dem Himmel sei Dank, Flynn und die Liege lagen außerhalb des Blickwinkels.

»Ich wollte sowas schon immer sehen«, behauptete der Reporter und versuchte ernsthaft, sich an Lia vorbeizuschieben. Sie stemmte sich ihm entgegen, ihre Brüste gegen seinen Bauch gepresst, und er riss die Augen auf, als er nach unten sah, direkt in ihren Ausschnitt. Ha, das machte ihn nervös. Er zögerte und genau diesen Moment nutzte sie, um ihn zurückzustoßen.

»Machen Sie einen Termin mit Aideen und verschwinden Sie«, fauchte Lia.

Simmons stolperte, verlor das Gleichgewicht und landete auf dem Hosenboden. Leider hielt ihn das nicht davon ab, die richtigen Schlüsse zu ziehen. »Sie sind dort mit jemandem zugange!«

»Nein!«

»Oh, darf ich wissen, wer es ist?«

»Nein!«, fauchte Lia. Halt, Moment, hatte sie jetzt etwas zugegeben?

»Sie sammeln Inspiration für ein neues Buch«, schwafelte der Journalist. »Es wäre himmlisch, wenn der Mann ... es ist doch ein Mann, oder? ... auch zu einem Interview bereit wäre. Ich meine, den Artikel würde jeder lesen.«

Oh, das glaubte sie ihm unbesehen. Vor allem, wenn Flynns Name darin auftauchte.

»Es gibt kein Interview!«, blaffte Lia. »Hauen Sie ab.«

»Ich klingle so lange, bis er so genervt ist, dass er keinen mehr hochbekommt«, drohte Simmons.

»Die Klingel kann ich abschalten.«

»Mist.« Er ließ die Schultern hängen. »Das wäre die Story, die mir meinen Job sichern würde. Wenn Sie sich dort drin mit Flynn Brooks vergnügen würden, wäre es sogar die Story des Jahrhunderts.«

»Haben Sie kein eigenes Liebesleben?«, fragte Lia. »Ist doch egal, mit wem, welcher Promi ein Verhältnis hat.«

»Miss Carsen, Sie haben den Sinn der Klatschpresse nicht verstanden«, rief Simmons, bevor er innehielt. Seine Augen traten heraus. »Moment. Dort in dem Zimmer ist doch nicht etwa Flynn Brooks?« Simmons Stimme wurde mit jedem Wort schriller und seine Augen strahlten.

»Nein«, widersprach Lia. »Ist er nicht. Dort ist überhaupt niemand drin. Und wenn Sie noch mal klingeln, nehme ich Sie mit in dieses Zimmer, stecke Sie in den Käfig und verliere den Schlüssel!«

Der Klatschreporter gluckste unsicher und hob abwehrend die Hand. »Äh, na gut, also schönen Tag ...«

Ging doch. Lia drückte die Tür wieder ins Schloss, drehte den Schlüssel und kehrte zu Flynn zurück. Zum Glück waren sie im dritten Stock. Wenn sich der Kerl nicht gerade vom Dach abseilte, konnte er nicht durch die Fenster spähen. Außerdem waren die Vorhänge sowieso zugezogen.

Flynn zuckte auf der Liege.

»Lachst du etwa?«, rutschte es ihr heraus.

Flynn gab sich sichtliche Mühe. Er schüttelte das demütig gesenkte Haupt, was liegend absolut überflüssig war. Seine Schultern bebten, sein Brustkorb vibrierte und er biss sich auf die Lippe.

»Du hast den Schlüssel nicht aus dem Fenster geworfen!«, ächzte er erstickt.

»Doch, aber es war der Ersatzschlüssel. Aideen hat ihn aufgesammelt, sonst hätte der verfluchte Kerl bestimmt nicht geklingelt.«

»Ist er weg?«, fragte Flynn.

»Er wird sich etwas ausdenken«, seufzte Lia. Flynns Erregung war verschwunden. Toll. Wegen dieses verfluchten Reporters musste sie noch mal anfangen.

»Das wird er mit Sicherh-«, setzte Flynn an.

Lia schob ihre Hand unter das Halsband und legte die Finger um seine Kehle. Seine Halsschlagader pulsierte sanft unter ihrem Daumen. Er verschluckte jedes weitere Wort und sie könnte wetten, dass der leichte Druck an seiner Kehle jeden Gedanken an diesen verfluchten Reporter wegfegte. Sein Lächeln war verschwunden, stattdessen schluckte er gegen ihren Griff an, ballte die Fäuste und erst jetzt zog sie ihre Hand zurück.

Die Bedrohlichkeit ihrer Geste ließ endlich wieder Stimmung aufkommen, in der kein schwafelnder Simmons vorkam und sich Flynn nicht in lockere Gespräche retten konnte. Sie ließ ihn sogar wieder härter werden. Wer sagte es denn, damit konnte sie arbeiten ...

Aus dem Regal in der Nähe zog Lia eine Rolle schmalen Latexbandes hervor. Die Liege war von Aideen selbst gestaltet, sodass sie unweigerlich die Raffinessen ihrer Freundin aufwies. Und Lia hatte keinerlei Mühe, diese zu erkennen und umzusetzen. Wer spielte nicht gern mit Profiutensilien? Kleine Ringe waren in die Liege eingelassen, genau in dem richtigen Abstand zu den Körperumrissen eines Mannes. Lia zog die Bänder durch die Löcher. Immer hübsch über Kreuz schnürte sie ihn so die Beine hinauf an der Liege fest. Das gedehnte Latex sorgte für noch umfangreichere Enge, in dem es sich wieder zusammenzog, als Lia das Ende befestigte und das Spiel nun an Flynns Armen fortsetzte.

Flynn spannte seine Muskeln an. Zwar gaben die Bänder im Vergleich zu Ledermanschetten ein wenig nach, doch zogen sie sich zur Belohnung dann noch enger um ihn. Hatte ihm das kühle Leder an Knöcheln und Hals bereits ein Gefühl der Hilflosigkeit vermittelt, so musste er nun einsehen, dass jeglicher Widerstand im Keim erstickt wurde.

Und was sollte er sagen? Es fühlte sich unglaublich an. Zur Blindheit verdammt konnte er nichts anderes tun, als lauschend auf Lias nächste Aktion zu lauern. Und das war völlig unmöglich. Kaum war sie fertig, ihn zu verschnüren, ertönte ein kurzes Rascheln und das ›klack klack‹ ihrer Absätze bei jedem Schritt blieb aus. Sie musste ihre Schuhe ausgezogen haben. Verflixt. Sie könnte sich überall im Raum befinden. Vielleicht war sie auch gegangen, er konnte es nicht sagen. Flynn konnte ja noch nicht einmal seinen Kopf bewegen. Wider jegliche Erwartung breitete sich in Flynn eine tiefe Ruhe aus. Er war Lias Aktionen ausgeliefert und doch vermittelten ihm die Fesseln ein Gefühl der Geborgenheit. Wie war das möglich? Zudem spürte er erneut seine Erregung, die die Nervosität hinter sich gelassen hatte, und sich nun gemütlich durch seinen Körper fortsetzte. Er vermochte es selbst nicht zu glauben. Konnte man gefesselt einen meditativen Zustand erreichen? Ausschließen würde er es nicht.

»Für eine Strafe scheinst du deinen Zustand viel zu sehr zu mögen«, sagte Lia neben ihm.

»Es gibt Schlimmeres.« Er konnte sich ein breites Lächeln nicht verkneifen. Grinsten alle SM-Sklaven in dieser Haltung so dämlich?

»Pah«, machte Lia. »Mal sehen, ob du in fünf Minuten noch der gleichen Meinung bist.«

Jetzt klang sie unverfroren amüsiert und weckte in Flynn leises Unbehagen. Wenn sich Lia freute, dann war das für ihn kein gutes Zeichen. Die Momente verstrichen und es geschah … nichts. Vielleicht drohte sie ihm nur? Ein Gedanke, der sich nur für einen Moment in ihm breitmachte. Etwas Warmes tropfte auf seine Brust. Einmal, zweimal. Überrascht bäumte sich Flynn auf. Die Fesseln hielten seinem störrischen Winden stand. Ein weiterer Tropfen traf ihn und erst jetzt spürte Flynn den kleinen Schmerz. Hitze, die für einen winzigen Moment brannte und sich schließlich zu einem leisen Prickeln wandelte.

»Was ist das?«, keuchte Flynn.

Lia belohnte ihn mit zwei weiteren Tropfen, die prickelnden Schmerz durch seine Nervenzellen schickten. »Wachs. Ist das immer noch harmlos?«

»Brandwunden mindern aber meinen Marktwert«, stöhnte Flynn. Und wenn schon, es war ihm völlig egal. Es fühlte sich himmlisch an. Sie tröpfelte eine warme Spur von Flynns Brust zu seinem Bauch hinab. Je weiter südlicher sie kam, umso intensiver wurde das Gefühl. Wie das Wachs seine Wärme abgab und sich dann zusammenzog, wenn er aushärtete und dabei an seinen Härchen zupfte.

»Keine Sorge. Es wird nicht heiß genug für Brandverletzungen.« Er hörte Lias Stimme wie von Ferne, durch einen Nebel. Sie könnte ihm gerade auch erklären, dass ihm das Wachs die Haut vom Fleisch schälte, solange sie nicht aufhörte. Die Hände zu Fäusten geballt, stand sein gesamter Körper unter Strom, gefasst auf den nächsten Tropfen und den leichten, betörenden Schmerz. Flynn wusste nicht, was er davon halten sollte. Einerseits war der kurze brennende Schmerz unangenehm. Sobald dieser jedoch vorbei war, hinterließ er ein prickelndes Gefühl, das jeden Zentimeter seiner Haut zu erfassen schien, sie sensibilisierte und den nächsten Tropfen so intensiv weiterleitete, dass ihm schwindelte.

Flynn stöhnte auf, als Lia die zweite Spur über seinen Bauch tröpfelte und diesmal gewissen pikanten Stellen näherkam. Und diese verrieten ihn nur zu deutlich. Von mildem Interesse konnte keine Rede sein. Alles an ihm hatte eine Habachtstellung angenommen und reckte sich fröhlich Lia entgegen, als würde er sie begrüßen wollen.

Die nächste Spur zog sich nicht wieder von seiner Brust zu seinem Bauch, sondern setzte gleich den Weg nach unten fort. Unweigerlich versuchte er, ihr auszuweichen, als er das brennende Gefühl auf seiner Pracht spürte. Doch das war unmöglich. Gegen die Fesseln und die Bänder kam er nicht an.

»Hinterhältiges Miststück!«

Lia ergoss nun eine Serie winziger Tropfen auf seine empfindliche Spitze. Wieder bäumte er sich gegen die Fesseln auf und zog scharf den Atem ein. Doch das ›hinterhältige Weibsstück‹ kannte keinerlei Erbarmen. Statt eine Pause einzulegen, träufelte sie unbeirrt weiter Wachs auf ihn. Mittlerweile gab sich Flynn keine Mühe mehr, beherrscht und ruhig zu bleiben. Er zuckte und wand sich, wann immer ein Tropfen Wachs eine noch unbedeckte Stelle erreichte. Wollte sie sein Gemächt für die Ewigkeit in einem Abdruck erhalten?

Stöhnend unterwarf er sich ihrer Führung.

Flynns Lenden standen lichterloh in Flammen. Ein prasselndes, kribbelndes Feuer, das ihn so unendlich empfindsam machte, dass jeder neue kurze, brennende Stich nur der Auftakt zu noch intensiveren Empfindungen war. Flynn wurde erst wieder Herr seiner Selbst als die erste Schicht Wachs ihn bedeckte und vor weiteren Schmerzensstichen schützte. Er spürte zwar, wie die Tropfen auf ihn herabfielen, doch nun betörte ihn weniger der Schmerz, sondern das Gefühl der Enge. Das abkühlende Wachs zog sich zusammen, schloss sich fest um ihn und ließ ihn stöhnen.

»Hübsch«, kommentierte Lia.

»Bitte sag mir, dass du damit zufrieden bist«, keuchte Flynn. Zuerst registrierte er den nächsten Tropfen überhaupt nicht. Erst als sie ihm den Eiswürfel über die Innenseite seines Oberschenkels zog, begriff Flynn, was hier eigentlich gespielt wurde. Die Eiseskälte ließ ihn zucken und brachte ihn schier um. Fuck, war das kalt!

»Luder«, knurrte Flynn. »Heimtückische Kratzbürste. Du bist nicht Satans Braut, sondern seine Tochter!«

»Schmeicheleien bringen dir nichts«, lachte Lia und legte ihm den Eiswürfel auf den Bauch. Er bäumte sich auf. Mist, elender! Er würde sie umbringen. Sobald sie ihn hier losmachte, würde er sie auf diese Liege fesseln und dann mit Eiswasser übergießen!

Ach, was dachte er? Sein Kopf schwirrte. Die Flut der Empfindungen überrannte ihn völlig. Er konnte nicht den kleinsten Finger rühren!

»Da muss wohl noch ein wenig mehr Strafe her«, sinnierte Lia nun und zog einen kleinen Wachsfleck von seiner Brust.

»Noch mehr?«

»Oder kannst du jetzt ›Herrin‹ sagen?«

Es wäre besser, wenn er es könnte, dann wäre er für den Moment vielleicht entlassen. Trotzdem sträubte sich alles in ihm gegen diesen Titel. Lia sagte nichts dazu, sondern löste die schmalen Bänder. Was hatte sie jetzt vor?

Nach und nach entließ sie ihn in die Freiheit und half ihm sogar beim Aufsetzen. Mit dem Wachs im Schoß … ein verdammt merkwürdiges Gefühl. Mit Nachdruck schob sie ihn von der Liege herab und kümmerte sich nicht im Geringsten um Flynns unkoordinierten Gang. Seine Augen waren immer noch verbunden. Blind folgte er ihrer Führung. Als er anhalten sollte, legte sie die Hände auf seine Schultern und hielt ihn fest. Sie drehte ihn um und kantiges Holz drückte in seinen Rücken. Das Gefühl kannte er! Das Andreaskreuz.

Doch diesmal schlossen sich nicht Ledermanschetten um seine Arme, die Lia nach oben drückte, sondern kalter Stahl.

Wieder schlug sein Herz wild in seiner Brust und sein Atem ging stoßweise. Mit einem weiteren Ledergurt sorgte sie dafür, dass sein Rücken zwangsläufig nähere Bekanntschaft mit dem Holz schloss.

»Was hast du vor?«

»Das Wachs entfernen«, sagte sie nüchtern. »Zähl mit.«

Was mitzählen? Flynn wollte gerade den Mund aufmachen, als er bereits den ersten Schlag mit einem Lederriemen spürte. Er zuckte erschrocken zurück und nahm wahr, wie ein Teil des Wachses abblätterte.

»Nun?«, fragte Lia scharf.

Was hatte sie gesagt? Mitzählen?

»Eins«, sagte Flynn zögerlich und wurde mit dem nächsten Schlag belohnt. Im Moment hielt die Wachsschicht viel ab, aber wie lange noch?

»Zwei«, presste er heraus. Ein erneutes Flitschen begleitete einen weiteren Schlag.

»Drei.« Herrgott, mit einem gezielten Schlag legte sie seine gesamte Pracht frei. Lediglich das Gewicht des Wachses, das an seinen Schamhaaren hing, spürte er noch. Hörte sie jetzt auf? Nein, wieder zerschnitt das Geräusch der Peitsche die Luft.

»Vier!« Stöhnend drückte Flynn den Kopf gegen die Wand, als ihn der nächste Schlag traf. Dieser hinterließ eine brennende Spur. Es war kein Vergleich zu dem Wachs. War dieses punktuell gewesen, deckte Lias Riemen hier nun eine größere Fläche ab und diese Fläche war inzwischen so überempfindlich, dass sie das Brennen und das Kribbeln, das im Nachhinein entstand, ungefiltert an Flynns sowieso überlastetes Gehirn weiterleitete. Er schwankte zwischen Ekstase und reiner Verzweiflung. Die Dunkelheit flimmerte vor seinen verbundenen Augen.

Die Augen fest zusammengepresst erwartete er den nächsten Hieb. Der Striemen der Peitsche wickelte sich um sein bestes Stück ... Doch der Schmerz blieb aus.

Lia zog sachte daran. »Verdiene ich den Begriff ›Herrin‹ immer noch nicht?«

Sie zog das Leder fort. Gut möglich, dass er den Mund bewegte, es kam kein Laut heraus. Nur ein weiteres Stöhnen, als ihn der nächste Hieb traf.

»Fünf«, keuchte er, den Rücken an das Holz gepresst. Eine unerträgliche Anspannung machte sich in ihm breit. Er wollte weg und fieberte doch zugleich dem nächsten Schlag entgegen. Dieser traf ihn mit stärkerer Wucht als die zuvor.

»Herrgott«, stöhnte Flynn und vergaß das Zählen. Wieso konnte er den Namen des Allerhöchsten mühelos aussprechen, aber nicht das einfache Wort ›Herrin‹?

Obwohl sich seine Bedenken gerade in Wohlgefallen auflösten. Der nächste Schlag traf seine Penisspitze und er glaubte an eine innere Explosion. Sterne begannen zu tanzen. Doch das war zu viel. Zu viel für ihn.

»Lia!«

Vibrierend vor Spannung drückte er sich gegen das Holz, als könnte er hineinkriechen. Mit aufeinandergepressten Kiefern erwartete er den nächsten Hieb, doch er kam nicht.

»Ich bin da. Mach dir keine Sorgen.« Ihre Stimme war sanft und heiß spürte er ihre Finger an seiner Brust. Sie löste den Gurt um Flynns Bauch und zog die Augenbinde über seinen Kopf. Das Licht war zwar gedämpft, aber es blendete ihn und er musste blinzeln. Währenddessen löste Lia die Schellen.

Flynn sackte gegen das Kreuz, presste sich haltsuchend dagegen. Vor ihm lag das verfluchte Wachs, ihm schwindelte. War es vorbei? Sie hörte auf? Einfach so?

»Komm.« Lia zog ihn zum Bett. »Leg dich auf den Bauch.«

Was kam denn jetzt noch? Die letzte Erlösung? Bitte ja. Er meinte, schier zu platzen. Sie schwang sich über ihn, verteilte Flüssigkeit auf seinem Rücken und massierte ihn.

Sein Herz hämmerte unaufhörlich in seiner Brust. Leere herrschte in seinen Gedanken, er fühlte sich, als hätte er einen Bungeesprung hingelegt. Für einen Moment wollte er nichts lieber, als sich herumdrehen, ihren herrlichen Leib ausfüllen und endlich die Erlösung finden, nach der alles in ihm schrie. Verflucht, warum hatte er nicht den Mund gehalten und sie weitermachen lassen. Fuck.

Lias fester Druck auf seine Triggerpunkte entspannten ihn und lenkten Flynns Gedanken endlich weg von dem Verlangen nach Sex. Es kehrte genug Blut wieder in Flynns

Gehirn zurück, um einzusehen, dass Sex mit Lia ein Fehler wäre. Sein Kopf ruhte auf seinen verschränkten Händen und mit geschlossenen Augen gab er sich ihren geübten Händen hin, bis sie ihm Minuten später durch die Haare fuhr. Erst jetzt drehte er ihr das Gesicht zu und sah in Lias unglaublich warme Augen. Was spiegelte sich in ihnen wider? Sorge?

»Tust du das immer?«, krächzte Flynn. »Männer dazu bringen, dass sie um Gnade betteln?«

Lia grinste. »Das nennst du schon Betteln?« Ihr Lächeln sank in sich zusammen und sie strich ihm über die Stirn. »Du warst schon recht weit gegangen. Ich dachte, ich könnte dich auch noch bis zum Ende bringen.«

»Warum hast du dann aufgehört?«, fragte Flynn verständnislos.

»Ich bin nicht die Inquisition. Was wir tun, basiert auf gegenseitigem Vertrauen. Würde ich deine Reaktionen ignorieren oder erst reagieren, wenn du das Safeword benutzt, wäre ich deines Vertrauens nicht würdig. Außerdem muss man nicht unbedingt gleich beim ersten Mal das volle Programm durchziehen.«

Sachte malten ihre Finger kleine Kreise auf seine Schulter. Winzige Berührungen, die unweigerlich dazu führten, dass sich das Adrenalin in seinen Adern gegen beruhigendere Hormone tauschte. In einer solchen Umgebung und nach den Erlebnissen eigentlich ein Ding der Unmöglichkeit, doch trotzdem schlossen sich seine Augen. Sein Atem ging nach und nach immer ruhiger, bis er schließlich tief und regelmäßig wurde.

LIA CARSEN AUF DER SUCHE NACH NEUER EINSCHLÄGIGER INSPIRATION?

Unserem Reporter ist es gelungen, die Autorin von ›Jack's Black‹ bei ihrer Recherche für einen neuen Bestseller zu begleiten. In der Wohnung ihrer besten Freundin, die auf dieser Adresse ein Gewerbe als Domina angemeldet hat, widmet sie sich intensiv den praktischen Grundlagen. Wer hierfür seinen Körper zur Verfügung stellt, den kann man nur einen Helden nennen. Die treuen Fans Lia Carsens werden ihm für seine Unterstützung bei der Inspirationssuche mit Sicherheit dankbar sein.

Quellen zufolge hält sich Flynn Brooks nicht in Brüssel auf. Dylan Mason, Flynn Brooks bester Freund, macht folgende Angaben: »Keine Ahnung, wo Flynn ist! Untergetaucht. Kann ich verstehen. Würde ich auch machen, wenn eure Visagen ständig an meinem Fenster klebten. Jetzt schert euch aus meiner Sonne!«

Wow. Der Mann konnte schnell einschlafen. Flynn konnte mit Sicherheit im Stehen pennen, wenn es notwendig war. Diesen Ausflug ins Reich der Träume hatte er sich jedenfalls verdient. Selbst Lia gähnte. Die Aufregung und das Adrenalin ließen nach und sie rieb sich das Gesicht, bevor sie vom Bett rutschte und leise aufräumte. In einer Kiste fand sie ein Latexlaken, das sie über Flynn ausbreitete. Wäre bedauerlich, wenn ihr Schützling den Samstag mit Schnupfen zubringen müsste. Wo bliebe dann ihr Spaß?

Sie betrachtete Flynns entspannte Gesichtszüge. Die Haare fielen ihm locker in die Stirn, die steile Falte zwischen seinen Augenbrauen war verschwunden und die Krähenfüße neben seinen Augen, die sich vertieften, wenn er lachte, waren jetzt nur noch feine Linien. Die schmalen Lippen zuckten im Schlaf. Sie liebte Männer mit schmalen Lippen und schlanken Fingern. Flynn besaß beides und sein restlicher Körper gefiel ihr genauso gut.

Gott, wie gern hätte sie selbst Hand angelegt. Ach was, nicht nur ihre *Hand*. Alles. Sie hätte ihm zu gern alles geschenkt und noch lieber hätte sie alles von ihm gefordert. Seine Frau konnte sich glücklich schätzen. Die Ausstattung ihres Mannes war beachtlich, doch nicht nur die … Lia hockte sich vor das Bett und stützte das Kinn auf ihren Arm.

Sie mochte Flynns Humor, sogar seinen Hang, ständig mit ihr zu diskutieren und alles in Frage zu stellen. Aber er konnte sich auch fallen lassen. Sie liebte sein Lachen, bei dem es so verdammt schwerfiel, nicht einfach mitzugrinsen. Genauso gefiel ihr der Hauch von Melancholie, der ihm immer dann anhaftete, wenn er während einer Drehpause abseits des Sets hockte und sich unbeobachtet fühlte. Sie hätte gern den Grund für seine Traurigkeit herausgefunden.

Seufzend rieb sich Lia über die Nase. Sie sollte nicht hier sitzen und den schlafenden Prinzen begaffen. Das war keine gute Voraussetzung für die Abwicklung des Deals.

Leise erhob sie sich, ging aus dem Zimmer und tauschte die Lederkorsage gegen ein weites Wasserfallshirt. Sie schälte sich ächzend aus den Leggings und schlüpfte in einen Rock. Mit nackten Füßen kehrte sie zu Flynn zurück. Er schlief immer noch. Was machte er nachts? Sie wusste selbst nicht, warum sie es tat, aber sie beugte sich über ihn und legte die Hand auf seine Wange. Mit dem Daumen folgte sie der Linie seiner Lippen. Wenn sie sich ein wenig vorbeugte, könnte sie ihn küssen.

›Reiß dich zusammen!‹

Es war eine Sache, einem Mann ein Winseln um Gnade herauszuprügeln, aber eine völlig andere, ihn auch noch küssen zu wollen. Bevor sie allerdings tatsächlich über ihn herfiel, schlug Flynn zu seinem Glück die Augen auf.

»Hunger?«, fragte sie das Erste, das ihr einfiel. Ihr Magen fand die Idee großartig. Er knurrte zustimmend und Flynn warf einen Blick auf ihren Bauch.

»Bevor er noch ausrastet, sollten wir wirklich etwas essen.« Flynn schlug das Laken zur Seite und starrte auf seine Kronjuwelen. Selbst Lia riskierte einen Blick. Von dem Wachs war nicht mehr viel übrig, die Reste klebten an seinen Schenkeln und seinem Bauch.

»Wie bekomm ich das wieder ab?« Flynn zupfte in seinem Schritt herum. Verflucht, wusste er, was er ihr antat, wenn er sich selbst befummelte? Er weckte in ihr das Verlangen, auch an ihm herumzutatschen!

Lia wich einen Schritt zurück und verschränkte die Hände hinter dem Rücken. Stur sah sie ihm ins Gesicht. »Mit warmem Wasser. Es ist ein Spezialwachs. Es löst sich auf.«

»Hab ich ein Glück«, erwiderte Flynn sarkastisch.

Hey, *sie* war hungrig und dürfte zickig werden! Ihr Magen knurrte so laut wie ein Bär. »Ich gehe nachsehen, was im Kühlschrank ist.«

Hoffentlich ein Becher voller Eis, mit dem sie sich erschlagen konnte. Flynn inspizierte immer noch die Wachsreste. Das hielt sie nicht aus. Sie brauchte so schnell wie möglich einen Vibrator und fünf Minuten Ruhe.

Erstaunt sah er Lia nach, die aus dem Raum wetzte. Kaum bekam sie Hunger, hatte sie es eilig und ließ ihn allein zurück? War er für heute entlassen? Vielleicht sollte Flynn sie den Rest des Wochenendes auf Diät setzen, dann war sie unkonzentriert. Allerdings wurden Frauen wütend, wenn sie hungrig waren ... Überflüssig, darüber nachzudenken. Er konnte nur verlieren. Lieber schleppte er sich ins Badezimmer und Lia behielt tatsächlich recht. Das Wachs löste sich unter warmem Wasser auf, was man von seiner Erregung bedauerlicherweise nicht behaupten konnte! Sie war zwar mit ihm eingeschlafen, aber genauso schnell erwachte sie auch wieder. Dafür brauchte es nur den Gedanken an Lia, an ihren Blick auf seinen Schoß. Bei dem er glücklicherweise seine Hand so gehalten hatte, dass er verbergen konnte, was allein ihre Nähe anrichtete – wie sich sein Penis ihr erwachend entgegenstreckte. Sie brauchte keine Lederkorsage. Verfluchter Mist, sie allein erregte ihn – in einem weiten Shirt und einem Rock. Sie hätte genauso gut eine Jogginghose tragen können, das Problem war das Gleiche. An sie zu denken und seine eigene Berührung, als er sich im Schritt wusch, ließen ihn hart wie Stahl werden.

Herrgott. Er wusste immer noch nicht, was er von all dem halten sollte. Aber allein bei dem Gedanken an die Fesseln und das Wachs, wuchs das Verlangen nach mehr in ihm.

Sich Lia zu präsentieren hatte ihm keinen Spaß bereitet, ihre Berührungen jedoch waren himmlisch gewesen. Ihre Finger, nicht mehr als ein Hauch, eine federleichte Zärtlichkeit. Unschuld und Zartheit, die im völligen Kontrast zu den

Schlägen standen. Er keuchte und packte unweigerlich fester zu. Sein Penis pulsierte hart in seiner Hand und Flynns Gedanken flogen weiter. Zu den Schmerzen, dem Reiz, die Begierde, das Sehnen nach Erlösung – alles ausgerichtet auf die Sekunden, in denen sich der Strudel der gemischten Gefühle in einen Rausch wandelte.

Flynn stöhnte, lehnte sich gegen die gefliese Wand. Das Wasser lief an ihm hinunter und in dem Moment, als ihn der erlösende Höhepunkt überkam, dachte er ausgerechnet an Lia und ihre grünen Augen.

Hervorragend. Er schaffte es sogar, sich das Masturbieren zu versauen! Flynn dachte dabei nie an bestimmte Frauen, höchstens an seine eigene. Aber selbst das tat er seit Jahren nicht mehr. Verflucht! Was sollte das werden? War er drauf und dran, sich zu verlieben?

Flynn stellte das Wasser auf kalt. Er musste zwar keine Latte mehr zu Tode kühlen, aber seine Gedanken konnte er damit auf Eis legen. Verlieben. Quatsch.

Lia war verführerisch, jung und sie war schön. Sie berührte ihn ohne jegliche Scheu und sie gähnte nicht ständig und behandelte ihn wie einen Störenfried, der sie von der Arbeit abhielt. Natürlich entwickelte er Sympathien für sie. Es führte allerdings zu nichts! Vielleicht beschloss sie just in diesem Moment, dass sie ihre Schuldigkeit erfüllt hatte und sie sich ohne ihn noch ein schönes Wochenende machen könnte. Sie hätte Recht damit. Er konnte nun nicht mehr behaupten, nicht zu wissen, wie sich Jack gefühlt hatte. Seine Figur war wesentlich weiter als Flynn gegangen, aber Flynn konnte sich vorstellen, wie man unter einem Orgasmus abging, der so brutal und betörend zugleich in einem Mann geschürt wurde. Hatte sie damit gerechnet, dass es so schnell ging? Bestand sie trotzdem auf den Rest des Wochenendes?

Flynn trocknete sich ab und zog sich an. Nur auf Socken und Schuhe verzichtete er vorerst. Es hatte ihm schon genug Mühe bereitet, seine weichen Beine in die Hose zu fädeln. Auf nackten Sohlen tappte er in die Küche und fand dort nichts zu essen vor, sondern nur Lia, die auf dem Boden vor dem offenen Kühlschrank hockte und bebte. Vor Kälte?

»Alles in Ordnung?«, fragte er.

Lia schreckte zusammen und sah auf. Ihr Blick war unstet, als wäre sie in Gedanken einerseits hier, andererseits auch in einer anderen Welt.

Sie presste die Lippen aufeinander und verschränkte die Finger ineinander. »Die Nachwirkungen beseitigt?«

In mehrfacher Hinsicht, aber das konnte er ihr kaum sagen. »Das Wachs ist weg«, gab er zu.

»Schön.« Sie griff in eines der Kühlfächer und schob etwas hin und her.

»Was suchst du?«, fragte er.

»Aideens Kühlschrank besteht nur aus unfertigen Lebensmitteln«, klagte Lia. Sie hielt eine Packung Reibekäse in der Hand und Flynn stellte sich neben sie. In den Fächern lagen Gemüse, abgepacktes Fleisch, Fisch, Spargel, Tomaten, im Grunde alles, was das Herz eines Supermarktkunden glücklich machte. Sofern dieser kochen konnte ...

»Du kannst nicht kochen?«, fragte Flynn erstaunt.

Lia sah zu ihm auf. »Kannst du es?«

»Ich bin seit zwölf Jahren verheiratet.«

Lia presste die Lippen zusammen, stand auf und warf den Kühlschrank zu. »Das heißt dann wohl Nein.«

»Wir können Essen gehen«, schlug Flynn vor. Ihr Tonfall gefiel ihm nicht. Sie klang, als würde sie ihn gleich ein weiteres Mal in das verfluchte Zimmer kommandieren. Einmal draußen wollte er nicht so schnell wieder hinein! Es war nicht gut für seine aufkeimenden Gefühle für …

»Dann kannst du Aideens neueste Kreation ausprobieren«, unterbrach Lia seine Gedanken.

»Und die wäre?«

Lia winkte ihn in den Flur und deutete auf ein paar Flip-Flops, die auf der Schuhablage standen. Nur waren die Innenseiten der Sohlen mit kleinen Metallnieten verziert.

»SM im Alltag«, erklärte Lia.

Seine aufkeimenden Gefühle starben gerade einen verdammt schmerzhaften Tod! Mit den Dingern konnte man doch nicht laufen! *Er* wurde bestraft, weil ihre Mutter *Lia* offenbar nie das Kochen gezeigt hatte? Der Teufel sollte diese Frau holen. Flynn drehte sich herum, suchte in Aideens Schränken, bis er eine Packung Bandnudeln fand. Die würden sie doch wohl hoffentlich noch hinbekommen!

Er ließ Leitungswasser in einen Topf laufen und stellte ihn auf den Herd. Lia folgte ihm und setzte sich an die Küchentheke.

»Hat es dir nie jemand beigebracht?«, fragte Flynn.

Sie stützte ihr Kinn auf die Hände und sah ihn über den langsam aufsteigenden Wasserdampf hinweg an. »Meine Mutter hatte drei Jobs, um die Miete, Strom und alles andere bezahlen zu können. Das Leben in London ist teuer, trotzdem wollte sie, dass ich hier zur Schule gehe. Sie hat zwar gekocht, aber sie hatte nie die Zeit, eine ungeschickte Tochter dabei zu ertragen.«

Hmpf, das war ein Argument. Er lehnte sich an die Küchentheke und verschränkte die Arme vor der Brust. »Wovon ernährst du dich überhaupt?«

»Ich finde immer jemanden, der mir was zubereitet oder mich einlädt.«

»Schnorrerin«, brummte Flynn. Diesmal war er anscheinend der Trottel. Ob sie die anderen Kerle auch hierher einlud, oder machte sie es mit ihnen bei sich zu Hause? Flynn schüttelte Salz in den Topf. Erst kamen durch das verdammte Loch in der Salzpackung kaum zwei Krümel gefallen, doch als er heftig schüttelte, floss es regelrecht. Ups.

»Ist das nicht ein bisschen ...?«, setzte Lia an.

»Wie gut konnten die anderen kochen?«, fragte Flynn.

»Meistens recht gut«, antwortete Lia bereitwillig.

»Und trotzdem hast du die Sterneköche nicht behalten«, spottete Flynn. Es kam bösartiger aus seinem Mund, als es geplant war. Aber er konnte nichts dagegen tun. Der Gedanke, dass sie sich von anderen Männern bekochen ließ und mit ihnen genau das Gleiche machte wie mit ihm, womöglich noch sehr viel mehr – verflucht, es schnürte ihm die Kehle zu und der Knoten in seinem Bauch fühlte sich nicht wie Hunger, sondern wie ein Brocken Teer an.

Lia schürzte die Lippen, aber sie sagte kein Wort. Schweigend warteten sie, bis das Wasser kochte und er die Nudeln hineinfallen lassen konnte. Zehn Minuten später hatten sie sich immer noch nichts zu sagen. Dafür hatte sich Flynn innerlich mehrere Ohrfeigen verpasst. Es konnte ihm völlig egal sein, mit wem Lia aß, wen sie schlug und wen sie mochte. Und wenn sie sich für jede Mahlzeit einen anderen Mann anlachte, es war ihr Problem!

»Probier«, verlangte Flynn und reichte Lia eine Gabel.

Sie angelte eine der Nudeln aus dem dampfenden Wasser, warf ihm einen schiefen Blick zu und steckte sich die Teigware in den Mund. Sie kaute bedächtig, ihr Gesicht verzog sich und schlussendlich würgte sie.

»Du willst mich schon wieder vergiften«, klagte sie, sprang auf und hängte sich an den Wasserhahn. »Wie viel Salz hast du hineingekippt?«

»Keine Ahnung.« Flynn hob die Salzpackung an. Sie war zu einem Drittel leer, allerdings wusste er nicht mehr, wie voll sie anfangs gewesen war.

Lia zupfte an seinem Ärmel. »Das Zeug können wir nur noch wegwerfen. Lass uns ein Bistro oder einen Imbiss suchen.«

»Ich gehe mit diesen Flip-Flops nicht raus!«

Lia seufzte, verdrehte die Augen und ging in den Flur. Sie kam mit Flynns Schuhen zurück. »Du hast versucht, für mich zu kochen. Okay, du hast auch schon wieder versucht, mich zu vergiften. Aber ich verzeihe dir und jetzt lass uns bitte, bitte, gehen. Mein Magen verdaut sich gleich selbst.«

Flynn führte sie zu einem kleinen Lokal, nur zwei Straßen weiter. Allerdings ließ ein Blick auf die draußen aufgehängte Speisekarte Lia ihren Hunger vergessen. Eine Gemüsesuppe kostete hier schon achtzehn Pfund! War das Gemüse aus Gold? Schnippelte es sich selbst? Steppte es erst in der Suppenschüssel ein Musical? Sie wollte hier nicht rein. Besser verhungert als pleite! Sie müsste zwei Wochen lang Teller waschen. Dazu war sie seit heute nicht mehr in der Lage. Während Flynn im Badezimmer gewesen war, hatte sie sich einen von Aideens Vibratoren ausgeliehen und sich für dreißig Sekunden in das andere Bad verzogen. Länger hatte sie nicht gebraucht. Es war schwer, zu sagen, ob es an ihrer Fantasie mit Flynn oder an dem verdammten Stemmhammer lag, den ernsthaft jemand als Massagestab verkaufte – jedenfalls zitterten seither ihre Beine ununterbrochen. Sie wollte einfach nur sitzen, etwas essen und das bitte möglichst billig.

Aber Flynn zog die Tür auf, legte ihr die Hand auf den Rücken und schob sie hinein. Der Eingangsbereich sah aus wie ein Steinbruch. Der Boden – aus Marmor. Die Säulen – aus Marmor. Die Skulptur, von der nur der Himmel wusste, was sie darstellen sollte – aus Marmor. Die Pflanzen am Fenster – bestimmt aus Plastik. Solche Blütenpracht konnte unmöglich echt sein. Der Kellner, der hinter einem Pult stand und sie anlächelte – okay, der war aus Fleisch und Blut, aber sein Lächeln einbetoniert.

»Können wir nicht woanders hin?«, fragte Lia.

»Ich denke, du hast Hunger«, erwiderte Flynn. »Die anderen Restaurants sind zu weit weg.«

Lüge! An der nächsten Straßenecke sah Lia ein asiatisches Bistro, aber das genügte anscheinend nicht Flynns versnobten Ansprüchen. Innerlich verabschiedete sich Lia von einem Drittel ihrer nächsten Tantiemen.

»Tut mir leid, wir haben keinen Tisch frei«, behauptete der Kellner, der den Zugang zu den geheiligten Hallen des Essbereiches bewachte.

Gott sei Dank! Vielleicht kam sie doch noch ins Bistro! Aber Flynn legte den Arm um sie. Seine Wärme zog durch ihren Körper, seine Finger auf ihrem Rücken jagten ein angenehmes Kribbeln durch sie. Himmel, was hatte er vor?

»Wir haben uns heute verlobt«, log er.

»Sir, es tut mir sehr leid, Sie hätten reservieren müssen«, sagte der Kellner.

Lia starrte sehnsüchtig aus dem Fenster. Lieber setzte sie sich zu McDonalds, als in diesem Nobelschuppen zu essen. Die Abendsonne glitzerte auf den Regenrinnen, den Mülltonnen und auf blondem Haar. Lia riss die Augen auf. Das war der verfluchte Reporter!

Simmons wanderte das breite Schaufenster entlang, sah über die Straße und verdammt ... Er drehte sich um! Lia packte Flynn am Kragen, hängte sich mit ihrem kompletten Gewicht an ihn und riss ihn zu Boden, hinter die vielen Pflanzen.

»Lia«, stöhnte Flynn. »Was soll das werden?«

»Pscht.«

Sie hielt seinen Kopf unten und spähte vorsichtig über die grünen Blätter hinweg. Der verflixte Journalist drehte sich im Kreis, ging weiter, blieb schließlich an der gegenüberliegenden Straßenseite stehen und tippte auf seinem Handy herum. Verflixt. Er blockierte Lias Weg zu bezahlbarem Essen!

»Könntest du bitte von mir heruntergehen? Ich will nichts gegen dein Gewicht sagen, aber du bist schwer!«, jammerte Flynn.

Simmons drehte sich weg, kratzte sich am Kopf und Gott sei Dank, er ging weiter, ohne auch nur einen Blick zu dem Restaurant zu werfen. Lia kletterte von Flynn herunter, ließ sich von dem stirnrunzelnden Kellner aufhelfen und sah zu, wie Flynn sich den Nacken und dann den Rücken rieb.

»Was sollte das?«

»Das war nur der Vorgeschmack auf die Strafe, die dich erwartet«, zischte Lia mit aller Wut, die sie aufbringen konnte. »Du hast unsere Verlobung versaut! Wie kann man nur so unfähig sein? Du bekommst es nicht mal hin, einen verfluchten Tisch zu reservieren?«

Sie wusste nicht, ob Flynn verstand, dass sie sein Spiel mitspielte, oder ob er wirklich beleidigt war. Er zog die Schultern hoch, setzte einen Blick auf, der jeden Hund mitleidig winseln lassen würde, und murmelte: »Sorry.«

»Ein Sorry reicht da nicht«, fauchte Lia. »Trottel.«

»Miss«, mischte sich der Kellner ein und blätterte durch seine Reservierungsliste. »Wir haben doch eine Reservierung hier. Ich hatte den Namen nicht richtig verstanden. Ich bitte vielmals um Verzeihung.«

Wow, der Kellner warf sie nicht einfach hinaus, sondern half Flynn? Da sollte mal jemand sagen, die Menschen wären nicht mehr hilfsbereit.

Lia holte betont beherrscht Luft. »Schön. Ich weiß ja, wie schwer gutes Personal zu finden ist.«

Flynn sah sie warnend an. Ups, sie hatte nicht vorgehabt, über das Ziel hinauszuschießen. Ob der Kellner selbst eine zickige Freundin hatte? Oder tauchten hier regelmäßig nörgelnde Bräute auf? Hatte er Angst, Lia könnte *ihn* zu Boden ringen? Sie verkniff es sich, ihn zu fragen, und folgte ihm lieber, als er mit erstarrtem Blick voranging.

»Mein Name ist Grant. Ich werde Sie heute bedienen«, sagte er, führte sie zu einem Tisch im hinteren Teil des Restaurants und legte die Speisekarten auf ihre Plätze. Dem Himmel sei Dank, der Tisch war weit genug von den Fenstern entfernt.

Flynn bedankte sich überschwänglich. Grant nickte mit einem höflichen Lächeln, beugte sich vor und raunte Flynn etwas ins Ohr. Den Ratschlag, zur Trauung nicht aufzutauchen und zur Sicherheit das Land zu verlassen?

Lia setzte sich und griff nach der Speisekarte. »Wollte er dir die Hochzeit ausreden?«, fragte sie, als der Kellner sich abwandte.

»Nein«, schnaubte Flynn amüsiert und nahm ebenfalls Platz. »Aber er will für mich ein Fenster in der Herrentoilette offenhalten. Ich brauche ihm nur ein Zeichen geben, dann bestellt er ein Taxi.«

Er griff nach der Weinkarte. »Rot oder Weiß?«

»Mir egal.«

»Wonach fühlst du dich?«

»Nach Schnaps.«

Flynn lachte. Das war kein Witz! Wie zum Henker bekam es Flynn hin, so fröhlich wie immer zu sein? Sie hatte ihn an seine Grenzen gebracht, ihm mit unbequemen Schuhen gedroht, zu Boden gestoßen und sie hatten einen Kellner angelogen. Und er wollte ihr Gefühlsleben nach Rot und Weiß einteilen? Welchen Wein trank man, wenn man einen verheirateten Kerl küssen wollte?

»Bringen Sie Rosé«, sagte Flynn zu Grant, der wieder neben ihnen auftauchte. »Und den Lachs.«

»Für mich das Risotto«, ergänzte Lia.

»Sehr wohl«, sagte der Kellner artig und nahm ihnen die Speisekarten ab.

Lia sah sich vorsichtig um. An einigen Tischen wurden Papiere herumgereicht. Das waren anscheinend die beruflichen Verabredungen. Aber es gab auch noch vier Pärchen, die sich verliebt anschmachteten. Pah, kitschiges Getue, stundenlang sahen sie sich einfach nur in die Augen und grinsten blöde. Allerdings ..., wenn sie ehrlich war, könnte sie Flynn ebenfalls den Rest des Tages anstarren, ohne sich zu langweilen.

»Erzähl mir von dir«, sagte dieser gerade.

»Warum?«

»Weil ich wissen will, wie die Frau tickt, die mich verprügelt?«

»Das fällt dir ziemlich spät ein, findest du nicht?«

Flynns Antwort unterbrach Grant, der mit der Weinflasche an ihren Tisch zurückkehrte. Schweigend sahen sie ihm zu, wie er den Wein dekantierte, Flynn probieren ließ und dann einschenkte.

»Was ist so schwer daran, etwas von sich preiszugeben?«, fragte Flynn und sah Grant nach. Lias widerspenstigen Blick ignorierte er. »Du hast mir von deiner Mutter erzählt. Erzähl mir den Rest.«

»Ich rede nicht gern über meine Familie«, wehrte Lia ab. Das Thema war endlos, es deprimierte sie und sie hatte doch wirklich schon genug Probleme, oder?

»Okay«, seufzte Flynn. »Nächster Versuch. Was tust du, wenn du nicht gerade einem Mann die zweifelhaften Freuden des SM zeigst?«

»Frauen verprügeln.«

»Du nimmst mich auf den Arm«, knurrte er beleidigt.

»Nur ein wenig«, stichelte sie verschmitzt. Ihre Lippen teilten sich zu einem Lächeln, aber Flynn starrte sie nicht mehr sonderlich gut gelaunt an.

Lia seufzte und trank einen Schluck Wein. »Wenn ich nicht gerade Männer verprügle, schreibe ich. Zufrieden?«

»Nein.«

Lia beugte sich vor und ihr Arm verschwand unter dem Tisch. Dort tastete sie geradewegs nach Flynns Knie. Eine Berührung, die ihn zurückzucken ließ, doch entzog er sich ihr nicht. Stattdessen starrte er sie in die Versenkung.

»Willst du jetzt weiterschmollen oder weiterreden?«, erkundigte sich Lia mit einem unschuldigen Augenaufschlag.

»Danke, das bisherige Gespräch hat mir völlig gereicht.«

»Du zettelst ein Kreuzverhör an und bist sauer, dass ich nicht mitspiele?«

Flynn verdrehte die Augen. Herrgott, was war mit diesem Mann nur los? Sie war nicht immer so dickköpfig und ausweichend! Nur bei ihm ... er machte sie fertig. Er war die verbotene Frucht hinter meterdicken Mauern und Tonnen von Stacheldraht. Wer würde da nicht durchdrehen? Lia kniff ihn ins Bein. Nicht sonderlich erwachsen, aber durchaus angemessen. Kindergarten gegen Kindergarten. Flynn zog reflexartig sein Knie nach oben und knallte gegen die Tischplatte. Ein vernehmliches Klirren und tanzende Gläser waren das Ergebnis.

»Benimm dich«, zischte Flynn ihr zu.

»Wenn du anfängst!« Lia zog ihre Hand zurück, schob den Stuhl nach hinten und erhob sich.

»Wo gehst du hin?«

»Die Nase pudern.« Sie fuhr herum, rauschte durch die schmalen Gänge zwischen den Tischen und verschwand in der Damentoilette. Dort schnaufte Lia so lautstark durch, dass die ältere Dame, die vor den Spiegeln ihre Schminkutensilien sortierte, irritiert aufsah.

»Alles in Ordnung?«, fragte sie.

»Ja«, seufzte Lia. Fahrig ordnete sie ihre Locken und starrte in den Spiegel. Was sie sah, gefiel ihr nicht. So sah keine Frau aus, die alles im Griff hatte. Sie sah aus, als würde sie gleich losheulen. Oder schreien. Sie musste sich zusammenreißen! Flynn konnte nichts für ihre Gefühle und ihr instabiles Seelenleben. Herrgott, sonst konnte sie sich doch auch benehmen!

»Liebeskummer?«, fragte die Dame.

»So ähnlich.«

»Alles fügt sich, wie es sich fügen soll.«

Schön wär's! Lia wusste nicht mal, ob sie in diese Fügung hineingehörte. Sie war zehn Jahre zu jung. Himmel, was beneidete sie Flynns Frau.

Lia folgte der alten Lady aus der Damentoilette und ging zurück zu Flynn. Die Alte bog zu ihrem eigenen Tisch ab, ließ es sich aber nicht nehmen, Lia vorher etwas zuzuraunen: »Ein echtes Sahneschnittchen. Wäre ich vierzig Jahre jünger, wären Sie ihn innerhalb von zehn Minuten los.«

Äh ja … Irritiert sah ihr Lia hinterher und sie erreichte gerade Flynns Tisch, als neben ihr der blonde Reporter auftauchte.

»Was machen Sie denn hier?«, fauchte Lia.

»Ich habe Sie verfolgt.«

»Sie mag es nicht, wenn man ihr auf die Damentoilette folgt«, mischte sich Flynn ein.

»War ziemlich einfach, hier reinzukommen«, behauptete Simmons. »Ich glaube, der Kellner am Empfang kann Sie nicht leiden. Normalerweise schmeißt der mich immer eigenhändig raus.«

»Gut möglich, dass wir ihn etwas verärgert haben«, gab Flynn mit einem breiten Grinsen zu. »Oder weniger ich als Miss Carsen.«

Hey! Er hatte sie doch als Brautzilla dargestellt! Und Himmel, wenn das dieser unsägliche Reporter rausbekam, dann konnten sie morgen ihre Verlobungsanzeige in jeder verdammten Zeitung lesen!

»Er ist ein Reporter«, sagte Lia. Merkte Flynn das nicht?

Flynn musterte den Journalisten. »Einer von den brauchbaren oder eine Schmeißfliege?«

»Ich bin neu in dem Job. Mein Name ist Jonah Simmons, vom LPND, nein, anders, LNPD, nein, verflucht, das ist es auch nicht!«

»LDNP?«, fragte Flynn. »Das Onlinemagazin?«

Simmons riss die Augen auf. »Sie kennen es?«

»Flüchtig.«

»Ihre Kenntnis ehrt uns. Wir sind so jung und Sie kennen uns schon ...« Simmons schüttelte Flynn mit glänzenden Augen die Hand. »Dürfte ich mich vielleicht setzen? Nur zehn Minuten?«

»Sicher.« Flynn zeigte auf die leere Seite des Tisches.

»Das ist mega.« Simmons zog sich einen Stuhl von einem Nebentisch heran, ließ sich darauf plumpsen und stützte sich auf dem Tisch ab. »So. Sie gehen also zusammen essen?«

Lia setzte sich zögernd und versuchte, Flynns Blick aufzufangen. Aber er fixierte den Reporter.

»Gehen Sie nie mit jemanden essen?«, fragte dieser nun Simmons.

»Doch.« Der Reporter zog einen Block aus einer Tasche und ließ die Miene des Kulis herausschnippen. »Also mit meiner Freundin.«

»Wie heißt sie denn?«

»Beth«, sagte Simmons grinsend.

»Ist sie hübsch?«

»Ja!« Simmons grinste noch breiter. »Sehr hübsch. Megageiles Fahrgestell.«

»Haben Sie ein Foto?«

Lia sah von einem Mann zum anderen. Welcher Film lief hier gerade? Flynn beugte sich nach vorn und sah auf das Display, das ihm Simmons entgegenhielt.

»Sehr hübsch«, kommentierte er. »Sie haben Glück, mein Freund.«

Schlossen die gerade Freundschaft? War das eine Strategie, mit der man nervige Reporter loswurde?

»Wie lange kennen Sie sich schon?«, fragte Flynn.

»Seit zwei Monaten.«

»Noch ganz frisch.«

»Wie frisch ist es denn bei Ihnen?«, stichelte Simmons.

Lia stöhnte innerlich auf. Jetzt kamen die persönlichen Fragen. Er ließ sich nicht ablenken, aber Flynn schien es nicht zu beunruhigen. Er trank Wein.

»Wir halten alles in Frischhaltefolie«, sagte er schließlich.

Was?

Flynn deutete auf Simmons Telefon. »Sie sollten sie heiraten. Einen solch heißen Feger hat man sonst nicht für sich allein.«

»Meinen Sie?«, fragte Simmons besorgt.

»Wenn Sie sich sicher sind, sollten Sie nichts riskieren. Reservieren Sie doch hier einen Tisch, besorgen Sie einen Ring und fragen Sie«, schlug Flynn vor.

Simmons rieb sich das Kinn. »Vielleicht mache ich das. Aber ich wollte doch über Sie reden. Und über Sie.« Er zeigte auf Lia.

»Ich dachte, Sie wollen uns nur zehn Minuten stören«, gab Flynn zurück. »Die sind jetzt um.«

»Aber wir haben doch nur über *meine* Freundin gesprochen«, protestierte Simmons.

»Das liegt ja nun nicht an mir«, gab Flynn zurück. Er winkte dem Kellner. Grant nickte und Flynn lächelte den Journalisten an. »Okay, zwei Fragen haben Sie. Aber zuerst entschuldigen Sie mich bitte.«

Flynn wartete gerade mal Simmons Nicken ab, da stand er schon auf und schlug den Weg zur Herrentoilette ein. Moment, er gab dem Kellner ein Zeichen und ging zum Männerklo? Der Fluchtweg!

»Ich muss auch mal«, murmelte Lia, sprang auf und eilte die Tische entlang. Diesmal drückte sie sich jedoch nicht gegen die Tür von der Damentoilette, sondern gegen die der Herren. Dort stand Flynn vor dem offenen Fenster und grinste sie an.

»Du hast es verstanden.«

»Hättest du mich sonst sitzen lassen?«, fragte Lia.

»Ja.«

Sie konnte nicht anders. Sein Grinsen war so ansteckend, dass sich ihre eigenen Mundwinkel hoben.

»Komm, ich helf dir.« Flynn legte die Hände auf ihre Taille, hob Lia hoch und half ihr auf das Fensterbrett. Den letzten Sprung hinaus machte sie selbst und hielt Flynn ihre Hand entgegen, als er ebenfalls aus dem Fenster kletterte. Sie landeten in einem Hinterhof, mit Mülltonnen und einem Taxi!

Daneben stand Grant, und sein stolzes Grinsen sank in sich zusammen. »Aber ...«

»Sie haben das hervorragend gemacht, mein Freund«, lachte Flynn und steckte ihm ein Bündel Scheine zu. Er hielt Lia die Tür auf und ließ sie einsteigen, bevor er sich zu ihr setzte.

»Zum Hafen«, sagte Flynn zu dem Fahrer und lehnte sich zurück. Er schnaubte amüsiert und grinste Lia an. »Das war lustig.«

»Machst du so etwas öfter?«, fragte Lia.

»Nein ... Lauren klettert nicht gern aus Fenstern.«

Flynn legte den Arm um sie. Lia lehnte sich an ihn und sah, wie Grant ihnen immer noch perplex hinterher starrte und immer kleiner wurde, bis sie um die Ecke auf die Straße bogen und die Häuser ihn verdeckten. Flynns Frau war dumm. Es gab nichts Schöneres, als mit Flynn zu fliehen.

VERHEIRATET UND
TROTZDEM VERLOBT?

Flynn Brooks und Lia Carsen sollen sich verlobt haben. Dazu suchten sie ein Fünf-Sterne-Restaurant in der Londoner Innenstadt auf. Ein Kellner berichtet: ›Die Frau war unmöglich, absolut unsympathisch. Das sage ich nicht gern über Gäste, aber in diesem Fall ist es wahr. Er flüchtete über das Fenster der Herrentoilette, aber sie hing an ihm wie ein Magnet an einem Eisenstab.‹

Hat Flynn Brooks doch schon die Scheidung eingereicht? Ihr Reporter Jonah Simmons bleibt für sie dran.

Das Taxi setzte sie am Hafen ab. Der Wind, aufgefrischt vom Meer, spielte in Lias Locken und sie seufzte leise. Ein herrlicher Abend. Der Duft von Salzwasser entspannte sie. Die Dunkelheit senkte sich herab und die Imbissbuden, Souvenirstände und angelegten Boote schalteten ihre Lichter ein. Es waren eine Menge Touristen unterwegs. Urlauber, die hoffentlich nicht einen gewissen Schauspieler kannten.

Lias Magen knurrte nachdrücklich und Flynn zog sie zu einem Imbisswagen. Er orderte zweimal Fisch und Chips und drückte Lia ihre Portion in die Hand.

»Ich liebe dich«, seufzte sie inbrünstig. Kein Nobelschuppen, kein überteuertes Essen und ... Himmel, was hatte sie gerade gesagt?

Sie sah zu Flynn hoch, aber er betrachtete die Schiffe. Er hatte sie nicht gehört oder er wollte sie nicht hören. Ein kleiner Stich fuhr ihr ins Herz, im nächsten Moment gab sie sich innerlich selbst eine Ohrfeige. Flynn war hier, sie hatten ein paar gestohlene Stunden und zur Hölle, die wollte sie auch genießen. Sie ergriff Flynns Hand und zog ihn zum Kai. Dort setzten sie sich auf den Rand, ließen die Beine baumeln und sahen auf die See hinaus.

Lia steckte sich ein Stück frittierten Fisch in den Mund. »Also, was willst du von mir wissen?«, fragte sie kauend.

Flynn wischte ihr einen Krümel vom Kinn. »Wie lange schreibst du schon?«

Sie schluckte den Bissen herunter. »Geschichten trage ich mit mir herum, seit ich denken kann. Meine ersten Versuche waren eher gemalt als geschrieben, da war ich vielleicht vier Jahre alt. Danach wurden die Geschichten immer komplexer und länger. Davon leben kann ich erst seit dem Erfolg von Jack's Black«, gab sie ihm fügsam Auskunft.

»Und was hast du vorher gemacht?«

»Ich war Immobilienmaklerin.«

Flynn erstarrte mit einer Fritte in der Hand. »Im Ernst?«

»Ja, und ich war nicht schlecht«, behauptete Lia hochnäsig. »Warst du schon immer Schauspieler oder hast du etwas Vernünftiges gelernt?«

»Etwas Vernünftiges?«, lachte Flynn. »Nein. Ich habe Jura studiert.«

»Wow«, stieß Lia aus. »Warum ausgerechnet Jura?«

»Meine Eltern wollten es so. Warum ausgerechnet Immobilien?«

»Ich mag hübsche Häuser.«

Flynns Lächeln wurde breiter. »Meines würde dir gefallen.«

Na toll. Das war nicht unbedingt ein Thema, das Lia vertiefen wollte. In seinem Haus wohnte seine Frau.

»Wie sieht es denn aus?«, fragte sie.

Flynn runzelte die Stirn. »Na ja, es hat ein Dach. Eine Tür, mehrere Zimmer.«

Lia lächelte säuerlich. »Was du nicht sagst. Welch immens wertsteigernde Investition.«

Und da maulte er, dass sie nichts über sich selbst verriet.

»Es ist nicht besonders auffällig. Zwei Etagen, ein unausgebauter Dachstuhl. Die Fassade ist rot geklinkert und das Dach grau. Es bietet nicht so viel Platz wie die Villa, die man mir gerne andichtet, aber es hat einen großen Garten«, erzählte Flynn. Eine Antwort, wie aus einem Exposé. Mochte er sein Haus nicht?

»Es hat viel zu viele Zimmer«, gestand er leise. »Ich meine, Lauren und ich brauchen nur eine Küche, die Stube, das Schlafzimmer und ein Badezimmer. Aber es hat noch zwei weitere Zimmer und den Dachstuhl könnte man ausbauen.«

»Gästezimmer?«, schlug Lia vor.

Flynn schüttelte den Kopf. »Nein, wir haben selten Gäste.«

»Warum habt ihr dann so ein großes Haus gekauft?«

Er atmete tief ein, sah auf die Mole hinaus, aber es dauerte lange, bis er eine Antwort gab. »Ich dachte an Kinder, als ich das Haus kaufte.«

»Könnt ihr keine bekommen?«, fragte Lia besorgt. Sie umschlang Flynns Arm und lehnte den Kopf an seine Schulter.

»Nein, daran liegt es nicht.«

Seine leise Stimme, die Trauer darin, brach ihr das Herz. Sie blickte hoch, sah, wie Flynns Adamsapfel unter dem harten Schlucken hüpfte. Lia streckte die Hand aus, strich ihm über die Wange, bis er den Kopf wandte.

»Das tut mir leid«, sagte sie leise.

»Manches soll nicht sein.« Er griff nach ihrer Hand, drückte sie herunter, aber er ließ sie auch nicht los. Das kurze Gefühl der Ablehnung wandelte sich in Aufregung. Er hielt ihre Hand! Gott, sie klang ja schon wie ein hysterisches Girlie.

»Warum hast du nicht studiert?«, unterbrach Flynn ihre Gedanken.

Lia runzelte die Stirn. »Warum hätte ich sollen?«

»Du bist intelligent. Meine Frau nennt sowas verschenktes Potenzial.«

Ah ja. Sie fühlte sich unweigerlich an die Diskussionen mit ihrer Mutter erinnert. Sie war bereit gewesen, einen vierten Job anzunehmen, wenn Lia nur studiert hätte. Schriftstellerei war für sie kein Beruf, noch nicht mal ein anständiges Hobby. Selbst jetzt nicht. Sie schien nicht einmal zu begreifen, dass Lia mit ihren Büchern so viel Geld verdiente, um sich eine schöne Wohnung leisten zu können. Sie fragte immer, wann sich Lia endlich wieder einen Job suchen wollte.

»Du hättest es weit bringen können«, sagte Flynn.

Lia verdrehte die Augen. »Wohin? Ich wollte nirgendwohin und ich will es auch heute nicht. Das Einzige, was ich möchte, ist, einen Job zu haben, von dem ich leben kann. Ich brauche keine Karriere. Und wenn mir meine Bücher die Miete und das Essen finanzieren, umso besser. Ich schreibe lieber Bücher, damit Menschen für einige Momente lang in eine andere Welt abtauchen können, als die Kernspaltung für Atombomben zu untersuchen. Ich brauche keine Bestätigung, dass ich ach so tolle, weltverändernde Arbeitsleistung erbringe. Ich möchte nicht mehr, als dass es Menschen gibt, die meine Bücher lesen. Sie mögen. Lachen. Weinen. Und sich vielleicht ein wenig in die Figuren verlieben.«

Lias Augen blitzten energisch. Sie erzählte ihm keine Märchen. Diese Ansprache war ihr völliger Ernst. Sie war ein krasser Gegensatz zu seiner eigenen Frau, die das obere Ende der Karriereleiter beharrlich im Blick hatte. Lauren war fest entschlossen, sich als Frau nach oben zu arbeiten. Jeder Feminist wäre stolz auf sie. Flynn war es auch. Aber zur Hölle ... Wenn sie wenigstens ein bisschen mehr Zeit hätte. Oder noch nicht einmal mehr Zeit, sondern mehr Gefühl.

Flynn rappelte sich auf, nahm Lia das leere Papier aus der Hand und warf es in einen Papierkorb. Bei dem Imbiss kaufte er vier kleine Schnapsflaschen und kehrte damit zu Lia zurück.

»Dir war doch nach Schnaps«, sagte er lächelnd.

Sie schraubten zwei Flaschen auf, stießen an und stürzten den Kräuterschnaps in einem Zug hinter. Es war verrückt. Er saß hier mit Lia und fühlte sich so wohl, wie lange nicht.

»Was wäre, wenn du verheiratet wärst und dein Mann hätte nur seine Karriere im Kopf?«, platzte er heraus.

»Du meinst, wenn er kaum zu Hause ist, ich ihm völlig egal bin und er es nicht einmal bemerken würde, wäre ich fort?«

›So ungefähr‹, dachte Flynn. Zögerlich nickte er.

Lia zuckte die Schultern. »Ich würde mich scheiden lassen. Um alleine zu leben brauche ich keinen Ehering.

Wenn ich einen Mann habe, dann will ich auch etwas von ihm haben. Wenn ihm seine Karriere so wichtig ist, soll er die heiraten. Oder seine Sekretärin. Ich meine, man muss ja nicht ständig aufeinander hocken, aber man sollte schon merken, dass man nicht Single ist.«

»Und was ist, wenn du ihn liebst?«

Lia drehte die Schnapsfläschchen zwischen den Fingern. »Das ist hart«, sagte sie leise. »Aber was bringt es, eine Fata Morgana zu lieben, die sowieso verschwindet, sobald man nach ihr greift, nur weil sie ständig die Welt retten muss?«

Ja, was nützte es? Würde Lauren überhaupt merken, wenn er nicht mehr da war? Vielleicht wäre sie dann erleichtert. Dann wäre niemand mehr da, der sie bedrängte, doch öfters daheim zu bleiben. Flynn stürzte den zweiten Schnaps hinunter. Lia folgte seinem Beispiel.

»Reden wir hier über dich?«, fragte sie leise und sah zu ihm auf.

»Nein.«

Die Lüge kam viel zu glatt, aber was sollte er Lia sagen? Dass es um *seine* Ehe ging? Dass er sich in die erste Frau verliebte, die Zeit mit ihm verbrachte? Allerdings nur, weil er sie solange geärgert hatte, bis sie zustimmte? Das war verrückt. Sogar für seine Verhältnisse.

»Vielleicht sollten wir gehen«, sagte Flynn. »Ich habe keine Lust auf weitere Reporter.«

»Willst du mit deiner Frau sprechen?«, fragte Lia. »Sie anrufen?«

Flynn erstarrte. Mit Lauren telefonieren? Das sollte er tatsächlich. »Ja«, presste er heraus, stemmte sich nach oben und half Lia beim Aufstehen. Sie taumelte und er drückte sie an sich, bevor sie noch über den Rand fielen und im Wasser landeten.

»Du trinkst nicht oft?«

»Jedenfalls nicht so schnell«, murmelte Lia. Sie lehnte den Kopf an seinen Hals. Sie roch nach Mango, wie machte sie das nur? Ihr Shampoo?

Sie seufzte tief und legte die Arme um ihn. Ein paar Passanten richteten ihre Handykameras auf das Wasser, die Schiffe und damit auch in Flynn und Lias Richtung. Es würde ihn nicht wundern, wenn morgen ein Foto von ihnen auftauchte, aber es war ihm egal. Er wollte Lia nicht wegstoßen. Sie im Arm zu halten fühlte sich vertraut an. Intim und sicher.

Sie hickste, löste sich und rieb sich über die Stirn. »Was ist das nur für Zeug?«

»Komm«, sagte Flynn leise, legte den Arm um ihre Taille und ging mit ihr zum Taxistand.

Das Cab brachte sie zurück zu Aideens Wohnung und mit jedem Meter, den sie zurücklegten, ließ Lias Schwips nach.

»Ich brauch nur etwas Wasser«, seufzte sie, als sie die Wohnung betraten und steuerte die Küche an.

Flynn hingegen blieb im Flur, wählte Laurens Nummer und lauschte dem Rufton.

»Hallo Flynn«, begrüßte ihn seine Frau abwesend. »Ist was passiert?«

»Nein, ich wollte deine Stimme hören.«

»Sind wir für solche Spielchen nicht zu alt?«, fragte Lauren. Manchmal würde er seine Frau gern erwürgen. Aber nach einem kurzen Zögern fuhr sie fort: »Was machst du gerade?«

»Ich bin bei Lia.«

»Lia?« Sie hatte das doch nicht im Ernst vergessen?

»Ja«, sagte Flynn genervt. »Ich habe es dir erzählt. Deswegen kannst du dieses Wochenende in deinem geliebten Brüssel bleiben.«

»Es ist nicht mein geliebtes Brüssel«, erwiderte Lauren kühl. »Und ich erinnere mich. Seid ihr zu Erkenntnissen gelangt?«

»Ja und nein«, gestand Flynn. »Es ist verwirrend.«

»Flynn, ich habe dir bereits gesagt, was ich von dieser Idee halte. Da du nicht davon abzubringen warst, habe ich mich nicht in den Weg gestellt. Ich will ja nicht sagen, dass ich es gesagt habe, aber es war abzusehen, dass euch das nicht weiterbringt. Du bist ein aufgeklärter Mann. Es ist natürlich, dass dich solche Machtspielchen nicht erregen.«

Flynn seufzte. Was sollte er tun? Seiner Frau sagen, dass es ihm sogar sehr gefallen hatte? Er war immer noch kein bekehrter SM-Freak und trotzdem war er unleugbar erregt gewesen. Fuck, gerade das behielt er lieber für sich. Er kannte Laurens Meinung. Für sie hatten alle, die BDSM praktizierten, eine psychische Störung und ein Problem mit ihrem Selbstbewusstsein. Flynn würde sie heute nicht vom Gegenteil überzeugen. Die Diskussion war sinnlos und er sollte froh sein. Sie hatte kein Problem damit, dass ihr Mann sich mit einer anderen Frau erotischen Spielen hingab. Wobei sich die Katze wieder in den Schwanz biss. Lauren glaubte nicht an die Erotik dieser härteren Gangart und nahm daher auch nicht an, dass Flynn dabei sonderlich viel Spaß haben könnte. Gefahr also gleich null.

»Du hast Recht. Arbeite nicht zu viel. Bis später.« Er tat etwas, das er noch nie zuvor getan hatte, jedenfalls nicht bei Lauren. Er legte einfach auf.

ROMANTISCHE SZENEN AM WASSER

Ein Touristenpärchen konnte ihr Glück kaum glauben, als sie Flynn Brooks am Londoner Hafen trafen. ›Wir hätten gern nach einem Autogramm gefragt, aber wir wollten auch nicht stören. Die beiden sahen so verliebt aus.‹

Es gibt kaum etwas Schöneres, als eine Liebe zu begleiten, die zart erblüht und sich langsam in die Öffentlichkeit wagt. Flynn Brooks Noch-Ehefrau reagierte leider nicht auf unsere Anfrage zu einem Statement.

Flynn ging ins Wohnzimmer und fand dort Lia über einem Schachspiel sitzend vor.

Sie hob den Kopf, als er eintrat. »Wie war es?«

»Liebevoll wie immer.«

Sie sagte nichts, aber ihren seltsamen Blick hatte er sich verdient. Man redete nicht mit anderen über seine Eheprobleme, oder beschwerte sich über seine Frau. Lia schob einen schwarzen Bauern über das Spielbrett und schlug ihn mit einem weißen Läufer.

Flynn setzte sich ihr gegenüber. »Wer gewinnt?«

»Es steht ziemlich unentschieden. Ich will es mir nicht zu leicht machen.« Sie grinste ihn verschmitzt an.

»Du könntest gegen mich spielen«, schlug er vor.

Lia kniff die Augen zusammen. »Bist du gut?«

»Hast du Angst vor der Herausforderung?«

»Ich bin eine schlechte Verliererin«, gab sie zu.

Flynn lachte leise. »Dann wird das eine beschissene Nacht für dich.«

»He!«, rief sie aus und schob das Kinn vor. »Sei dir da nicht zu sicher. Sortier die Figuren.«

Sie sprang vom Stuhl auf, lief zu dem Schrank, auf dem der Fernseher stand, und kramte darin herum. Inzwischen setzte Flynn die Spielfiguren auf ihre Ausgangspositionen zurück und Lia ließ sich auf ihrem Stuhl nieder. Sie legte einen Stapel Karten neben das Spielbrett.

»Das ist die erweiterte Variante«, erklärte sie. »Wer eine Figur schlägt, darf eine Karte ziehen.«

»Und was steht auf den Karten?«, fragte Flynn.

Lia hob die Schultern und blinzelte ihn an. »Lass dich überraschen.« Sie tippte auf einen weißen Bauern, der vor Flynn stand. »Eröffne oder willst du kneifen?«

»Ich kneife höchstens dich.«

Ob Lia wusste, wie sich ihr Gesicht erhellte, wenn sie lächelte? Dabei schlug sie manchmal die Augen nieder, fast schon schüchtern, bevor sie die Lider dann wieder hob und ihn frech anfunkelte.

Flynn löste sich mühsam von ihrem Lächeln und setzte den ersten Bauern nach vorn. Nach und nach begannen sie, ihre Deckung aufzubauen. Beide bauten in den ersten Zügen auf ihre Bauern und brachten ein paar davon in die Mitte, um dann jeweils einen Springer folgen zu lassen, bevor Lia statt einem weiteren Bauern einen Läufer vor ihrer Dame platzierte. Flynn folgte ihr in ihrer Strategie unbeirrt und setzte schließlich den Läufer schützend und bedrohlich zugleich vor den weißen König.

Die ersten Züge machten sie eilig, ohne nachzudenken. Sie wussten, wohin sie wollten. Doch als es darum ging, aus der Deckung herauszukommen, zögerten beide.

Flynn platzierte seinen König ins gemachte Nest zwischen Läufer und Springer und zugleich hinter einem

Bauern, sodass dieser von beinahe kaum einer Seite mehr erreichbar war, höchstens durch einen Springer, aber den würde er ihr abjagen, sobald sie ihn auch nur in die Nähe seines Königs zog. Nun konnte bereits ein kleiner Fehler über den Vor- und Nachteil des einen beziehungsweise des anderen entscheiden. Irgendwann war es soweit. Sie standen am Scheidepunkt. Ein kleines Duell entfachte, bei dem Lia zwei Bauern und Flynn nur einen verlor.

»Was jetzt?«, fragte Flynn.

Lia schob die Unterlippe vor die untere. »Du hast mir zwei Bauern geklaut und nur einen verloren. Okay. Dann zieh zwei Karten und ich eine.«

Flynn nahm zwei Karten und musterte den Text. »Die Fragen musst du mir beantworten?«

»Klar«, sagte Lia. Sie ging in die Küche und kehrte mit einer Flasche alkoholfreiem Wein zurück. »Ich will keinen Alkohol mehr. Stört es dich?«

»Nein.«

Lia füllte zwei Gläser mit dem kastrierten Wein und stellte sie ihnen hin.

»Gut«, sagte Flynn. »Welche Stellung ist dir beim Sex am liebsten?«

»Reiter«, gab Lia zurück und trank von ihrem Wein.

»Was denn?«, spottete Flynn. »Nichts Komplizierteres?«

Lia zuckte die Schultern. »Ich mag es, in den Sonnen-untergang zu galoppieren.« Wieder grinste sie. »Wie ist die andere Frage?«

»Wo willst du gern mal Sex haben?«

»In Florida. Und in dem Flugzeug dorthin.«

Er traute ihr zu, sogar Handschellen in den Flieger zu schmuggeln und den Piloten zu verführen. Ein dunkler

Klumpen bildete sich in seinem Bauch. Schlug alkoholfreier Wein auf den Magen?

»Ich darf«, verkündete Lia und zog selbst eine Karte. Sie schürzte die Lippen. »Schon mal Sex in der Öffentlichkeit gehabt?«

»Ja.« Flynn setzte seinen Springer vor die eigene Dame, damit Lia sie nicht vom Brett fegte.

Doch diese sah ihn neugierig an. »Im Ernst?«

»Mit sechzehn Jahren, auf den Stufen des *High Court*.«

»Du hast auf der Treppe eines Gerichtsgebäudes eine Frau geknattert?«, grinste Lia.

Flynn zuckte die Schultern. »Ich war nicht immer langweilig.«

»Gab das Ärger?«

»Wir sind vor den Polizisten davongelaufen.«

»Nackt?«

»Ich hatte nur noch ein Shirt an und sie meine Jacke.«

Lia presste die Hände gegen den Mund, warf schließlich den Kopf zurück und lachte lauthals. Sie musste sich an dem Tisch festklammern, um nicht vom Stuhl zu kippen. Ihr Lachen war ansteckend. Er prustete, nicht weil er seine Geschichte so unfassbar amüsant fand, sondern nur wegen ihr. Wegen ihres hellen Lachens, das sich manchmal in ein Schnarchen wandelte, wenn sie dabei Luft holte.

»Ich stell mir gerade vor, wie ihr durch die Straßen wetzt«, gluckste sie und wischte sich eine Träne aus dem Augenwinkel. »Okay, wer ist dran?«

»Du.«

Sie setzte ihren Turm um und Flynn ließ seinen Läufer schüchtern ein Feld nach vorn rücken. Lia bedrohte seine Dame und er schenkte ihr diese. Sie riss den Mund auf und stöhnte, als er im nächsten Zug *ihre* Dame schlug.

»Du ziehst zuerst eine Karte«, forderte sie ihn auf.

Noch mehr blöde Fragen? Aber nein, auf Flynns Spielkarte stand faktisch ein Geschenk. »Ich bekomme eine Massage von dir.« Sein Blick glitt zu dem Kleingedruckten und seine Freude sank in sich zusammen. »Eine Schlagmassage.«

Toll. Dafür hatte er ihre Dame flachgelegt? Um verprügelt zu werden?

Lia schob sich von ihrem Stuhl und streckte die Hand nach ihm aus. »Komm.«

»Wohin?«, fragte er und ahnte die Antwort bereits.

»Dorthin, wo es so etwas wie eine Massageliege gibt.«

»Die Couch ist auch in Ordnung.«

Lias Lippen kräuselten sich spöttisch, sie hielt ihm unbeirrt ihre Hand unter die Nase. Seufzend griff er danach und ließ sich hochziehen. Aus der Nummer kam er ja doch nicht raus.

Also gingen sie in Aideens ›Arbeitszimmer‹. Lia schaltete das Licht ein und drückte eine Taste neben der Tür. Leise, beruhigende Musik klang aus den Raumecken.

»Bevor wir sämtliche Züge vergessen haben, einigen wir uns besser auf eine sinnvolle Zeit von drei Minuten?«, schlug Flynn mit dem Mut der Verzweiflung vor.

»Okay.«

Sie stimmte zu? Ohne ein Wort des Protestes? Lia stellte sogar auf ihrem Handy den Timer ein. Sie erhob nicht einmal Einspruch, als er nur sein Shirt auszog, sich auf die Liege legte und ihr nur den Rücken zudrehte.

Irgendetwas stimmte hier doch nicht, wo war der Haken?

»Willst du nicht dafür sorgen, dass ich nicht abhauen kann?«, platzte er heraus und hätte sich am liebsten selbst eine reingehauen. Man konnte es ihm nicht recht machen. Wurde er gefesselt, war er unzufrieden, und wenn sie ihn nicht zu einem Rollbraten verschnürte, wies er sie auch noch auf ihr Versäumnis hin.

Lia kicherte und im nächsten Augenblick spürte er einen festen Gurt um seine Füße.

»Streck die Arme vor.«

Widerwillig gehorchte er, sie schlang einen Strick um seine Handgelenke und ein begieriger Schauer fuhr durch seinen Körper. Zum Glück lag er auf dem Bauch. Wie konnte ein simples Seil ihn so erregen? Das war nicht normal und er konnte noch nicht mal jemand anderem die Schuld geben. Aber in drei Minuten konnte nicht viel passieren, oder? Ach, was dachte er. Lia war in der Lage, ihn in drei Minuten durch vier verschiedene Höllen zu schicken. Sie war die Lieblingstochter des Teufels.

Flynn traute dem Braten kein Stück, nicht einmal als Lias Hände zart über seinen Rücken glitten.

»Du bist ziemlich verspannt«, stellte sie überflüssigerweise fest und dann begann sie, seine Muskeln mit sachten Schlägen ihrer Handkanten in Vibration zu versetzen und zu massieren. Gott, war das herrlich. Flynn hasste sich selbst, als nach drei Minuten das Handy eindringlich piepste. Lia löste das Seil um seine Arme und Flynn musste sich auf die Lippe beißen. Wenn er jetzt den Mund aufmachte, dann nur, um sie zu bitten, weiterzumachen. Diesen Triumph gönnte er ihr nicht. Sie löste auch den Gurt um Flynns Füße und er setzte sich auf.

Lia stützte die Hände links und rechts neben ihm ab. Lächelnd sah sie ihm in die Augen. »War ich gut?«

Sie bräuchte nur die Hand auf seinen Schritt legen und sie wüsste genau, *wie* gut sie war. Aber diesen Satz verkniff er sich. Wusste sie nicht, dass sie ihm viel zu nah war? Ihre Lippen waren nur wenige Zentimeter von ihm entfernt. Er bräuchte sich nur vorbeugen, sie küssen und herausfinden, ob sie so süß schmeckte, wie sie roch.

Er lächelte schwach. »Wenn ich dich nächste Woche auf Schmerzensgeld verklage, dann warst du es nicht.«

Lia kicherte, wich zurück und sein Puls beruhigte sich ein wenig. »Die Schlagzeile wäre interessant. *Lia Carsen als lausige Masseurin enttarnt. Dreharbeiten können wegen Bandscheibenvorfall bei Flynn Brooks nicht fortgesetzt werden.*«

»Du glaubst doch nicht, dass Arthur mir defekte Bandscheiben abkauft.«

»Den Ausschlag hat er auch geglaubt«, gluckste Lia.

Flynn rutschte von der Liege, zog sein Shirt über und folgte Lia zurück ins Wohnzimmer.

Mit einigen zaghaften und vorsichtigen Zügen versuchten die zwei nun, ihre Figuren in den jeweils hinteren Reihen in günstige Positionen zu rücken. Turm, Läufer, Springer, Bauer, alles wurde mal bewegt, bis sich Flynn schließlich mit seinem Turm in Lias zweite Reihe wagte. Sie verlor ihren Springer an seinen Turm und Flynn zog eine weitere Karte.

›Zeit für ein wenig Abhängen. Genieße die Hängebondage.‹

Warum gab er sich überhaupt Mühe zu gewinnen? Mochte sein, dass er das Schachspiel zunehmend für sich entschied, aber bei dem Gedanken, schon wieder gefesselt zu werden, fühlte er sich, als hätte er zehn Viagra auf einmal geschluckt. Wie sollte er den Abend überleben, ohne über Lia herzufallen?

»Ich dachte, man wird belohnt«, seufzte Flynn und legte die Karte auf den Tisch.

»Wird man doch«, widersprach Lia. »Bondage gefällt den meisten und manchmal müssen Pärchen erst auslosen, wer gefesselt sein darf.«

Zu allem Überfluss verstand er das auch noch. Es war amtlich – er wurde verrückt. Wieder führte ihn Lia in das Studio. Warum stellten sie das Schachbrett nicht gleich hier auf?

Lia zog ein schwarzes Tuch aus einer Kiste, trat hinter Flynn und drückte ihm den Stoff für einen Moment gegen die Kehle. Sein Puls sprang aufgeregt in die Höhe. Sie hob den Stoff über seine Augen, verknotete ihn am Hinterkopf und er holte tief Luft. Er hatte keine Ahnung, was sie trieb. Sie verschränkte seine Arme hinter seinem Rücken, fesselte sie mit einem Seil und band es um seinen Oberkörper. So fest, dass er nicht mehr komplett ein- und ausatmen konnte. Die Fesseln zwangen ihn, flacher zu atmen. Sie führte die Schnur nach unten und er keuchte, als sie es um seine Hüfte und seine Oberschenkel wand. Sie streifte für einen winzigen Augenblick die Beule in seiner Hose und er meinte, explodieren zu müssen.

Die Stricke strafften sich, zogen ihn im Rücken nach oben, bis er auf den Zehenspitzen stand. Zum Schluss band sie seine Füße zusammen, seine Beine und mit einem Ruck verlor er den Halt. Für einen Moment glaubte er, mit dem Gesicht auf den Boden zu krachen, aber da war kein freier Fall, sondern der Halt der Seile.

»Alles okay?«, fragte sie leise.

Flynn nickte mit trockenem Mund. Er spürte eine Berührung an seiner Brust. Ihre Hände? Sie strich über die Seile an seinem Bauch, über das um seinen Schritt und der Himmel steh ihm bei. Er stand kurz vorm Bersten. Sein Kopf schwirrte, der Druck um seine Mitte ließ ihn alles andere vergessen. Verdammt, er wollte sehr viel mehr. Dass Lia seine Bewegungsunfähigkeit ausnutzte. Sie sollte mit ihm tun, was sie mit jedem anderen Mann in dieser Lage getan hätte. Aber sie berührte ihn nur flüchtig, trieb ihn in den Wahnsinn. Sie entfachte ein Feuer in ihm, das brodelnde Lava lässig in den Schatten stellte. Das Blut rauschte in seinen Ohren. In der Schwärze vor seinen Augen tanzten goldene Funken und er stöhnte, als sie ein weiteres Mal wie zufällig seinen Schritt streifte. Ihre Hand legte sich fest auf seinen Bauch, glitt viel zu langsam wieder in die Richtung seines besten Freundes und sie berührte ihn gerade federleicht, da klingelte dieser verfluchte Timer!

Lia zog ihre Hand weg und Flynn stöhnte frustriert auf. Drei Minuten? Das konnten niemals drei Minuten gewesen sein!

Lia wusste nicht, wer mehr von ihnen zitterte, als sie Flynn wieder herunterließ und ihn von den Seilen befreite. Nur Gott wusste, sie würde ihn am liebsten bespringen. Warum war sie auf die dämliche Idee gekommen, die Karten ins Spiel zu bringen?

»Ich muss auf Toilette«, platzten sie gleichzeitig heraus.

»Zum Glück gibt es zwei«, stöhnte Flynn.

»Ich nehm die hier«, rief Lia aus und zeigte auf die Tür hinter ihm.

»Okay«, murmelte Flynn und eilte an ihr vorbei.

Sie ließ die Seile liegen, rannte in das Badezimmer und verriegelte die Tür. Lia lehnte sich gegen die Fliesen und rutschte nach unten. Sie wurde wahnsinnig. Sie war so scharf auf Flynn, wie ein Chili mit fünfhunderttausend Scoville-Einheiten.

Das Kribbeln und begierige Ziehen in ihrer Mitte brachte sie schier um. Lia schob die Hand unter den Bund ihrer Hose und den Slip, bis sie ihre Perle erreichte. Sie sog scharf die Luft ein, spürte, wie sich ihre Muskeln begierig zusammenzogen. Sie lehnte den Kopf zurück, schloss die Augen und dachte an Flynn. An sein Lächeln, seine Lippen. Wie es wohl war, sie zu küssen? Sie stellte sich vor, wie sie seine Diskussionen mit Küssen unterband, seine Brust hinunterwanderte, wie er sich aufbäumte, wenn ihre Lippen ihn inbrünstig küssten, ihre Zunge ihn umgarnte. Sein Stöhnen brachte ihr Innerstes zum Vibrieren und sie zuckte unter der erlösenden Mini-Explosion zwischen ihren Schenkeln. Nichts im Vergleich zu richtigem Sex, aber wenigstens wurde sie jetzt wieder Herr über ihre Sinne.

Auf zitternden Beinen wankte sie ins Wohnzimmer. Flynn saß bereits vor dem Schachbrett, starrte es an und hielt sich an seinem Weinglas fest. Sie setzte sich ihm gegenüber und er blinzelte.

»Wer ist dran?«

»Ich.« Lia wusste nicht, was sie tat und ob sie noch alle Regeln einhielten. Sie schoben die Figuren hin und her, ohne ein Wort zu sagen. Lia verlor eine Figur nach der anderen, Flynn ebenfalls, aber niemand zog eine Karte. Erst bei der finalen Verfolgungsjagd setzten sie sich aufrechter hin. Lias König flüchtete über das gesamte Brett vor Flynns Läufern und seinem Turm. Er entkam zweimal, weil Flynn einen falschen Zug machte. Aber beim dritten Mal kesselte er ihn in einer Ecke des Schachbretts ein und setzte sie Schachmatt.

»Mist«, fluchte Lia, legte den Kopf in den Nacken und zog die Beine an. »Drei Stunden. So lange habe ich noch nie gegen jemanden gespielt.« Seufzend nahm sie die fünf Karten, die auf einem gesonderten Stapel gelegen hatten und hielt sie Flynn ihn. »Der Gewinner darf eine ziehen.«

»Das ist nicht gut für mein Seelenheil«, seufzte Flynn, aber so leise, dass sie sich auch verhört haben könnte. Was meinte er damit?

Er zog eine Karte und las stirnrunzelnd den Text. »Hier steht, ich darf dich versohlen. Wir sollen mit zwei Würfeln herausfinden, wie viele Schläge es sein sollen. Allerdings darf ich dich anschließend nach Belieben weiterquälen.« Ein Grinsen huschte über seine Züge. Er stand auf und hey, wo wollte er hin? Er ging in Aideens Zimmer? *Freiwillig?*

Mit hinter dem Rücken verschränkten Händen kehrte er zurück. Sie lehnte sich zur Seite, versuchte, hinter ihn zu spähen, aber er schnalzte missbilligend mit der Zunge.

»Dreh dich um.«

»Du klaust mir meinen Text«, murrte sie. Aber hey, sie war nicht der Feigling, der blass wurde, wenn ihm jemand die Kontrolle wegnahm. Sie stand auf und drehte ihm den Rücken zu. Er nahm ihre Hände und sie spürte das kühle Leder von Aideens Manschetten. Da wurde jemand vergnügungssüchtig.

»Und wie soll ich so würfeln?«

»Du bist doch die Kreative von uns«, lachte Flynn und drückte ihr zwei Würfel in die Hand.

»Ich sage neun«, behauptete Lia. Über die Schulter spähend ging sie zu dem Tisch und warf die Würfel darauf.

»Neun«, kommentierte Flynn. »Du solltest Casinos leer-räumen.«

»Das mach ich nächstes Wochenende«, kicherte Lia. »Hast du da schon was vor?«

Flynn grinste. »Für dich schaufle ich mich frei.«

Das letzte Wort war kaum über seine Lippen gekommen, da zögerte er, wich ihrem Blick aus und schüttelte den Kopf.

»Was ist?«

»Nichts«, wehrte Flynn ab. »Darf ich bitten?«

Er deutete auf das Sofa und Lia folgte so graziös wie möglich seinem Wink.

»Brauchst du Unterricht?«, stichelte sie.

»Keine Sorge, meine Fantasie reicht dafür gerade so aus.«

Lia setzte sich und zog die Füße an. Ihr Herz schlug bis zum Hals, genau genommen kletterte es bereits über ihre Zunge. Flynn kniete sich vor sie und legte ein zweites Paar Ledermanschetten um ihre Knöchel. Seine Berührung jagte ihr regelrechte Stromstöße durch den Körper. Herr im Himmel, wenn er fertig war, musste sie mit Sicherheit noch mal ins Badezimmer flüchten.

Sie begegnete Flynns glänzendem Blick. Er freute sich über das Kommende wie ein Schneekönig. Fasziniert betrachtete sie den Ausdruck in seinen Augen und spürte ein leichtes Flattern in der Bauchgegend. Es wurde stärker, je näher er ihr kam. Flynn setzte sich neben sie, zog sie an sich und legte sie quer über seinen Schoß. Keine Peitsche, also wollte er sich auf seine eigenen Hände verlassen.

Flynn schob ihren Rock nach oben und entblößte ihre halbnackte Kehrseite. Allein diese Berührung bescherte ihr erstens eine Gänsehaut und zweitens ein wohliges Ziehen in ihrer Mitte. Gott sei Dank, trug sie ansehnliche Unterwäsche, sonst würde Flynn vor lauter Lachen zu keinem einzigen Schlag kommen.

Und wollte er bitte mal anfangen? Je länger Flynn wartete, umso mehr verstärkten sich ihre Aufregung und ihre Begierde. Und was? Der Mistkerl begann tatsächlich, ihren Hintern zu streicheln! Was dachte er, was das wurde? Sollte sie über ihn herfallen? Denn genau das würde passieren, sofern er nicht bald in Bewegung kam. Und nach der Vergewaltigung würde Lia seiner Frau erklären, dass Flynn selbst daran schuld gewesen war!

»Sag mir, wenn es zu fest wird«, bat Flynn.

»Dazu müsstest du erst mal anfangen«, blaffte sie.

Er holte tatsächlich aus und seine Hand traf auf ihren Hintern. Was sollte sie sagen? Nichts. Denn vor Lachen bekam sie keine Luft mehr.

»Gott, wie süß«, keuchte sie und pustete sich Haare aus dem Gesicht.

»Dann fester«, drohte Flynn. Aber auch beim zweiten Schlag spürte sie deutlich seine Hemmung.

»Komm schon«, kicherte Lia. »Du schlägst wie ein Mädchen. Meine siebenjährige Nichte hat mehr Bums hinter ihren Schlägen als du.«

»Du hast eine Nichte?«, fragte Flynn interessiert. »Im Übrigen könntest du zählen.«

»Da gibt es nichts zu zählen«, spottete Lia. »By the way, wie bist du überhaupt an die Rolle in dem Film gekommen? Du bist der mieseste Schauspieler, der mir jemals untergekommen ist. An einem Andreaskreuz siehst du aus wie ein toter Fisch, der zu lange in der Sonne lag. Matthew McConaughey wäre die bessere Besetzung gewesen und wi- ... Au!«

Ihre Haut brannte. Oh, das hatte gesessen.

»Besser?«, knurrte Flynn. Ups, sie hatte wohl etwas übertrieben. Bevor sie auch nur zu einer Antwort ansetzen konnte, folgte der nächste Hieb, dieses Mal auf die andere Seite.

»Zwei«, keuchte Lia. Jetzt entwickelte er Kraft, oder was? Flynns Finger auf ihrer glühenden Haut intensivierten das brennende Gefühl. Kaum zog er sie zurück, wusste Lia bereits, was folgen würde.

»Himmel«, rief Lia aus.

»Nein, drei!«

»Flynn, das war nicht so gemeint. Ich meine, Matthew McConaughey ist ein passabler Schauspieler. Ich mag ihn jedenfalls, aber ...«

Ihr ›Aber‹ ging in dem nächsten Klatschen unter.

»Au«, fauchte sie. Lia zappelte, aber Flynn hielt sie so fest gepackt, dass sie sich nicht von ihm herunterrollen konnte. »Schön. Er ist beschissen. Du bist viel besser.«

»Du lügst.«

Der nächste Hieb traf sie. »Fünf!« Der Teufel sollte ihn holen!

Hektisch rang sie nach Luft. Flynns Finger strichen über ihre malträtierte Kehrseite, wanderten ihre Oberschenkel entlang. Sie stöhnte in den Wust ihrer Haare. Wenn er so weiter machte, schaffte sie es nicht mehr bis ins Bad!

»Er sieht besser aus«, rief Lia aus. Flynn sollte sie nicht befummeln, er sollte sie schlagen! »Er hat ein perfektes Sixpack, ein süßes Lächeln, ein -«

Diesmal trafen sie zwei Hiebe. Erst links, dann rechts.

»Deine Haut ist rot«, sagte Flynn.

»Du bist doch schlimmer als meine Nichte«, stöhnte Lia.

»Möchtest du McConaugheys Tugenden weiter loben?«

»Flynn«, keuchte Lia. »Ich wollte dich nur provozieren.«

»Das ist dir gelungen«, lachte Flynn.

Verfluchter Schauspieler! Sie hatte ihm die beleidigte Leberwurst tatsächlich abgenommen!

»Zähl meine Tugenden auf und ich erlasse dir die drei.«

»Pah«, schnaubte Lia. »Also schön. Fishing for Compliments hast du nicht nötig. Deine Lachfalten verdrehen jeder Frau den Kopf. Dein Sixpack lässt das von McConaughey deprimiert heulen. Bei deinem Lächeln muss ich selbst grinsen und ich bin -«

›in dich verliebt‹ Aber sie biss sich rechtzeitig auf die Lippe. Flynn drehte sie sowieso herum, bis sie auf seinem Schoß hockte. Zum Henker. Sie konnte seinen Blick nicht deuten. Was ging hinter seiner Stirn vor sich? Er lächelte nicht, er sah sie nur aufmerksam an. Ihr Herz klopfte noch schneller. Nur ein Stück nach vorn, ein kleiner Schubs der Unvernunft und sie könnte seine Lippen liebkosen.

Die bewegten sich gerade, aber Lia erfasste den Sinn seiner Worte nicht.

Sie blinzelte. »Was?«

»Der nächste Teil«, sagte Flynn. »Ich kann dich weiterquälen.«

»Was hast du vor?«, fragte Lia alarmiert. Ihr würde so einiges einfallen, was sie nun veranstalten könnten, aber nichts davon ließe sich mit seinem Ehegelübde vereinbaren.

»Wir sehen uns Star Trek an«, verkündete dieser verfluchte Schauspieler.

»Was?«, schrillte Lia.

»Deine Freundin hat die DVD.« Flynn deutete auf den Fernseher. Sie musste nicht hinsehen. Sie wusste zu genau, welche Filme Aideen schaute. Ihr Filmgeschmack stimmte nicht im Geringsten mit dem von Lia überein.

»Flynn. Fessel mich. Schlag mich. Mach, was du willst, aber bitte nicht Star Trek« bettelte sie.

Flynn schob sie von seinem Schoß und verband ihre Hand- und Fußfesseln auch noch mit einem Karabinerhaken. Sie hasste diesen Kerl!

Notgedrungen blieb sie auf dem Sofa hocken und sah ihm zu, wie er die DVD einlegte und die Fernbedienungen drückte, bis ein Bild erschien.

»Bist du still oder muss ich dich auch noch knebeln?«

»Du solltest diese Nacht kein Auge zumachen«, drohte sie.

›WILLST DU MICH HEIRATEN?‹

Journalist Jonah Simmons macht Freundin einen Heiratsantrag auf einer Werbetafel, einem Zeppelin und indem er dreißig Sekunden Werbezeit zur Primetime buchte. Das Video ging viral und erreichte innerhalb einer Stunde eine halbe Million Klicks. Die Hochzeit wird nächsten Juni stattfinden. Wir gratulieren dem glücklichen Paar zur Verlobung!

Flynns schmerzende Schulter weckte ihn. Das Intro des DVD-Menüs flackerte in Endlosschleife über den Fernseher. Lia klemmte zwischen ihm und der Sofalehne, die Nase in seine Armbeuge gepresst und sie prustete leise beim Atmen.

Vorsichtig tastete Flynn nach ihren Armen. Sie trug immer noch die Fesseln. So vorsichtig wie möglich, löste er eine Manschette. Lia schreckte auf. Für einen Moment dachte Flynn, er hätte sie geweckt. Aber sie sackte zurück, legte den befreiten Arm über seine Brust und drückte ihr Gesicht gegen Flynns Hals. Ihr Atem kitzelte ihn. Er roch ihren Duft, spürte ihre Wärme und er dämmerte wieder weg, erwachte erst von der Helligkeit des Tages.

Die Sonne knallte durch die Fenster, Lia murrte neben ihm, hob den Kopf und starrte ihn aus schmalen Augen an. »Welchen Monat haben wir?«

»Samstag.«

Lia grinste, rieb sich über die Augen und stemmte sich mit den Händen auf seine Brust.

»Autsch«, stöhnte Flynn.

»Sorry«, nuschelte Lia, kippte über ihn hinweg und rappelte sich wieder auf. Sie presste die Hand gegen die Stirn, an ihrem Handgelenk baumelten die Fesseln.

»Oh«, murmelte sie und sah nach unten. Sie bückte sich, löste die Manschetten von ihren Füßen und warf sie auf den Sessel. Seufzend rieb sie sich den Hintern. »Das wirst du mir büßen, ich schwöre. Aber erst muss ich pinkeln.«

Flynn rollte von dem Sofa, fuhr sich durch die Haare und ging in den Flur. Auf der Kommode lag immer noch sein Handy. 14:36 Uhr. Sie hatten den gesamten Vormittag verschlafen und es war herrlich gewesen. Er fühlte sich zwar wie von einem Bus gerammt und einer Stahlplatte erschlagen, aber so gut hatte er lange nicht geschlafen.

Das Handy zeigte zwei verpasste Anrufe von Lauren an. Seine Frau rief ihn an? Freiwillig?

Sie hatte zusätzlich eine Nachricht geschickt, genau genommen den Link zu einem Zeitungsartikel, den dieser verfluchte Reporter geschrieben haben musste. Er behauptete, Flynn wäre verlobt. Also wirklich, so besoffen war Flynn niemals gewesen. An Heiratsanträge könnte er sich erinnern. Der nächste Artikel drehte sich um zwei Bilder von ihm und Lia am Hafen. Auf einem Foto saßen sie zusammen am Hafenbecken, auf dem anderen hielt er Lia im Arm.

Romantische Szenen. Pah.

Lauren hatte unter die Artikel einen Text geschrieben:

»Die Presse zelebriert mal wieder das Ende unserer Ehe. Ich werde mit Anfragen überrannt. Hättet ihr nicht aufpassen können? Ich wurde sogar von meinen Geschäftspartnern darauf angesprochen. Solchen Unsinn kann ich nicht gebrauchen, Flynn!«

Wow, er wünschte wirklich, er hätte Laurens Probleme oder die ihrer Geschäftspartner, die sich so außerordentlich für ihre Ehe interessierten. Mehr als Lauren es jemals getan hatte. Zum Teufel! Ein wenig Eifersucht war doch nicht zu viel verlangt! Ein bisschen, nur ein winziges Fitzelchen, aber dazu war sie zu abgeklärt. Vielleicht war er auch ein zu großer Trottel, um mit allen Konsequenzen fremdzugehen. Aber selbst, wenn er das täte, was wäre Laurens Reaktion? Ein ›Hurra und hier ist der Scheidungsantrag‹?

Ihm war schlecht. Vor Hunger. Flynn wankte in die Küche, stürzte ein Glas Wasser hinunter und steckte zwei Scheiben Brot in den Toaster.

Neben ihm ertönte ein Brüllen und er zuckte zusammen. Lia war ihm gefolgt und hatte die Kaffeemaschine eingeschalten, ein Höllengerät mit unzähligen Knöpfen. Dunkle Brühe gluckerte aus zwei Löchern in die Tasse, die ihm schließlich Lia entgegenhielt.

»Du siehst so müde aus, wie ich mich fühle.«

Unter Lias Augen klebten Mascara-Reste und sie gähnte ungeniert.

»Du hast noch Farbe im Gesicht«, sagte Flynn. Lia starrte ihr Spiegelbild in der blankpolierten Edelstahlscheibe des Kühlschranks an und schrak zurück. »Wow. Ich seh aus wie Alice Cooper.«

»Du bist hübscher.«

»Du bist gut für mein Ego«, seufzte Lia. »Oder eigentlich auch wieder nicht.«

»Wieso?«, fragte Flynn, aber Lia winkte ab. Sie hielt lieber ihr Handy hoch.

»Du hast übrigens eine Affäre.«

Das Display zeigte den gleichen Artikel an, den Lauren ihm geschickt hatte. »Falsch«, sagte Flynn. »Ich bin verheiratet *und* verlobt. Das ist mehr als eine Affäre.«

Lia kratzte sich am Hals. »Soll ich mich geschmeichelt fühlen?«

»Du bist mir immerhin so verfallen, dass du den Antrag offensichtlich angenommen hast.«

Lia holte tief Luft, schob das Kinn vor und nickte. »Hast Recht. Sonst wären wir ja nicht verlobt.« Sie pustete auf die zweite Tasse Kaffee, die mittlerweile durchgelaufen war. »Brauche ich dann ein Brautkleid? Und wenn ja, bekomm ich eins in Schwarz? Ich mag Weiß nicht.«

»Du kannst von mir aus auch nackt kommen. *Du* bist dann auf den Bildern in der Zeitung, nicht ich«, grinste Flynn. Es war amüsant und gleichzeitig verflucht traurig.

»Wann lässt du dich scheiden?«

»Äh ...«

Lia hob die Schultern. »Bigamie ist in diesem Staat leider nicht erlaubt.«

Ihm fiel keine Antwort ein. Sie flachsten doch noch herum, oder? Lia starrte ihn erwartungsvoll an, bevor sie die Lippen zu einem zaghaften Lächeln verzog.

»Das war nur Spaß. Das weißt du doch?«

»Ja.« Natürlich wusste er das! Eigentlich. Eilig stellte er die Kaffeetasse ab. »Ich geh Zähne putzen.«

Er flüchtete ins Bad und stützte die Hände auf dem Waschbecken ab. Scheidung. Er hasste dieses Wort. Weil er schon oft genug darüber nachgedacht, aber nie die richtigen Konsequenzen daraus gezogen hatte. Vielleicht sollte er es endlich tun. Jetzt! Na gut, er putzte erst Zähne.

Wenige Minuten später verließ Flynn das Badezimmer und stockte. Auf dem Boden lag ein Zettel.

»Aus unerfindlichen Gründen fällt mir das längere Sitzen schwer. Vielleicht weißt du etwas darüber? Fünfzehn Uhr im ›Arbeitszimmer‹. Die einzunehmende Position kennst du. Schwarzes Hemd, die ersten beiden Knöpfe geöffnet, schwarze Hose. Sonst nichts. Pünktlichkeit ist anzuraten.«

Sein Herz machte einen Sprung. Lia ließ ihn nicht ungeschoren davonkommen. Doch diesmal erfasste ihn nicht die blanke Panik, sondern fast schon ein Hochgefühl. Nervosität breitete sich in ihm aus, aber sie drückte ihm nicht den Magen zusammen oder ließ sein Gehirn hysterisch nach Flucht kreischen. Nein, diesmal wollte er es genießen. Mit ihr.

Wie übermannend war gestern das Verlangen gewesen, sich mit den Fingern zwischen ihren Schenkeln zu verlieren. Nicht nur der Anblick ihrer nackten Kehrseite, auch ihr Keuchen, Stöhnen und Fluchen als Reaktion auf seine Schläge waren es gewesen, die in ihm den Wunsch geweckt hatten, noch ganz andere Dinge mit ihr anzustellen.

Doch dazu würde es erst einmal nicht kommen. Bis fünfzehn Uhr hatte er noch eine Viertelstunde, in der er hoffentlich ein schwarzes Hemd in seiner Tasche fand. Wenn nicht, musste er wohl oder übel halbnackt aufkreuzen.

Dreizehn Minuten später fand sich Flynn in dem Raum ein (mit Hemd). Auch diesmal war die Beleuchtung eher spärlich. Leise Musik ertönte aus einer der Ecken. Beruhigende, klassische Klänge. Lia konnte er nicht entdecken.

Suchend sah er sich in dem Raum um. Wohin sollte er sich knien? In die Mitte? An die Tür? Zur Tür? Vielleicht sollte er sich vor den hölzernen Thron hocken? Hatte sie ihm bisher klare Anweisungen erteilt, verließ sie sich jetzt auf sein logisches Denkvermögen. Schlechte Idee oder sie brauchte nur wieder eine Ausrede, um ihn zu bestrafen.

»Entscheidungsschwierigkeiten?«, ertönte Lias sanfte Stimme hinter ihm.

Flynn fuhr herum und verflucht, sie sah anbetungswürdig aus.

Die dunkelbraunen Haare umrahmten ihr hübsches Gesicht in sanften Wellen. Ihre Lippen waren wie immer dunkelrot und ihre sanft geschwungenen Augen mit einem Strich Eyeliner betont. Ihre schmale Taille wurde von einer nachtblauen Korsage in Schach gehalten, an der sich ein leicht helleres Taft-Gefledder (es gab sicherlich einen Fachausdruck, aber er war ihm im Moment entfallen) anschloss. Es betonte ihr wohlgeformtes Hinterteil. Lias Beine endeten in schwarzen Strumpfhosen und kniehohen geschnürten Stiefeln.

»Den demütig gesenkten Blick beherrschst du immer noch nicht«, stichelte Lia.

Sie schloss die Tür mit einem Knall und stolzierte an ihm vorbei. Der Tüll über ihrem Po wippte keck. Sie ließ sich auf dem Thron nieder, schlug die Beine übereinander und sah ihm ungerührt in die Augen. Sie könnte es wahrlich mit einer Königin aufnehmen.

»Bist du fertig mit Starren?«, fragte sie kühl.

Äh, was? Ach ja. Hemd, pünktlich, die Pose! Flynn ließ sich vor dem Holzsessel auf die Knie fallen. Sein Puls pochte in den Ohren, er atmete viel zu hektisch, aber er konnte nichts dagegen tun. Er hatte wirklich geglaubt, zu wissen, wie es nun abliefe. Die Wahrheit war: Er wusste nichts. Nicht, was er tun sollte. Nicht, was als Nächstes kam.

»Geh ins Badezimmer. Bring die Schüssel mit Wasser und das Handtuch mit.«

Flynn erhob sich und ging in das Badezimmer. Es stand alles bereit. Eine schwarze Schüssel, ein schwarzes Handtuch. Beides nahm er und kehrte damit zu Lia zurück.

Mittlerweile hielt sie eine Reitgerte in der Hand und Flynn spürte die Aufregung, die sich durch seine Eingeweide schlängelte, wie eine misstrauische Kobra.

Erneut kniete er vor Lia nieder.

»Zieh mir die Stiefel aus.«

Mit leicht bebenden Fingern begann Flynn, die Schnüre zu lockern und sich Stück für Stück hinabzuarbeiten, bis er sie schließlich so weit offen hatte, dass er Lias Fuß daraus befreien konnte und er freien Blick auf ihr bestrumpftes Bein erhielt.

Er stellte den Schuh neben ihr ab und zog ihr auch den anderen Stiefel aus.

»Jetzt die Strümpfe.«

Ihre Stimme klang rau. Sie atmete selbst nicht mehr ruhig und sog fast unhörbar die Luft ein, als sich seine Hände über ihren Oberschenkel schoben, das Strumpfband erreichten und es quälend langsam nach unten zogen. Sie strich ihm mit der Gerte durch die Haare. Flynn hob den Blick und begegnete ihrem. Er fuhr ihm zwar nicht durch Mark und Bein, aber in wesentlich empfindlichere Teile.

»Mach weiter.«

Er streichelte die Strümpfe von ihren Beinen und für den Rest brauchte er keine Erklärung.

Seine Finger legten sich um ihre Füße, setzten sie in die

Schüssel und von selbst kam er auf die Idee, diese sanft zu bearbeiten. Seufzend ließ es sich Lia gefallen.

»Du hast deinen Beruf verfehlt.«

Es hätte Flynn nicht gewundert, würde Lia nun wie eine zufriedene Siamkatze schnurren. Ob das den Ärger eines vergeudeten Wochenendes mit ihm aufwog?

Nach einer Weile öffnete sie die Lider. »Genug.«

Flynn griff nach dem Handtuch und trocknete ihre Füße wieder ab. Sanft strichen seine Finger ihre Knöchel hinauf, bevor er frech den Blick hob. Lia sah ihn mit zusammengekniffenen Augen an, trotzdem bildete sich Flynn ein, ein amüsiertes Zucken ihrer Mundwinkel wahrzunehmen.

»Zieh mir die Stiefel wieder an.«

Die Schüssel stellte er beiseite und streifte die Schuhe über ihre Füße. Er zog die Schnüre straff, einen nach den anderen. Er hatte selten etwas Erotischeres erlebt.

Schmerzhaft machte sich seine Erregung nur zu deutlich bemerkbar. Sie rieb sich nackt an dem Reißverschluss seiner Hose. Ob Lia um diese Wirkung wusste? Flynn jedenfalls hätte einiges dafür getan, dem Weg ihrer Schenkel folgen zu dürfen, doch sie erhob sich viel zu schnell.

»Du lernst dazu«, sagte sie sanft. »Und diesmal wirst du belohnt.«

Ach ja? Durfte er sie küssen? Nur ein verfluchtes Mal? Er wollte wissen, wie es sich anfühlte. Aber sie beugte sich nicht über ihn. Sie packte die Plane, die eines von Aideens Gerätschaften verbarg, und zog sie weg. Darunter kam ein Monstrum aus Stahl und Leder zum Vorschein. *Das* sollte die Belohnung sein?

»Kann ich mich noch danebenbenehmen?«, entfuhr es ihm.

Wo war bei dem Ding überhaupt hinten und vorne? Die Lederpolster sahen aus, als könnte man sich darauflegen, aber sie besaßen allesamt eine unterschiedliche Höhe. Das sah nicht bequem aus.

Lia grinste ihn ungeniert an. Von wegen kühle Beherrschtheit einer Domina. Sie lachte ihn aus!

Sie schälte ihn aus seinen Klamotten, die nacheinander alle auf dem Boden landeten. Sie ließ sich besonders viel Zeit, er sah es an dem diebischen Funkeln in ihren Augen. Er genoss jede einzelne ihrer Berührung, das flüchtige Streifen ihrer Finger über seine Haut, als sie ihm das Hemd abstreifte. Kaum schob er seine Hose beiseite, trat Lia hinter ihn, legte den Zeigefinger in seinen Rücken und schob ihn unbarmherzig näher heran.

»Können wir das nicht ausdiskutieren?«

Lia verstärkte den Druck ihrer Finger. »Warum so ängstlich?«

»Dafür fallen mir viele Gründe ein.«

»Du wirst es überleben. Vertrau mir.«

Überleben – ja. Aber wie?

Sie zeigte auf eine kleine Erhöhung und er kniete sich darauf.

»Ein zweckentfremdeter Betstuhl?«, fragte er. Vielleicht vergaß sie, was sie machen wollte, wenn er ein Gespräch anzettelte. Oder einen Streit? Aber ihm fiel gerade nichts ein, worüber er mit ihr aneinandergeraten konnte.

Sie zurrte seine Knöchel fest. »Durchaus möglich, dass du hierauf den Höchsten anrufst.«

Lia packte seine Handgelenke und zog an seinen Armen, zwang ihn, sich nach vorn zu beugen. Ein Polster drückte ihm gegen die Brust, aber das war nicht das Seltsamste.

Eine Öffnung nahm geradewegs sein bestes Stück auf. Lia zog noch einmal an Flynn, er streckte sich ein wenig und stöhnte, als er eine nachgiebige Masse spürte, dass seinen ohnehin schon überforderten Freund umhüllte. Herrgott, wie weich. Und verdammt eng. Metall umschloss Flynns Handgelenke. Ihm blieb wenig Bewegungsspielraum und Lia streifte ihm die Augenmaske über.

»Wie viel waren es gewesen?«, fragte Lia hörbar amüsiert. »Neun, oder?«

Fuck. Sie wollte es ihm Schlag für Schlag heimzahlen.

Doch seine Panik wurde von einer anderen Empfindung in Schach gehalten. Das Silikon, in dem sein bestes Stück steckte, begann zu vibrieren und schickte sanfte Schauer durch seinen Körper. Ein zartes Kribbeln stellte sich ein und Flynn entfuhr ein Seufzen. Seine Hände, zu Fäusten geballt, entspannten sich langsam, ebenso, wie sein restlicher Leib. Doch davon hatte er nicht viel, denn kaum sank er ein wenig in sich zusammen, traf ihn ein brennendes Gefühl am Allerwertesten. Mehr überrascht als schmerzerfüllt keuchte er und wich automatisch nach vorn aus. Eine heftige Bewegung, die das Silikon nur zu gut gegen ihn zu nutzen wusste. Herrgott, sollte er etwa von Silikon gevögelt werden? Der nächste Hieb folgte und wieder rutschte Flynn nach vorn, was ihm ein heftiges Seufzen entlockte.

Gewisse Teile von ihm hatten sich an die ungewohnte Umgebung gewöhnt und fanden die von den Schlägen erzwungenen Vorwärtsbewegungen absolut hinreißend. Das Brennen auf seiner Haut vermischte sich mit dem unglaublichen Gefühl, das sich in seiner Vorderseite einstellte, und stöhnend war er drauf und dran, nach mehr zu verlangen. Doch Betteln war absolut überflüssig, denn Lia holte ohne Unterlass aus. Ihre Schläge waren nicht übermäßig schmerzhaft, aber sorgten stets dafür, dass Flynn nach vorn zuckte. Erst reflexartig, dann mit stetig wachsender Begeisterung. Flynn verlor zunehmend die Kontrolle über seine Bewegungen. Das Ding ächzte mit ihm vor Freude um die Wette. Unbarmherzig trieb ihn Lia in einen regelrechten Rausch. Immer schneller und zügiger folgten seine Bewegungen ihren Angaben, ergaben sich dem ansteigenden Rhythmus, bis sich seine Stöße in heftiger Ekstase ergaben und er schließlich mit einem Stöhnen der Explosion erlag. Helle Blitze flimmerten vor seinen Augen.

Völlig erschlagen sank er in sich zusammen. Flynns Beine zitterten, als wäre er einen Hundertkilometermarathon gelaufen. Mit einem Kühlschrank auf dem Rücken. Flynn spürte Lias Berührung, die ihn aus den haltenden Gurten befreite und sein drohendes Umkippen verhinderte, indem sich ihr Arm um seine Brust legte und ihn hochzog.

»Komm.« Er folgte ihren Berührungen und fand sich wieder einmal auf dem Bett wieder. Sie zog ihm die Maske von den Augen und ihre Haare kitzelten ihn an der Nase.

»Hab ich dich fertig gemacht?«, fragte sie grinsend.

Flynn streckte die Hand aus, vergrub sie in ihrem dichten Haar und zog Lia zu sich heran. Ihre Lippen trafen sich. Ein unendlich weiches, sanftes Gefühl. Flynn schlang die Arme um sie, drehte sich mit ihr auf die Seite. Immer wieder küssten sie sich, ohne auch nur ein Wort zu verlieren. Es brauchte auch keine Sprache. Es war surreal. Es war kaum wahr. Lia lehnte die Stirn gegen seine, strich ihm über die Wange und sah ihm unbeirrt in die Augen. Er wusste nicht wie lange. Aber er wusste, dass es nicht aufhören sollte.

So wie es war, war es perfekt. Perfekt für sie. Sie schmiegte sich an Flynn, genoss seinen Geruch, seine Nähe und sie kämpfte gegen die Müdigkeit. Aber in seiner Gegenwart fühlte sie sich wohl, beschützt und das Adrenalin in ihren Adern ließ nach. Es erschöpfte sie und sie wusste nicht, wie lange es her war, seitdem sie eingeschlafen war. Sie wusste nur, dass sie allein auf dem Bett lag, als sie erwachte.

Lia zog ihre Stiefel aus und tappte auf nackten Sohlen durch die Wohnung. Im Wohnzimmer saß Flynn vor dem offenen Fenster auf dem Boden, den Rücken an die Heizung gelehnt. Er sah aus wie eine Erscheinung. Eine qualmende Erscheinung. Er rauchte.

Zögernd durchquerte sie den Raum und setzte sich neben ihn.

»Es entgleitet uns«, sagte sie leise.

»Ja.« Flynns Stimme klang rau und bedrückt.

»Du solltest nach Hause gehen.«

»Das Wochenende ist noch nicht um!« Seine Ablehnung kam so heftig, als hätte sie gedroht, ihn nackt auf der Autobahn auszusetzen.

»Es gibt keinen Grund, das Ganze mehr als nötig in die Länge zu ziehen. Jacks Rolle hast du längst begriffen. Ich kann dir den Rest wegen guter Führung erlassen.« Sie lächelte zaghaft, aber Flynn sah sie nicht einmal an.

Er zog erneut an der Zigarette. »Früher habe ich nicht nur Zigaretten geraucht«, sagte er leise. »Da waren es Joints. Dann reichten sie nicht mehr. Also wechselte ich zu Stärkerem. Es ist erstaunlich, wie enthemmt man unter manchem Zeug ist. Ohne jegliche Zweifel. Keine Angst mehr, einen Job zu versauen, nach einem Casting mal wieder eine Absage zu kassieren und irgendwann einsehen zu müssen, dass man als Schauspieler einfach zu schlecht ist und ein Job als Anwalt zwar tödliche Langeweile bis ans Lebensende bedeutet, aber die einzige Alternative ist. Weil man es ohnehin nicht hinbekommt, sich den Traum vom großen Durchbruch und anspruchsvollen Rollen zu erfüllen. Eine Zeitlang hab ich mich so unter Druck gesetzt, dass ich bei den Vorsprechen nicht mal ein Wort rausbrachte. Ich wollte es unbedingt und stand mir selbst im Weg. Mit Gras und Haschisch war alles anders. Es lief, es lief sogar hervorragend. Ich merkte mir nicht nur jeden Text, ich konnte ihn auch aufsagen. Ich brauchte die Rollen nicht spielen, ich *war* die Rollen, unabhängig davon, wer zusah und was er denken könnte.

Dann lernte ich Lauren kennen. Sie hasste Drogen. Sie hielt sie für völlige Zeitverschwendung, ihre Wirkung auf meine Fähigkeiten als Schauspieler für Augenwischerei und sie hatte Recht. Wenn sie ein Problem hatte, stellte sie sich ihm. Solange bis das Problem heulend abzog. Das fand ich beeindruckend, also stellte ich mich auch meinen und ging auf Entzug. Seither keine Drogen, nicht mal Joints. Wann immer ich daran dachte, es doch wieder zu nehmen – nur einmal, weil es mir helfen könnte – betrachtete ich Lauren. Sie braucht keine Hilfe. Nicht von mir, nicht von irgendjemanden, nicht von irgendwelchen Substanzen. Sie besitzt eine unbändige Kraft, einen unglaublichen Willen.«

Lia schlang die Arme um ihre Beine. Es tat weh, seine Worte zu hören. Das klang nicht nach einer unglücklichen Ehe. Aber was wusste sie schon? Sie hatte es nicht mal bis zu einer Verlobung geschafft.

»Sie hat dir viel gegeben«, sagte sie leise.

»Ich habe viel von ihr gelernt. Aber eines konnte ich mir nie von ihr abschauen. Sich zu nehmen, was man begehrt.«

»Und was wäre das?«, fragte Lia. War es möglich, dass er vielleicht sie wollte? Oder bildete sie sich hier nur etwas ein? Er meinte sicher seine Frau damit.

Flynn wandte ihr das Gesicht zu. »Willst du, dass ich gehe?«

»Nein«, erwiderte sie instinktiv, bevor sich ihr Verstand einschalten konnte. »Möchtest du bei mir bleiben?« Unweigerlich hielt sie die Luft an. Bei dieser Frage ging es nicht nur um das Wochenende. Es ging um mehr, um so viel mehr.

Flynn starrte auf den Boden, die Ellenbogen auf die Knie gestützt. »Ich sollte gehen.«

Hart schluckte sie und sie schlang die Arme fester um ihre Beine. Flynn erhob sich, warf die Zigarette hinaus und schloss das Fenster. Sie sah nicht auf, aber sie spürte seinen Blick auf sich. Sie spürte, wie sich ihre Tränen nach oben drückten, und schluckte sie entschlossen wieder hinunter. Sie würde nicht heulen. Es gab keinen Grund. Jeder von ihnen wusste, worauf er sich eingelassen hatte. Sie wusste von seiner Ehe nicht erst seit gestern. Es war von vornherein klar gewesen und die Hoffnung, er könnte sich doch von seiner Frau trennen, hinterhältig. Sie hatte es in Kauf genommen, eine Ehe zu zerstören. Jetzt bekam sie die Strafe dafür.

Die Kiefer aufeinandergepresst und stur auf ihre Knie starrend, lauschte sie auf Flynns Geräusche. Er trottete durch die Wohnung, sammelte sein Zeug ein und ein paar Minuten später stand er mit der Reisetasche im Flur.

Lia rappelte sich auf und ging auf ihn zu. Sie starrte auf sein schwarzes Hemd, die beiden oberen Knöpfe geöffnet.

Wenn sie ihm jetzt ins Gesicht sah, würde sie in Tränen ausbrechen. So fest sie konnte, biss sie sich auf die Lippe.

»Ich danke dir für alles«, sagte Flynn leise.

Lia nickte und biss noch fester zu. Sie schmeckte Blut.

Flynn legte den Daumen auf ihre Unterlippe und zog sie unter ihren Zähnen hervor. »Es tut mir leid. Alles, was ich dir angetan habe.«

»Die Insektenpizza?«, sagte Lia leise. »Die zugeklebte Tür. Das Stören beim Pinkeln und die Flucht über die Herrentoilette.«

»Das auch.«

»Es war lustig«, behauptete sie und zwang ihren Blick nach oben. »Es muss dir nichts leidtun. Im schlimmsten Fall liest du irgendwann in einem meiner Bücher davon.«

»Es wäre mir eine Ehre.« Flynn küsste sie auf die Wange. Nur eine flüchtige Berührung, aber am liebsten hätte sie die Arme um seinen Hals geschlungen und sich wie ein Äffchen an ihn geklammert.

Stattdessen sah sie einfach nur zu, wie er ging und die Tür hinter ihm ins Schloss fiel. In ihrem Inneren hinterließ er ein endloses schwarzes Loch.

›Ach, komm schon!‹, schrie sie sich stumm an. ›Er ist nicht Jack! Du hast dich nicht verliebt.‹ Riesige Lüge, aber sie fühlte sich besser damit. ›Außerdem kann er nicht kochen und mault, wenn ihm etwas nicht passt!‹

Sie vermisste ihn bereits jetzt.

KÖNNEN SIE IHRE EHE
NOCH RETTEN?

Zuverlässigen Quellen zufolge reiste Lauren Brooks, Ehefrau von Flynn Brooks, am gleichen Tag nach London zurück, an dem sie die ersten Presseanfragen zu den Gerüchten der ›Verlobung‹ ihres Mannes mit Lia Carsen erhielt. Ist diese Ehe noch zu retten, oder ist es Lia Carsen endgültig gelungen, Flynn Brooks für sich zu gewinnen?

Minutenlang lehnte Lia an der Tür und starrte in die Wohnung. Sie fühlte sich leer an, *Lia* fühlte sich leer an. Es war unerträglich. Lia schlüpfte in ihre Sneaker, krallte sich Aideens Schlüssel und rannte die Stufen eine Etage nach unten. Sie drückte die Klingel der Wohnung, in die Aideen übergangsweise gezogen war.

Ihre Freundin riss die Tür auf und starrte Lia an. »Was ist los? Brennt es?« Die dunklen drahtigen Locken hingen ihr wirr ins Gesicht.

»Nein«, sagte Lia müde. »Ich wollte nur ... Also ... Du kannst deine Wohnung wiederhaben.«

»Es ist erst Samstag«, rief Aideen aus. »Was ist mit Flynn?«

»Er hat mehr gelernt, als ihm vermutlich lieb ist, und ist gegangen.«

»Gegangen«, echote Aideen. »Ich hatte damit gerechnet, du müsstest ihn Sonntagabend mit Gewalt zu seiner Frau zurückschleifen.«

Dann hatten sie sich wohl beide verrechnet. »Die Gewalt wäre eher nötig gewesen, ihn vom Gehen abzuhalten«, gab Lia verbittert zurück.

Aideen ergriff ihre Hand und zog sie in die Wohnung hinein. Sie bugsierte sie in das mit Eichenmöbeln vollgestopfte Wohnzimmer und reichte ihr eine Flasche Sekt. Wortlos entkorkte Lia die Flasche und setzte sie an den Mund. Sie mochte die Puffbrause nicht sonderlich. Sie hasste das Prickeln, aber es war immer noch besser, als nüchtern zu bleiben!

»Was hast du angestellt?«, fragte Aideen, riss ihr den Sekt von den Lippen und trank gierig selbst einen Schluck.

»Ich habe nichts angestellt«, fauchte Lia. Sie hatte sich benommen. Sie hatte ihn nur ab und zu betatscht. Sie hatte ihm alles gezeigt, was er wissen musste, und noch sehr viel mehr. Aber das reichte ihm nicht! Er ging lieber zu Lauren zurück, die ihn aus dem Drogensumpf gezogen hatte. Verflucht. Gegen solche Referenzen kam sie doch nicht an! »Er liebt seine Frau.«

»Die ihn zu einer Schnulzenautorin gehen lässt, damit die ihm Liebesspielchen zeigt. Diese Liebe beruht nicht auf Gegenseitigkeit. Oder sie ist einfach nur dumm.«

»Sie vertraut ihm«, hielt Lia dagegen. Hatte doch Flynn behauptet. »Seine Frau stört sich ja noch nicht mal an den Zeitungsartikeln.«

Aideen grinste. »Ja, die habe ich auch gelesen. Ich wollte schon klingeln und fragen, ob ich Brautjungfer sein kann.«

»Wärst du, wenn es eine Hochzeit gäbe.« Lia entwand Aideen den Sekt und drückte die Mündung ein weiteres Mal an ihre Lippen. Schluck für Schluck nahm sie die Prickelbrause in sich auf, setzte die Flasche ab und rülpste so laut wie ein aufgeblähter Panda. *Deswegen* mochte sie keinen Sekt.

»Ihr habt euch also die ganze Zeit nur rein freundschaftlich verhalten?«, bohrte Aideen.

»Wir haben nicht miteinander geschlafen«, zischte Lia. Mehr konnte man nicht verlangen.

»Ihr habt euch auch nicht geküsst?«

Sie hasste diese Frau. Warum hatte sie sich keine dumme beste Freundin ausgesucht?

»Ihr habt euch geküsst«, stellte Aideen fest. »Und du bist immer noch verliebt.«

Sie streichelte Lias Haare, legte den Arm um sie und drückte sie an sich. Die mühsam aufgebauten Dämme in Lia brachen und die ersten Tränen rollten über ihre Wangen.

Flynn parkte seinen Wagen vor dem Holzzaun, dessen Farbe zur Hälfte schon abgeblättert war. Der Kirschbaum wuchs bereits auf die Straße und er hörte das Plätschern der Fische im Teich. Er freute sich nicht im Geringsten, wieder zu Hause zu sein. Dabei sollte er froh sein. Er hatte noch einen Tag, an dem er sich ausruhen konnte, und am Montag drehten sie die bescheuerten Szenen.

Keine Schaffenskrise mehr. Keine Blockierungen. Keine Horrorszenarien, die ihm den Schlaf raubten.

Nach dem Nervenkitzel, den er durch Lia erfahren hatte, würde er, ohne mit der Wimper zu zucken, wie James Bond die Welt retten können und es als langweilig bezeichnen.

Trotzdem stand er mit dem Schlüssel in der Hand vor seiner Tür und wollte sich am liebsten umdrehen und zurückfahren. Aber der Lichtschein im Fenster ließ ihn zögern.

Lauren war da. Warum? Hatte man sie entlassen? Machten ihr die Zeitungsartikel doch Sorgen? Ha!

Lächerlich. Vermutlich war sie von ihrem Boss gezwungen worden, sich um ihre kriselnde Ehe zu kümmern. War bestimmt schlecht fürs Geschäft. Wie sonst war es zu erklären, dass ihm Lauren sogar die Tür öffnete?

»Alles in Ordnung?«, sagte sie leise. »Du stehst seit mehreren Minuten hier draußen.«

»Ich habe nachgedacht«, erwiderte Flynn so würdevoll wie möglich.

Lauren zog einladend die Tür auf. »Vielleicht willst du das lieber drinnen machen?«

Nein. Aber er konnte leider nicht ewig auf der Eingangstreppe herumstehen. Am Ende kam nur wieder einer dieser verfluchten Reporter vorbei und dachte sich eine Story dazu aus.

Flynn trat ein, legte die Schlüssel auf die Kommode und schlüpfte aus seinen Schuhen. Er stellte sie nicht wie sonst auf die Schuhablage, sondern ließ sie einfach daneben liegen. Auch die Tasche fiel achtlos zu Boden und der Mantel hatte Glück, dass Flynn den Garderobenhaken traf. Er hätte sich gewiss nicht danach gebückt.

»Du musst wahnsinnig gestresst sein«, kommentierte Lauren und legte ihm die Arme um den Hals. »Ich bin froh, dass du da bist.«

War sie high? Wie lange hatte er dies nicht mehr gehört? Auch Laurens Küsse wirkten wie durch den Nebel der Vergangenheit. Vertraut und erschreckend fremd.

»Wurdest du zwangsbeurlaubt?«, fragte er.

»Nein. Die nächste Verhandlung ist erst am Dienstag und ich dachte, du freust dich, wenn du nicht in ein leeres Haus kommst.«

Vor zwei Tagen hätte er sich tatsächlich gefreut. Jetzt wollte er nur seine Ruhe.

»Wir können es uns im Bett gemütlich machen und eine Pizza bestellen«, schlug Lauren vor. Unwillkürlich beugte sich Flynn vor und sog die Luft ein. Nein, ihr Atem roch nicht nach Alkohol. Betrunken war sie schon mal nicht.

»Ich gehe lieber in den Garten«, seufzte Flynn und ging an ihr vorbei.

Sie packte ihn am Arm. »Es regnet.«

Ach ja. Es hatte angefangen, als er vor dem Haus geparkt hatte.

»Flynn«, sagte Lauren unangenehm schrill. »Was ist zwischen euch geschehen?«

Ein misstrauischer Zug zeichnete sich um ihre Lippen ab. Was dachte sie? Dass er sie betrogen hatte? Er hatte es nicht getan. Nicht, weil er es Lauren nicht antun könnte oder weil er so beschissen treu war. Sondern, weil er Lia nicht verletzen wollte! Sollte er sich wirklich scheiden lassen, war die Schlammschlacht schon bitter genug. Die Presse ließ es sich nicht nehmen, das Drama monatelang auszuschlachten und im Notfall Fakten zu erfinden. Sie würden Dinge herausfinden, die niemanden etwas angingen. Womöglich bekäme Lia so schlechte Publicity, dass kein Verlag der Welt mehr mit ihr zusammenarbeiten wollte. Diese Idioten konnten Karrieren zerstören und das nur, um ihre Zeitungen zu verkaufen. Es war ihnen egal, ob stimmte, was sie druckten. Reportern war auch Flynns Ehe gleichgültig, sein Ruf oder der seiner Frau, geschweige denn der von Lia. Sie wäre das Miststück, das einen Mann dazu verführt hätte, seine Frau zu betrügen und zu verlassen. Solche Spiele kannte er von seinen Kollegen. Es spielte keine Rolle, wie es wirklich war. Und wenn es dann zwischen ihm und Lia nicht hielt, konnten sie nur noch auswandern.

»Nichts«, gab er Lauren endlich eine Antwort.

»Es sieht mir aber nicht nach ›Nichts‹ aus«, beharrte sie. »Es scheint, als hätte sie deine Besessenheit ausgenutzt und deine Erwartungen enttäuscht.«

Für einen Moment starrte er Lauren sprachlos an. *Was?*

»Sie wurde weder etwas enttäuscht noch ausgenutzt«, blaffte er.

Zu seiner Überraschung hob sie die Hände. »Ich will es nur verstehen.«

Verstehen? Er verstand es ja selbst nicht! Wie war es zu erklären, dass er die Anwesenheit seiner Frau gegen die Nähe Lias eintauschen wollte? Wie war es zu erklären, dass er sich lieber vor Lia kniete und diese mit Herrin (sofern er sich irgendwann dazu durchringen konnte) ansprach und sich zu allem Überfluss geborgener fühlte als in seinem eigenen Heim? Das war nicht gut. Sich von Lauren ablenken zu lassen, sich in ihren Armen zu verlieren und dort die Liebe zu suchen, die er einmal für sie empfunden hatte und mit Sicherheit immer noch empfand, war der eindeutig sinnvollere Weg, als an eine Frau zu denken, die über zehn Jahre jünger, als er selbst war und die Männer auf den Knien bevorzugte.

»Ich bin nur müde«, sagte er. »Das Gefühl müsstest du kennen.«

Lauren seufzte leise. »Sie ist sehr hübsch.«

»Ja.«

»Und jung.«

»Ja.«

Was sollte er dazu sagen? Er fühlte sich in die Ecke gedrängt und wusste, worauf sie hinauswollte. Sie wollte wissen, ob er verliebt war. Womöglich war er das. Vielleicht bildete er es sich aber auch nur ein und das Gefühl war nur die Summe neuer Erfahrungen.

»Was empfindest du für sie?«, bohrte Lauren weiter.

»Freundschaft.«

Und während er dieses Wort aussprach, wusste er nur zu gut, dass es eine verdammte Lüge war. Freundschaft. Das war lediglich das, was er bestenfalls von ihr erhalten konnte, aber es war nicht genug. Er sehnte sich zurück. Zurück in das Apartment. Abschließen und den Schlüssel wegwerfen. Diesmal wirklich. Er wollte ihre Hände auf sich spüren und die Geborgenheit, die ihm nicht nur die Fesseln zu vermitteln vermochten, sondern auch Lia selbst. Er wollte den Nervenkitzel zurückhaben, der sich einstellte, wenn er auf ihre Reaktionen wartete. Und vor allem wünschte er sich, sie in den Armen zu halten und die Nase in ihrem nach Mango duftenden Haar zu vergraben.

»Lass uns ins Bett gehen«, wiederholte er Laurens Vorschlag.

Sie nahm seine Hand und stieg mit ihm die kleine Treppe hinauf. Kaum hatten sie das Bett erreicht, machte sie sich an Flynns Hemd zu schaffen, doch selbst diese Berührungen fühlten sich seltsam an. Er griff nach ihren Händen.

»Lass uns einfach nur zusammen da liegen«, bat er sie.

Sie zögerte, aber schließlich nickte sie. Angekleidet legten sie sich auf ihr Ehebett und Flynn zog seine Frau an sich, vergrub die Nase in ihrer Halsbeuge und atmete tief ein. Inhalierte den Duft, der ihm so vertraut war, den er vermisst hatte und der ihn doch nicht ausfüllte. Früher hatte es nichts Schöneres gegeben, als mit Lauren auf dem Sofa oder auf dem Bett zu liegen und sich völlig aus der Welt auszuklinken. Doch dann hatte Lauren begonnen, sich immer öfter von ihm zu lösen, ihren eigenen Angelegenheiten nachzugehen, bis die Momente der Zweisamkeit sich nur noch auf ein ›gute Nacht‹ und ›guten Morgen‹ beschränkten. Ihre Finger, die nun über seinen Handrücken strichen genügten ihm nicht mehr. *Sie* genügte ihm nicht mehr.

›JACK'S BLACK‹-TERMIN
IMMER NOCH UNSICHER

›Ich habe keine Ahnung, ob wir heute die letzten Szenen drehen!‹, erklärt Regisseur Arthur Goodwin. ›Ich hoffe es. Wenn nicht, zünd ich diesen verschissenen Film an und jetzt geht mir aus den Augen. Verfluchte Hölle. Ich hatte nicht mal einen Kaffee! Habt ihr nichts Besseres zu tun, als mir um sechs Uhr morgens vor meinem Haus aufzulauern?‹

Ob Mr Goodwin noch Zeit für einen Kaffee hatte, bevor er das Set erreichte, ist nicht bekannt.

Der Montag kam unerbittlich und Flynn dankte dem Herrn dafür. Wenn er diesen Tag überstand, dann war seine Ehe nur noch sein einziges Problem. Wie immer herrschte geordnetes Chaos am Set. Arthur inspizierte die Kameras persönlich, die Stylistin pinselte Flynn Puder ins Gesicht, das Andreaskreuz stand an dem alten Platz und Marcella knickte ständig in ihren hohen Stiefeln um, bevor sie ihm drohte: »Wenn du das verkackst, ziehst *du* das nächste Mal diese Stiefel an. Ich hack mir lieber die Füße ab, als die noch mal zu tragen.«

»Das wird nicht nötig sein«, versprach Flynn. Er griff nach seinem Handy und schrieb Lia.

»Hast du ein wenig Aufmunterung für mich? Der Dreh der besagten Szenen beginnt gleich.«

Den gesamten Sonntag hatte er immer wieder sein Telefon in die Hand genommen und überlegt, ob er ihr schreiben sollte. Aber was? Jetzt hatte er wenigstens einen Grund und die Antwort folgte auf dem Fuße.

»Sei ein Mann und mach mir keine Schande!«

Ob sie hier war? Lia hatte bisher keinen einzigen Tag verpasst. Aber er sah sie in der Menge nicht. Flynn schob sich von dem Stuhl der Visagistin und spähte über die Mitarbeiter hinweg. Gerade wollte er sich an den Kameras vorbeizwängen, um am Eingang nachzusehen, da packte ihn Arthur am Arm.

»Wo willst du hin?«

»Ich suche Lia.«

»Der schick ich dich zerstückelt in einem Koffer, wenn wir das heute nicht hinbekommen«, blaffte Arthur. Er zerrte Flynn vor die Kamera, kippte sich eine Handvoll Tabletten in den Rachen und brüllte: »Alle auf die Plätze!«

Marcella biss auf ihren Daumen und wippte nervös auf den Zehenspitzen. »Bitte sag mir, dass du es versaust.«

»Hatte ich nicht vor«, erwiderte Flynn.

»Dann fällt ja auf, wenn ich es vermassle!« Ihre Stimme wurde schrill und sie schlug sich auf den Mund. Mit zusammengekniffenen Augen atmete sie tief ein und murmelte: »Ich krieg das hin. Es wird alles gut. Ach, was rede ich. Ich muss bestimmt lachen und Arthur wird mich hassen. Gott, wenn es nur das wäre. Was, wenn die Zuschauer den Film zum Kotzen finden? Wegen mir? Die halten mich eh für eine Fehlbesetzung.«

»Dann ist für mich das Risiko, die goldene Himbeere zu bekommen, schon mal kleiner«, stichelte Flynn, bevor er ernster wurde. »Es ist egal, was andere denken. Es wird immer jemanden geben, dem deine Performance nicht passt.

Aber Arthur hat dir bisher nicht einmal mit Entlassung gedroht. Du kannst also nicht alles verkehrt machen.«

»Vielleicht sollte ich Lia um Nachhilfe bitten.«

Flynn legte seine Hände auf Marcellas Schultern. »Du bekommst das hin. Gib dir Mühe. Ich habe keine Lust, damit weitere zwei Wochen zuzubringen.«

Vor allem hatte Marcella nichts bei Lia zu suchen. Wer war dann das Übungsobjekt? Ihn fragte Lia bestimmt nicht. Also wäre es ein anderer Mann und das war schlichtweg inakzeptabel!

Marcella nickte, richtete sich auf und atmete tief durch. »Zeigen wir's ihnen.«

Die ersten Szenen, ohne das verdammte Kreuz, liefen hervorragend. Sein Hintern glühte und Arthur beteuerte, Marcellas Kichern herauszuschneiden.

Jetzt gab es nur noch eine Szene, die fertig werden musste – die am Andreaskreuz.

»Take eins«, brüllte Arthur.

Was sollte Flynn sagen? Marcella vermasselte den ersten Take, genauso wie den zweiten, dritten und vierten. Marcella fing bei jedem zweiten Satz an zu lachen. Glücklicherweise hatte sie nicht viele, sonst wären sie in drei Tagen noch nicht fertig.

Keck hüpfte ihr rotblonder Pferdeschwanz, wann immer sie einem Lachanfall nahekam. So konnte Flynn nicht arbeiten! Marcellas Mundwinkel zuckten beharrlich nach oben und er grinste automatisch mit. Das war doch Mist! Der Titel des Films lautete schließlich nicht: ›Lachanfälle im Folterkeller‹!

»Ist das geil. Liefe Reinhard Mey im Hintergrund, könnte ich mich eine zärtliche Sadistin nennen«, lachte Marcella plötzlich los.

Flynn, der stolz gewesen war, ihre wilden Gesichtsausdrücke ignoriert zu haben, sackte in sich zusammen und verdrehte die Augen. »Mir schlafen gleich die Arme ein. Jetzt mach endlich! Oder weck mich, wenn du fertig bist!«

»Zum Glück klemmen wir dir keine Gewichte an die Hoden, sonst hättest du Eier in Bodenhaltung!«, kicherte Marcella.

Bei diesen Worten raufte sich Arthur das sowieso schon lichte Haar und selbst der Kameramann prustete hinter seiner Kamera hervor.

»Da du deine Gerte eh nicht benutzen willst, überleg doch mal, damit reiten zu gehen. Würde deiner Figur ganz guttun«, fauchte Flynn.

»He!«, rief Marcella. »Du solltest zukünftig den Nachtisch weglassen, dein Hintern war auch schon mal knackiger!«

»Verbindest du mir bitte die Augen, damit ich mir vorstellen kann, du wärst eine andere?«, bat Flynn und bedachte sie mit einem unschuldigen Blick. Zum Glück konnte der von Marcella nicht töten.

»Ach was!«, rief sie aus. »Ich wette nach der Nummer lässt du dich an jedem verdammten Flughafen festnehmen, nur der Handschellen, Leibesvisitationen und Zellen wegen.«

»Und du ...«

»Ruhe!«, donnerte Arthur.

Das wirkte. Für zwanzig Sekunden. Irgendwann brüllte Arthur nicht mehr – er winselte.

Der nächste hysterische Lachanfall Marcellas brachte Arthur dazu, sie durchzuschütteln und sie so laut anzuschreien, dass allen Anwesenden die Ohren klingelten. Arthur wirbelte herum und erspähte Lia im gleichen

Moment wie Flynn. Der Regisseur zeigte mit dem Finger auf sie. »Lia. Komm her.«

Zögernd trat Lia vor. Arthur packte sie, zerrte sie vor die Kameras und betrachtete sie von oben bis unten. »Du wirst Marcellas Teil übernehmen!«

»Was?«, riefen sie und Marcella im gleichen Atemzug entsetzt.

»Du spielst Marcellas Part. Wir legen dann am Computer ihr Bild über deines. So bekommen wir wenigstens Flynns Teil zustande.« Er stieß Lia in Richtung der Stylistin. »Mach sie zurecht.«

Ehe sich Lia versah, zerrte ihr jemand das Shirt über den Kopf, schubste sie hinter einen Vorhang und pinselte in ihrem Gesicht herum.

»Aber«, sagte sie und bekam prompt den Pinsel in den offenen Mund.

»Scht«, machte die Maskenbildnerin. »Nicht bewegen. Augen zu.«

Brav schloss Lia die Augen, auch wenn es verflucht schwerfiel! Jemand zerrte an ihrer Hose, bis sie im Slip dastand, legte einen Rock um ihre Hüfte und band ihn zusammen. Schlussendlich wurde sie noch in eine Korsage geschnürt.

»Nicht so fest«, jaulte Lia. Sie war doch keine Barbie.

»Sorry«, nuschelte eine fremde Stimme.

Sie wusste nicht, wie lange an ihr herumgezupft, gezogen und gepudert wurde. Fakt war, dass Flynn immer noch an dem Kreuz stand, als Lia wieder vor die Kameras geschoben wurde. Arthur drückte ihr die Peitsche in die Hand und brüllte: »Action.«

»Ich weiß doch gar nicht, was im Drehbuch steht!«

»Du hast es geschrieben«, erwiderte Flynn.

Ups. Ach ja.

»So ergib dich mir«, rief Lia und zeigte theatralisch mit der Peitsche auf ihn.

»Zur Information: Wir drehen hier keinen römischen Dokumentarfilm.«

Mist!

Sie hatte nicht den kleinsten Schimmer, was in diesem verflixten Drehbuch stand! Ja, sie hatte es geschrieben, aber sie konnten nicht erwarten, dass sie noch den genauen Wortlaut kannte!

»Du bist doch sonst nicht so schüchtern«, spottete Flynn. »Wie viele Männer haben dir schon auf Knien gedient? Und wie viele davon hast du einfach zum Teufel gejagt, wenn du genug hattest?«

»Du solltest dir genau überlegen, was du sagst!« Lia marschierte auf Flynn zu und packte ihn im Schritt. Scharf sog er die Luft ein. »Immerhin habe ich deine Eier in der Hand.«

»Häng sie doch auf, zu den anderen«, fauchte Flynn.

Sie packte fester zu und Flynn entfuhr ein Knurren. Sie kniff ihn in die Brustwarze.

Flynn zischte. »Sind wir wieder an dem Punkt, ja?«

»Du lernst eben nicht dazu«, blaffte Lia. »Deswegen bindet man dich lieber fest, damit du nichts falsch machst!«

»Oh, so viel kann ich ja nicht verkehrt gemacht haben«, knurrte Flynn. »Wie oft hast du dich im Bad befriedigt?«

Röte schoss ihr in die Wangen. Er hatte es gemerkt?

»Wie oft hast *du* es getan?«, schnappte Lia. Es war ein Schuss ins Blaue, aber so wie sich Flynns Wangen färbten, traf sie. Oder er war einfach nur unfassbar wütend.

»Ich weiß nicht, was du willst«, bellte Flynn. »*Du* hattest mich. Ich war da. Du hättest alles tun können, was du wolltest. Aber du hast mich am langen Arm verhungern lassen.«

»Vielleicht dachte ich ja, du könntest mich lieben!« Ups, wo kam das denn her?

»Was glaubst du, warum ich das hier alles mache?«, brüllte Flynn plötzlich. »Dieses verfluchte Kreuz, die Fesseln, die Schläge. Was denkst du, warum ich darauf so abgegangen bin? Glaubst du, das hätte eine x-beliebige Nutte mit mir machen können?«

Lia warf die Peitsche weg, stellte sich auf die Zehenspitzen und legte die Hände auf Flynns Schultern. Sie stemmte sich nach oben, presste ihre Lippen auf seine. Für einen Moment erstarrte er, doch dann erwiderte er den Kuss. So zart, weich und intensiv, dass es ihr fast den Boden unter den Füßen wegzog. Sie küsste ihn, bis sie keine Luft mehr bekam und widerwillig von ihm ablassen musste. Lia stolperte zurück, ihr Herz raste und sie wusste nicht, was sie sagen sollte. Flynn sah genauso verwirrt aus, wie sie sich fühlte.

»Cut«, brüllte Arthur. »Das stand zwar nicht so im Drehbuch, aber ich finde es gut und der Rest ist mir egal. Wir sind fertig hier.«

Er begann zu klatschen, genauso wie alle anderen. Na ja, bis auf Flynn. Der versuchte, seinen Nacken zu entkrampfen, und wiegte den Kopf hin und her. Er wich ihrem Blick aus und Lias Magen flatterte nervös. Er hatte sie provoziert, damit sie sich vor der Kamera überhaupt bewegte. Eines musste man ihm lassen – er war verdammt gut darin, sie auf die Palme zu bringen.

Lia trat auf ihn zu und löste die Schellen. Hier hatte alles angefangen. Der ganze Humbug, die ganze Misere. Und es endete hier. In einer Szene, die ernster gemeint war, als alle glaubten. Ob Flynn das wusste? Wenn ja, dann war er ein verflucht guter Schauspieler. Er ließ sich nichts anmerken.

»Du warst sehr überzeugend«, sagte sie leise.

»Du auch.«

Er rieb seine befreiten Handgelenke, streckte sich und drückte den Rücken durch.

»Du wirst nach der Premiere viele eindeutige Angebote erhalten«, würgte Lia hervor, um überhaupt etwas zu sagen.

»Von dir auch?«, fragte Flynn lächelnd.

»Nein.«

Sein Lächeln sank in sich zusammen und er nahm den Bademantel entgegen, den ihm die Stylistin hinhielt. Es fiel Lia schwer, ihn unbewegt anzusehen. Am liebsten wollte sie sich in seine Arme drücken, seine Nähe spüren. Sie vermisste ihn. Es übertönte sogar ihr schlechtes Gewissen. Das sie nicht einmal haben musste. Es gab keinen Grund. Sie hatten nichts zu bereuen, keine Grenzen überschritten. Sie hatten die Notbremse gezogen, bevor sie zu weit gehen konnten. Gott allein wusste, wie gern sie die letzten Stunden des Wochenendes mit ihm verbracht hätte.

Noch einige gestohlene Stunden bevor das Unausweichliche eintrat, der Zeitpunkt, an dem jeder wieder seiner Wege ging. Doch genau das war nicht gut. Sie durfte nicht so denken. Absolut nicht. Sie hatte zwar seine Ehe gefährdet, aber letztendlich wollte sie nicht die Dritte im Bunde sein, diejenige, die den letzten Auslöser für eine Trennung gab, die vielleicht hätte vermieden werden können. Flynn und Lauren hatten schließlich nicht aus logischen Gründen geheiratet. Sie hatten sich geliebt. Dessen war Lia sich sicher. Flynn war kein Mann, der eine Frau heiratete, die er nicht liebte. Und er hatte sich eine Frau ausgesucht, die ihm so blind vertraute, dass sie ihn übers Wochenende zu einer anderen Frau ziehen ließ, damit diese unsägliche Dinge mit ihm anstellte.

»Ich muss los«, seufzte sie und drehte sich um. Sie rannte regelrecht aus der Halle, zu ihrem Auto und warf sich hinter das Steuer. Mit zitternden Fingern steckte sie den Zündschlüssel an. Sie drehte noch durch! Ihre Knöchel traten weiß hervor, so fest umklammerte sie das Lenkrad. Okay, sie musste sich beruhigen. Sonst kam sie niemals heil nach Hause und schaffte es erst recht nicht, sich endlich auf einen neuen Roman zu konzentrieren. Und das musste sie, wenn sie nicht riskieren wollte, dass ihre großen Reden, die sie vor Flynn geschwungen hatte, keine Karriere zu wollen, nichts als heißer Dampf waren und ihre Mutter sie zwang, sich wieder einen richtigen Job zu suchen.

Im Rückspiegel sah sie, wie Flynn aus dem Gebäude trat. Er hatte es geschafft, sich eine Hose überzustreifen. Sein Hemd hing offen über seine Schultern und er sah zu ihrem Wagen. Er machte einen Schritt in ihre Richtung und schien zu zögern. Wollte er zu ihr? Bitte, bitte. Die Hoffnung ließ sie sogar für einen Moment schummrig im Kopf werden. Ihr Herz raste und ihr Mund war trocken, als sie ihm dabei zusah, wie er sein Hemd zuknöpfte und sich eine Zigarette anzündete. Aber Flynn kam nicht zu ihr. Er drehte sich um und verschwand aus ihrem Blickfeld.

Plötzlich waren alle guten Vorsätze dahin. Nicht weinen. Keine Emotion zeigen. Und vor allem nicht verraten, wie sehr sie ihn vermisste. Krampfhaft krallte sich Lia in ihr

Lenkrad und blinzelte hektisch gegen die aufsteigenden Tränen an, die sich einem Wasserfall gleich über ihre Wangen ergießen wollten. Nein, nicht hier und überhaupt: Wie sollte sie so fahren? Die Antwort war: Gar nicht. Lia schaffte es gerade einmal bis zur nächsten Ampelkreuzung, fand dort einen Parkplatz, stellte den Motor ab und barg das Gesicht in den Händen. Das war nicht normal. Sie hatte noch nie wegen eines Mannes geweint. Ein trockenes Schluchzen entrang sich Lias Kehle, während sie beharrlich mit zitternden Fingern die Tränen wegzuwischen suchte. Stoßweise sog sie die Luft in ihre Lungen und versuchte, sich auf etwas anderes zu konzentrieren. Nicht darauf, wie schön es gewesen war, neben oder auf ihm zu schlafen. Nicht auf seinen Geruch, der noch immer in ihrer Nase hing. Sie wollte nicht daran denken, wie sich seine Haare und wie warm sich seine Berührungen anfühlten.

Sie würde nichts lieber tun, als mit ihm zur Premiere gehen. Neben ihm stehen, wenn ihm alle zu seiner Leistung gratulierten, und dann mit ihm festlegen, keine einzige Kritik zu lesen, ganz gleich ob gut oder schlecht. Es war schließlich egal, was andere über den Film dachten. Wenn jemand den Film mochte, okay. Wenn nicht, dann war das zwar ärgerlich, aber in Ordnung. Das war genauso irrelevant wie die Tatsache, dass sie für den Hauptdarsteller von ›Jack's Black‹ nicht nur schwärmte.

Sie liebte ihn, mit jeder Faser ihres närrischen Herzens und es tat verdammt weh.

BESTÄTIGTER PREMIERENTERMIN FÜR ›JACK'S BLACK‹ VERSETZT FANS IN FREUDENTAUMEL

›Jetzt müssen wir den Mist nur noch zusammenschneiden‹, verkündet Arthur Goodwin mit sichtbarem Stolz. ›Und ich kann mir endlich mein Magengeschwür entfernen lassen.‹ Wir wünschen gute Besserung. Machen Sie mit bei unserer Verlosung der Premierentickets!

Flynn hatte wirklich geglaubt, nach dem Dreh zum Nachdenken zu kommen. Die Wahrheit war jedoch: Er tingelte von einem Interviewtermin zum nächsten, Lauren wich ihm dabei nicht ein einziges Mal von der Seite und die Presse verlor zunehmend das Interesse an seinen Eheproblemen. Lauren spielte die liebende Gattin, das war ihnen schlichtweg zu langweilig. Wenigstens ließen sie Lia in Ruhe. Ihren Namen las er nur noch selten und wenn, dann im Zusammenhang mit den Gerüchten über ihr neues Buch. Es sollte in einem Jahr erscheinen und ihr Verlag rührte bereits jetzt die Werbetrommel. Es würde einschlagen wie eine Bombe, gepusht von der Presse, dem Marketing und ihren Lesern.

Er dachte ständig an sie, vor allem jetzt. In einer Stunde sollten sie auf der Premiere sein und dort sah er sie zum ersten Mal seit dem Dreh wieder. Sofern er jemals dort ankam!

»Komm schon, du Mistding!« Flynn trat gegen das Vorderrad des verfluchten Wagens. Die ganze Zeit keine Mucken und ausgerechnet heute gab er den Geist auf. Dabei waren sie ohnehin zu spät dran.

»Lass uns ein Taxi rufen«, schlug Lauren vor.

»Kein Taxi fährt an einem Samstagabend um diese Zeit an den Arsch der Welt und wieder zurück.«

»Das ist Cobham, nicht der Arsch der Welt!«

Warum hatten sie überhaupt nach Cobham ziehen müssen? Die Antwort war genauso einfach wie sinnfrei. Damit ihre nicht vorhandenen Kinder in einer sauberen, sicheren und hübschen Umgebung aufwachsen konnten. Im Grünen, in dörflich-herzlicher Gemeinschaft, in der Nachbarn zugleich Freunde waren. Nur war von diesen angeblichen Freunden kein einziger zu sehen.

Er hielt inne. Vielleicht war es die dümmste Idee aller Zeiten, aber wenn sie schon ein Taxi riefen, dann sollte die Frau am Steuer sitzen, an die er seit Wochen nahezu ununterbrochen dachte.

»Ich rufe Lia an«, beschloss er. »Sie hat gesagt, sie lässt sich von einer Freundin vor der Premiere schminken und die wohnt nicht weit von hier.«

»Woher weißt du das?«, forschte Lauren nach. »Sagtest du nicht, du hättest sie das letzte Mal beim Dreh gesprochen?«

»Ich schreibe mit ihr.« Flynn wählte Lias Nummer und hielt sich das Telefon ans Ohr.

Lauren verschränkte die Arme vor der Brust und starrte ihn mit zusammengezogenen Augenbrauen an. »Also hast du doch mit ihr gesprochen.«

Was? Whats-App-Nachrichten waren kein Gespräch! Diese Nachrichten waren einen Dreck wert. Betont freundlich und unverfänglich.

»Habe ich nicht«, presste Flynn heraus.

»Was hast du nicht?« Es war nicht Lauren, die das sagte, das war Lias Stimme. Sie hatte abgenommen.

»Entschuldige, Lia. Ich habe mich mit Lauren unterhalten.«

»Aha.« Für einen Moment schwieg sie. »Und was hast du nicht?«

»Mit dir gesprochen.«

»Hast du wirklich nicht«, gab Lia zurück. Sagte er doch! Und es deprimierte ihn. Zwei verdammte Tage mit dieser Frau und er konnte an keine andere mehr denken. Wäre er Single, könnte er sich wenigstens mit einigen Frauenbekanntschaften ablenken. Blödsinn. Wäre er solo, könnte er sie zum Essen ausführen, Aideen einen Urlaub auf den Kanaren finanzieren und sich mit Lia in ihrer Wohnung einschließen. Stattdessen ging ihm die eine Frau aus dem Weg, während Lauren bei seinen Terminen lächelte, aber sobald die Tür hinter ihnen zufiel, rannte sie zu ihrem Laptop. Um die Zeit, die sie mit ihm vertrödelte, wieder rauszuarbeiten.

»Mein Wagen streikt«, sagte Flynn. »Kannst du uns abholen?«

»Die würden mich alle teeren und federn, wenn ich euch hängen lasse und allein auf der Premiere auftauche«, erwiderte Lia. »Am Ende verlegen die Veranstalter die Party in euer Haus.«

»Das fehlt mir noch. Außerdem wäre Aideens Appartement passender.«

»Die könnte eine gigantische Miete verlangen«, sinnierte Lia.

»Und eine Menge neuer Kunden gewinnen.«

Lia lachte. »Kann eine Domina Burnout bekommen?«

Er spürte, wie sich seine Mundwinkel hoben. Lauren biss sich auf die Innenseite der Wange, verschränkte die Arme vor der Brust und tippte mit dem Fuß auf.

»Also kommst du?«, fragte Flynn.

»Ja«, sagte Lia sanft. »Gebt mir zehn Minuten.«

Sie legte auf, Flynn steckte das Handy weg und lehnte sich gegen den Wagen. Lauren hörte auf, ungeduldig mit dem Fuß zu scharren, und schmiegte sich an ihn. Sie griff nach Flynns Hand und strich mit dem Daumen über seinen Ehering. Die Lippen presste sie so fest aufeinander, dass sie weiß wurden.

»Also kommt sie?«, fragte Lauren.

»Ja.«

»Ich bin gespannt, wie sie ist.«

Lia warf das Telefon in ihre Handtasche, die auf dem Beifahrersitz herumrutschte, und legte an der nächsten Kreuzung eine Kehrtwende ein. Die Tasche polterte in den Fußraum, die Reifen quietschten und Lia schoss neben einem Motorradfahrer in die richtige Spur. Sie war nur zehn Minuten vom Curzon Mayfair Cinema entfernt, aber jetzt rauschte sie in die entgegengesetzte Richtung. Sie hielt sich knapp über der Geschwindigkeitsbegrenzung und gab bei jeder geraden Strecke Vollgas. Ihr kleiner Polo kämpfte unter ihren gedanklichen Anfeuerungen und selbst der Porschefahrer, an dem sie konzentriert vorbeizog, schaute nicht schlecht aus der Wäsche.

Eine halbe Stunde später hielt sie vor dem rotgeklinkerten Haus in Cobham und neben Flynns Wagen.

Lia ließ das Fenster herunter. »Taxi. Alles einsteigen, bitte.«

Sie konnte nicht sagen, was sie mehr störte. Das nervöse Flattern in ihrem Bauch oder die Eifersucht, die sie durchfuhr, als sie sah, dass Flynns Ehefrau dessen Hand fest in ihrer hielt.

Flynn öffnete ihr die Tür zur Rückbank, half Lauren beim Einsteigen und wartete, bis sie ihren Rock in den Wagen sortiert hatte. Die beiden waren der Inbegriff übelkeiterregend harmonischer Kleinstadtfamilien, die ständig auf Werbeschildern abgedruckt wurden. Schlimmer noch: Sie passten zusammen. Lauren wirkte nicht wie eine verbitterte Karrierekämpferin, der man die Entbehrungen an jeder Linie im Gesicht ablesen konnte. Ihre schwarze Haarpracht war anbetungswürdig. Kein Härchen des Bobs fiel in die falsche Richtung. Die mitternachtsblaue Abendrobe stand ihr ausgezeichnet. Sie sah aus wie eine Königin und unwillkürlich kam sich Lia in ihrem roten Satinkleid, das sie in einem Geschäft für Highschool-Bälle gekauft hatte, schäbig vor.

»Guten Abend.« Lauren lehnte sich in den Sitz und Flynn schlug die Tür zu.

»Hi«, sagte Lia und warf einen Blick in den Rückspiegel.

Laurens Gesichtszüge verhärteten sich. Mist. Lia kannte die Blicke eifersüchtiger Frauen. Von wegen sie vertraute Flynn! Ha!

Dieser holte gerade Lias Tasche aus dem Fußraum, setzte sich auf den Beifahrersitz und lächelte sie an. »Hi.«

»Bitte schnallen Sie sich an«, flachste Lia. »Klappen Sie die Tische hoch. Die Fahrt in die Hölle beginnt genau jetzt.«

Ihr Innerstes seufzte unter Flynns Grinsen. Zum Glück umklammerten Lias Hände fest das Lenkrad, sonst würde sie über seine Wange streichen. Stattdessen richtete Lia den Blick nach vorn, startete den Motor und konzentrierte sich allein auf die Fahrt.

»Hübsches Kleid«, sagte Flynn.

»Du siehst aus, als würdest du zu einer Konfirmation gehen«, hielt Lia dagegen.

»Bei Anzügen gibt es nicht viel Auswahlmöglichkeiten.«

»Du könntest im Kilt kommen.«

»Meine Waden sind nicht schön.«

»Quatsch, deine Waden sind ...« Lia biss sich auf die Lippe. Herrgott, sie konnte kaum zugeben, dass seine Waden perfekt waren. Genauso wie der Rest von ihm. Flynns Ehefrau sah zwar auf ihr Handy, aber vielleicht googelte die auch gerade nach einem Serienkiller.

Lia wollte hier raus. Das war schlimmer, als sie es sich vorgestellt hatte, selbst wenn sie versuchte, die Situation durch betonte Fröhlichkeit aufzulockern, loderten auf dem Rücksitz die Flammen der Verachtung. Unwillkürlich drückte sie aufs Gas.

»Wollen Sie uns umbringen?«, schimpfte es von der Rückbank.

»Dann würde ich nicht dem Verlauf der Straße folgen«, fauchte Lia zurück.

»Vertrau ihr«, sagte Flynn und sah nach hinten.

Lia warf einen flüchtigen Blick in den Rückspiegel. So makellos war Laurens Haut dann doch nicht. Auf ihrer Stirn bildete sich eine steile Zornesfalte.

»Von einer Tracht Prügel kann man noch lange nicht auf die Fähigkeit, ein Auto zu fahren, schließen.«

»Da hat sie recht«, steuerte Lia bei. Herrgott! Warum konnte sie nicht die Klappe halten? Flynn war wesentlich klüger. Er schwieg und sah aus dem Fenster.

Die drückende Stille brachte sie schier um den Verstand. Lia schaltete das Radio ein, drehte es allerdings leise. Irgendetwas hatte Flynns Ehefrau an sich, sodass sie sich einfach nicht traute, die Musik lauter werden zu lassen.

Lia dankte allen Göttern, als sie endlich vor dem Kino ankamen. Sie hielt direkt vor dem Eingang, stieg aus und reichte einem Angestellten die Wagenschlüssel.

Flynn half seiner Frau beim Aussteigen. Lauren drückte sich für einen Moment an ihn, lächelte ihn an und am liebsten wäre Lia davongerannt, bevor sie Gefahr lief, sich zu übergeben. Laurens Augen funkelten verliebt, strahlten ihren Mann an und provozierten in Lia einen kaum unterdrückbaren Würgereiz. Sie wollte schreien, heulen und lachen zugleich. Wo war Aideen, wenn man sie brauchte? Sie sollte schon längst hier sein! Aber Lia konnte sie nirgends entdecken.

Auf dem roten Teppich, kurz vor dem Kinoeingang, stand Arthur mit seiner Frau und grinste künstlich. An den Absperrungen drängten sich kreischende Girlies, eingekeilt zwischen Securitypersonal und Journalisten.

Fotoblitze wechselten sich im Sekundentakt ab und blendeten Lia. Verdammt, sie musste an der Meute vorbei, um ins Kino zu gelangen. Musste sie warten, bis Flynn und seine Frau über den roten Teppich geschritten waren? Um ihnen ja keine Aufmerksamkeit wegzunehmen oder gar wieder irgendwelche dämlichen Gerüchte anzuheizen? Oder sollte sie den beiden hinterherschleichen?

Lias Auto wurde weggefahren. Mist. Wie peinlich könnten die Schlagzeilen werden, wenn sie sich jetzt einfach umdrehte und nach Eiscreme kreischend wegrannte?

»Worauf wartest du?«, fragte Flynn. Das Ehepaar war schon ein paar Schritte gegangen und Flynn drehte sich zu Lia um. Die beiden hielten Händchen, oder vielmehr klammerte sich das Weibsstück an ihn.

Flynn ging die wenigen Schritte wieder zurück und natürlich löste sich Lauren nicht von ihm!

»Geht es dir gut?«, erkundigte er sich besorgt.

»Ich war noch nie auf einer Premiere«, gestand Lia.

»Es ist nicht schlimm. Komm.« Flynn streckte ihr seinen freien Arm hin, sogar Lauren nickte ihr zu. Gerade hatte Flynns Frau sie noch gehasst, jetzt lächelte sie Lia herzlich an. Da hatten sich zwei Bühnendarsteller gefunden.

Lia schluckte und hakte sich bei ihm ein. Sein Geruch umspielte ihre Nase, herb und männlich. Ein bisschen roch er nach Pommes.

»Hast du vorher schon was gegessen?«, rutschte ihr heraus.

Flynn sah irritiert zu ihr herunter, bevor er nickte. »Fish and Chips.«

Ein Stich fuhr in Lias Herz. Fish and Chips. Sie erinnerte sich an den Hafen, mal wieder. Wie oft hatte sie in den letzten Wochen daran gedacht? Dreihundertmillionen Mal? Flynn zog sie mit sich und sie folgte seiner Führung. Zu dritt schritten sie über den Teppich. Blitzlichtgewitter war nicht nur ein geflügelter Begriff. Er war bittere Realität. Konnten die ihren verfluchten Blitz nicht ausschalten? Sie sah kaum etwas. Weiße Funken tanzten vor ihren Augen.

»Sag mir, wenn du genug hast«, hörte sie Flynn zu seiner Frau sagen.

»Kein Problem«, sagte diese übertrieben gütig. »Manchmal muss es sein und dann sollte man die Aufmerksamkeit auch genießen.«

Das betonte Verständnis brachte Lia fast zum Kotzen. Lauren wollte die Gerüchte zerstreuen, das war alles! Aber das hatte sie doch schon längst geschafft! Seit Wochen gab es keine Schlagzeile mehr, in der ihr und Flynns Name gleichzeitig genannt wurde. Ihr Mann gehörte ihr! Er war der treueste Kerl auf diesem verschissenen Planeten. In den

Nachrichten war sein Tonfall genauso neutral gewesen wie vor dem Wochenende. Nichts, absolut nichts, deutete daraufhin, ob er sich noch erinnerte, warum das Wochenende vorzeitig geendet hatte. Weil sie der Versuchung fast nicht widerstanden hätten. Aber wahrscheinlich war es nur das Ergebnis der erzwungenen Nähe gewesen und ein künstlich heraufbeschworenes Gefühl. Verdammte Hölle. Sie wünschte sich weit weg. Sie wollte ins Bett, die Decke über den Kopf ziehen und nie wieder aufstehen müssen. Lia merkte, dass sie schon lange nicht mehr lächelte und doch wollte das verdammte Blitzlichtgewitter kein Ende nehmen. Tränen traten ihr in die Augen und sie blinzelte sie mühsam weg.

Flynn zog sie weiter und sie stolperte gegen ihn. Vor der Bande sah sie einen Mann auf dem Boden hocken. »Was machte er da?«

»Uns sagen, wann wir stehen bleiben und weitergehen sollen.«

Klang nach keiner üblen Jobbeschreibung. Wenn sie ihr blödes Buch nicht fertig bekam, konnte sie sich vielleicht hier bewerben? Dann bestand wenigstens die Möglichkeit, Flynn regelmäßig zu sehen. Wie er lächelte, sich zu seiner Frau beugte und ihr etwas ins Ohr flüsterte. Und wie sie sein Lächeln erwiderte und ihm über die Wange strich. Wenn sie sich jetzt noch küssten, würde sie auf diesen verflixten Teppich kotzen! Aber Lia zwang ihre Lippen zu einem dämlichen Lächeln auseinander. Sie konnte kaum grimmig neben dem ach so verliebten Ehepaar stehen.

»Hör auf, wie Joker zu grinsen«, raunte ihr Flynn zu.

»Was?«

»Lächle entspannt.«

»Ich bin keine Schauspielerin.«

Flynn lachte leise und wandte sein grinsendes Gesicht den Kameras zu. »Aber du hast ein hübsches Lächeln. Also zeig es.«

Haha, sehr witzig. Wie sollte sie lächeln, wenn sie sich absolut unwohl fühlte? Wenn sie an dem Arm eines Mannes hing, den sie nicht haben konnte und nach dem sich ihr blödes Herz verzehrte. Der so verdammt glücklich mit seiner Frau wirkte!

»Stell dir vor, wie ich mit sechzehn Jahren und mit Eisbeulen am Hintern die Stufen des High Court runtergerannt bin«, schlug Flynn vor.

»War es kalt?«

»Es war im Januar.«

Lia stand der Mund offen. »Du hast im Januar draußen jemanden geknattert?«

»Dann noch mal im Juli. Es gab zwar keine Schmach auszubügeln, aber ich wollte beweisen, dass meine Performance draußen besser ist, wenn meine Hoden nicht gerade zu Eiswürfeln gefrieren.«

Normalerweise hätte sie laut gelacht, aber selbst jetzt konnte er stolz auf sich sein. Sie fühlte sich zwar innerlich leer wie eine kürzlich entleerte Biomülltonne, dennoch lächelte sie.

Flynn schob sie ein Stück voran, zu dem nächsten knienden Angestellten, der ihnen die Handfläche entgegenhielt. Erst ein paar Minuten später winkte er sie weiter. Minuten, die ihr wie Ewigkeiten vorkamen. Sie lächelte und brav wie sie war, verdrehte sie nicht die Augen, als Lauren ihrem Mann einen innigen Kuss gab. Mit Zunge! Es nur aus dem Augenwinkel zu sehen, machte es nicht besser.

Endlich erreichten sie den Eingang des Kinos und betraten die hell erleuchtete Halle. Hier gab es zwar ebenso

Journalisten, aber sie schoben sich dezent durch das Gedränge und machten nur ab und zu ein Foto.

»Lia«, rief es hinter ihr und Lia wirbelte herum. Aideen winkte ihr vom Ende des Raumes zu. Eilig löste sich Lia von Flynn, lief auf ihre beste Freundin zu und warf sich ihr in die Arme.

»Mein Gott, Lia«, hauchte Aideen. »Ich glaube, ich höre dein Herz brechen.«

DAS EHEPAAR BROOKS UND LIA CARSEN LÄCHELN ALLE GERÜCHTE WEG

Ihr Reporter Jonah Simmons berichtet live von der ›Jack's Black‹-Premiere: ›Viele haben sich gefragt, ob Lia Carsen und Flynn Brooks gemeinsam zur Premiere erscheinen. Nun, was soll ich sagen? Sie taten es tatsächlich. An Brooks Seite seine Ehefrau. Wirklich hübsch, muss ich sagen. Aber nicht ganz so hübsch wie meine Verlobte. Sorry, der musste sein. Jedenfalls zeigte sich das Ehepaar Brooks wie frischverliebt. Vielleicht haben sogar die Gerüchte die Liebe wieder neu entfacht? Konkurrenz belebt schließlich das Geschäft, wenn Sie verstehen ... Lia Carsen wirkte neben dem turtelnden Pärchen wie das dritte Rad am Tandem, allerdings sollte man das nicht überbewerten. Es existiert kaum ein vorteilhaftes Foto von ihr. Manche Menschen sind für die Kamera nicht geschaffen. Eines kann man jedoch nicht leugnen – alle drei verstanden sich prächtig. Eine Freundschaft, die hollywoodwürdig ist.‹

Konnte man auf eine beste Freundin eifersüchtig werden? Warum warf sich Lia nicht *ihm* so in die Arme?

»Flynn?«

Laurens Stimme klang wie durch Nebel zu ihm und nur mühsam vermochte Flynn es, seinen Blick von Lia auf Lauren zu zwingen.

»Was?«, fragte er.

»Willst du etwas trinken?«

Und wie er das wollte. Er hasste Premieren. Er verabscheute nichts mehr, als sich selbst auf der Leinwand sehen zu müssen. Lauren wusste das. Vielleicht fragte sie deswegen nicht, warum er sich an der Bar in Windeseile vier Whiskeys runterkippte. Sie schwieg, trank ihren Wein und als das Zeichen erklang, ergriff sie seine Hand und wollte ihn zum Kinosaal ziehen.

»Geh allein«, bat er sie. »Ich will es nicht sehen.«

Es interessierte ihn nicht, was Arthur aus der letzten Szene gemacht hatte. Ob er Lias Part komplett herausgeschnitten oder ob er Marcellas statt ihrem Gesicht eingefügt hatte. Außerdem hasste er es, sich selbst auf der Leinwand sehen zu müssen. Dann fiel ihm auf, was er lieber anders gemacht hätte, und die alten Selbstzweifel kochten hoch. Er ließ Lauren allein gehen und blieb in der leeren Eingangshalle zurück, sah zu, wie die Kellner die Gläser abräumten, und setzte sich auf einen Hocker an der Wand.

Immerhin erklangen aus dem Zuschauerraum keine Buh-Rufe. Das war doch gut, oder?

Ohne sich sonderlich zu rühren, wartete Flynn. Er versuchte, nicht an Lia zu denken, und doch verirrten sich seine Gedanken immer wieder zu ihr. Dann sprangen sie zu Lauren und das schlechte Gewissen brachte ihn fast um. Das hatte sie nicht verdient. Seit Wochen widmete sie ihm jede freie Minute und doch wünschte er sich nichts mehr, als in Ruhe gelassen zu werden.

Zwei Stunden lang quälten ihn diese Gedanken, dann erst öffneten sich die Türen wieder. Die Gäste strömten hinaus und er mischte sich schnell unter sie. So merkte hoffentlich niemand, dass er nicht dabei gewesen war. Flynn suchte seine Frau und fand sie ausgerechnet bei Lia und Aideen.

Laurens blaue Augen strahlten kalt wie Eisgletscher und sie wirkte in sich gekehrt. Trotzdem berührte Aideen sie am Arm.

»Wie hat es Ihnen gefallen? Ich fand es prächtig. Sollten jetzt alle Frauen Lust darauf kommen, ihren Männern den Hintern zu versohlen, werde ich schon bald arbeitslos sein.«

»Aideen ist professionelle Domina«, ergänzte Lia.

»Eine Domina?«, fragte Lauren sichtlich verblüfft.

Grundgütiger, das konnte nur schiefgehen.

Doch Aideen ahnte nichts von der Gefahr, die sie heraufbeschwor. »Ja«, lächelte sie versonnen. »Ich konnte mein Hobby zum Beruf machen.«

»Sie praktizieren Sex mit Männern, und womöglich auch Frauen, die sie fesseln, schlagen, demütigen, in Käfige sperren, von denen Sie sich die Füße küssen lassen und die Sie als Herrin betiteln? Das nennen Sie Ihr Hobby und Ihren Beruf?«, schnaubte Lauren.

Lia sah zwischen Lauren und Aideen hin und her. Es war wie ein Unfall, man konnte nicht wegsehen. Flynn gelang es ebenso wenig und seine Lust, sich einzumischen, rangierte im Minusbereich.

»Das ist das, was der Laie darunter versteht«, erwiderte Aideen. »Natürlich gibt es sehr viel mehr Möglichkeiten, dieses Spiel auszureizen. Je nachdem, welche Vorstellungen und Wünsche die Beteiligten haben. Die Grenzen werden vorher abgesprochen, alles andere wäre verantwortungslos.«

»Worauf sind Sie eigentlich stolz?«, fauchte Lauren. »Sie erniedrigen Männer, um sich selbst besser zu fühlen, und kassieren dafür Geld. Das ist kein Beruf. Womöglich treiben Sie sich auch auf diesen Partys herum, die nach der ersten halben Anstandsstunde in eine regelrechte Orgie ausarten, auf denen Viagra verteilt wird und auf denen junge Mädchen gegen ihren Willen zu sexuellen Handlungen gezwungen werden. Das Gefühl der Macht über das Wohl eines solchen Mädchens ist doch sicherlich berauschend, habe ich nicht recht? Und anstatt diese Dinge konsequent abzulehnen, drehen Sie den Spieß einfach um und nutzen das mangelnde Selbstbewusstsein und den gestörten Sinn für Erotik mancher Männer aus, um sie zu Ihrem Vergnügen tanzen zu lassen und ihnen das hart verdiente Geld aus der Tasche zu ziehen!«

Lia stieß Aideen hart in die Seite, aber die holte gerade Luft. »Ich dominiere Männer, damit sie ihre geheimen oder auch offenen sexuellen Wünsche ausleben können. Mitunter, weil sie keine Partnerin oder keinen Partner haben oder diese einfach nicht in der Lage sind, ihre Bedürfnisse zu stillen. Vielleicht sollten Sie Ihren Mann mal fragen!«

Och nö, bitte nicht. Flynn drehte sich um, wollte flüchten, aber da holte ihn Laurens Stimme schon ein. »Flynn!«

Resigniert hob Flynn den Blick zur Decke, wandte sich wieder den Frauen zu und trat näher. »Was?«

»Findest du sexuelle Erfüllung darin, vor einer Frau auf den Knien herumzurutschen und die Verantwortung für dein Leben abzugeben?«, zischte Lauren.

Aideen schob die sich sträubende Lia in die Mitte und stemmte die Arme in die Seiten. »Falsche Fragestellung! Hast du die Auszeit genossen? Die Möglichkeit, mal aus deiner Rolle als liebender Ehemann und Familienversorger auszubrechen und nichts anderes als ein Mann zu sein und dich fallen zu lassen?«

»Äh …«, machte Flynn. »Haltet mich aus eurem Streit raus.«

»Du *bist* der Streit«, fauchte Lauren.

Aideen lachte zynisch auf. »Dann müssten Sie nicht mit mir streiten, Schätzchen, sondern mit *ihr*.« Sie zeigte auf Lia, die unwillkürlich die Schultern hochzog.

»Ich hab überhaupt nichts gemacht!«

»Sie hat ihm nur einen Raum voller Geborgenheit und Freiheit gegeben«, rief Aideen. »Etwas, das *Sie* nicht hinbekommen!«

»*Nichts gemacht?*«, blaffte Lauren. »Du hast Flynns Besessenheit ausgenutzt, seine Unsicherheit, diesen grauenhaften Film nicht hinzubekommen. Du hast ihn zu einem gesamten Wochenende gezwungen, an dem du ihn mit unbekannten Verlockungen in die Falle tappen lässt. Natürlich musste er sich verlieben. Ich bin nicht blind, aber er ist naiv. Und ich wette, wenn dein neues Buch herauskommt, wirst du die Geschichte an die Boulevardpresse verkaufen!«

Wie bitte? Lauren hielt ihn für bescheuert, manipulierbar und auch noch gutgläubig? Fassungslos starrte Flynn seine Frau an. »So denkst du?«

Im Augenwinkel sah er den verflixten Jonah Simmons, der sich in ihre Richtung pirschte, den Skandal witternd. Er winkte Lia zu, die ihm den Mittelfinger zeigte. Ein winziger Augenblick, in dem Flynn sich ablenken ließ, und den Lauren nutzte, um ihn am Arm zu packen.

»Wir gehen jetzt«, befahl sie.

»Reiß dich zusammen. Es gibt keinen Grund, sich so aufzuführen«, blaffte Flynn.

Lauren packte seine Krawatte und zerrte ihn hinter sich her. Grundgütiger. Wenn sie ihn umbringen wollte, war sie auf dem richtigen Weg.

»Lauren«, knurrte er.

»Hör auf zu jammern«, keifte sie und schob ihn in einen Gang, den Weg zur Hintertür. »So willst du doch behandelt werden!«

»Was?«

»Soll ich dir noch eine Ohrfeige geben? Ich bin sicher, ich kann es lernen, dich ohne jeglichen Respekt zu behandeln.«

»Den hast du schon vor Jahren vor mir verloren«, donnerte Flynn.

»Ich respektiere dich«, beharrte Lauren.

»Aber liebst du mich?«, fragte Flynn. »Hast du mich vermisst, als du in Brüssel warst? Wenn du allein nachts in deinem Hotelbett gelegen hast? Hast du an mich gedacht?« Es war ihm völlig egal, dass er immer lauter wurde. Sollten sie es alle hören. Sie strickten doch aus allem eine Story. Sie konnten für ihn auch schon mal die Scheidung beantragen! »Warum hast du mich zu Lia gehen lassen? Hast du gehofft, dass ich mich verliebe?«

Lauren erbleichte. Ihre Unterlippe zitterte. Manche kämen jetzt zu dem Trugschluss, sie stünde am Ufer der Tränen, Flynn kannte sie inzwischen besser. Sie war stinksauer.

»Also liebst du das kleine Ding.«

»Sie ist kein kleines Ding«, blaffte Flynn.

»Sie ist fünfzehn Jahre jünger als du! Was denkst du, was du ihr auf Dauer geben kannst? Wie stellst du dir das vor?«

»Ich stelle mir nicht das Geringste vor«, knurrte Flynn. »Übrigens ist sie nur *elf* Jahre jünger.«

»Oh«, rief Lauren aus. »Dann hat sie vier Jahre weniger, um das Vermögen zu verprassen, das du ihr eines Tages hinterlassen wirst!«

Was? Elf Jahre waren nichts. Er war schließlich keine Siebzig! »Sie ist nicht geldgierig.«

Lauren kniff die Augen zusammen. »Oh, sicher nicht. Sie ist auch keine Frau, die aus ihrem Leben etwas machen will.

Sie kann es ganz dir widmen. Damit du dich nicht mehr vernachlässigt und ungeliebt fühlst!«

»Du hast den Sinn einer Ehe immer noch nicht verstanden«, fauchte Flynn.

»Oh, *ich* verstehe ihn«, knurrte Lauren. »Wir gehen schon lange nicht mehr in die gleiche Richtung.«

»Ha«, rief Flynn. »Du meinst, in *deine* Richtung.«

»Tut mir leid, dass ich noch ein anderes Lebensziel habe, als ständig bei dir zu hocken!«

»Das habe ich ebenfalls. Aber da wäre immer genügend Zeit, mich *auf* ihn zu hocken und in den Sonnenuntergang zu reiten.«

Diese Worte kamen nicht von Flynn. Auch nicht von Lauren, sondern von Lia. Sie stand plötzlich neben ihnen. Die Arme vor der Brust verschränkt, starrte sie Lauren trotzig an.

»Dann wird es dir nichts ausmachen, ihm einen Platz zum Schlafen zu geben. Denn bei mir braucht er nicht mehr auftauchen«, fauchte Lauren.

Was? Moment! Ehe Flynn die Bedeutung ihrer Worte klar wurde, wirbelte sie herum, warf Lia noch einen wütenden Blick zu und verschwand in der Menge.

Flynn starrte ihr fassungslos hinterher. Das war ein Albtraum, oder? Sein Status konnte sich doch unmöglich innerhalb weniger Minuten von ›verheiratet‹ zu ›rausgeworfen‹ ändern!

»Flynn, es tut mir leid«, hörte er Lias Stimme.

Wie betäubt drehte er ihr das Gesicht zu. Sie streichelte seinen Arm, dann über Flynns Wange.

»Träume ich?«

Sie schüttelte den Kopf. »Nein, leider nicht.«

Warum kam es ihm dann so surreal vor? Die Musik dröhnte laut aus den Boxen und doch war es, als würde sie hinter dichtem Nebel spielen. Er spürte Lias Berührungen, dann aber auch wieder nicht.

»Hier«, sagte Aideen und hielt ihm ein Glas Bourbon hin. Er kippte es ohne Zögern in seine Kehle.

»Äh«, entfuhr es Aideen und streckte ihm *ihr* Glas hin. Auch das trank er in einem Zug. Der Alkohol zog sich scharf durch seine Kehle, brannte in seinen Eingeweiden und wärmte sie. Der Albtraum fühlte sich nicht im Geringsten realistischer an.

Lauren hatte ihn gerade verlassen. Das hatte sie doch getan, oder?

Das war kein simpler Streit und wenn es einer war, dann war sich Flynn nicht einmal sicher, ob er ihn beenden wollte. Aber ... Wo sollte er jetzt hin? In ein Hotel? Irgendwohin, wo er Ruhe hatte. Er musste dringend nachdenken. Vielleicht wachte er ja auf dem Weg dorthin auf und stellte fest, dass es alles nur ein Traum war?

»Flynn!« Lia legte ihm die Hände auf die Wangen und sah ihm in die Augen. »Sag irgendwas.«

»Irgendwas.«

Lia runzelte die Stirn. »Was?«

Flynn wehrte ihre Hände ab und drehte sich zu der Tür um, drückte sich dagegen und atmete tief ein, als ihn die frische Luft umfing. Es stank nach Mülltonne, aber das passte zu seinem Leben. Er hatte keinen Song, der sein Leben beschrieb, sondern einen Geruch.

HARMONIE REICHT GERADE MAL BIS FILMENDE

Live von der ›Jack's Black‹-Premiere: Flynn Brooks Ehefrau und Lia Carsen führen heiße Diskussionen. Ihr Reporter Jonah Simmons bleibt für Sie dran!

Aideen versetzte Lia einen Schubs. »Hinterher!«

»Vielleicht will er seine Ruhe.« An Flynns Stelle wäre sie mit Sicherheit lieber allein.

»Will er nicht!«, fauchte Aideen. »Er wurde gerade verlassen. Das tut weh und ist erst später befreiend. Du bist schuld an dem Schlamassel, also sorg dafür, dass er nicht ins Bodenlose fällt.«

»*Ich* bin schuld?«, protestierte Lia. »Wer musste denn mit seiner Frau unbedingt über die Grundsätze von BDSM diskutieren?«

Aideen verdrehte die Augen und hob die Augenbrauen so hoch, dass sie beinahe ihren Haaransatz überholten. Schon gut, schon gut. Sie hatte ja recht.

Lia drückte gerade die Klinke der Tür zum Hinterhof hinunter, als der verfluchte Reporter mit seinen wehenden blonden Haaren heranstürmte.

Eilig ließ sie die Tür wieder zufallen und rammte sich prompt die Nase an dem Diktiergerät, das ihr Simmons ins Gesicht hielt. »Au!«

»Tut mir leid.«

Ja, klar, so wie der grinste, tat es ihm nicht im Geringsten leid!

»Flynn und Lauren Brooks gehen ab jetzt getrennte Wege?«, fragte Jonah.

»Wie kommen Sie darauf?«, hielt Lia dagegen und befühlte ihre schmerzende Nase. Gut, genauso gut könnte man auch leugnen, dass ein Mann mit orangenem Haar US-Präsident war, aber …

»Lauren Brooks ist nach draußen gestürmt und hat sich ein Taxi genommen«, sagte Jonah.

»Sie hat das Bügeleisen angelassen«, mischte sich Aideen ein.

Allerdings ließ sich der Reporter nicht beirren. Unverwandt starrte er Lia an. »Dann sind Sie jetzt mit Flynn zusammen?«

»Nein!«, rief Lia aus. Herrgott, sie wünschte, es wäre so, aber diesem Kerl würde sie es als Letztes erzählen!

»Die beiden haben sich also nicht getrennt?«

»Sie hatten eine Meinungsverschiedenheit«, fauchte Lia. »Ob sie Flynns neuen Oscar in die Vitrine im Wohn- oder im Schlafzimmer stellen.«

»Sie wissen, wie Flynn Brooks Schlafzimmer aussieht? Möchten Sie unseren Lesern mehr darüber erzählen?«

»Ihre Leser können gleich live einen Mord mithören«, fauchte Lia und sprang nach vorn.

Simmons ließ das Diktiergerät fallen und Lia trat darauf, rein versehentlich natürlich.

»Ist es wahr, dass Sie früher in einem Verein geboxt haben?«, schrillte Simmons und suchte Zuflucht hinter einer Palme.

»Das werden Sie gleich herausfinden!« Lia hatte ihn gerade schön eingekesselt, da packte Aideen sie am Arm.

»Du wolltest Luft schnappen gehen«, sagte ihre Freundin eindringlich. Sie umklammerte Lias Arm so fest, dass er taub wurde. »Ich kümmere mich um den süßen Kerl.«

Aideen zwinkerte ihr zu und zupfte an ihrem Blazer. Der Stoff schwang zur Seite und gab den Blick auf ein Paar Daumenschellen frei, die an ihrem Gürtel hingen. Was zum Teufel wollte sie ihr sagen? Moment!

»Oh!«, hauchte Lia, grinste und zwinkernd löste Aideen ihren Griff. Lia lächelte immer noch, als sie sich dem Journalisten zuwandte. »Ich werde jetzt ein wenig an die frische Luft gehen«, sagte sie. Ihr sanfter Tonfall machte Simmons nervös. Schweißperlen glänzten auf seiner Oberlippe und sein Blick huschte zwischen ihr und Aideen hin und her. »Aideen ist eine Domina«, verkündete Lia. »Sie haben mich doch vor ein paar Tagen um ein detaillierteres Interview zu dem Thema gebeten. Aideen wird Ihnen mit Freude alles zeigen, was Sie wissen müssen.«

»Sehr gern und so ausführlich wie ich kann«, schnurrte Aideen. Sie schritt zu Simmons, packte den armen Kerl am Kragen, bevor er sich im Topf der Palme selbst einpflanzen konnte und zerrte ihn in die Mitte des Raumes.

»Meine Damen und Herren, passend zum Thema des heutigen Abends hat sich dieser mutige Mann hier dazu bereiterklärt, mich bei einer Spanking-Vorführung zu unterstützen.«

Simmons wurde aschfahl. Ob Aideen irgendwo eine Gerte versteckt hatte? Sie zerrte dem Reporter die Hose herunter und fesselte seine Hände mit den Daumenschellen auf den Rücken. Während der Kerl noch zeterte und sie beschimpfte, drückte sie seinen Oberkörper über die Lehne einer Sitzbank und holte mit der flachen Hand aus. Das Publikum kicherte, ein paar raunten mitleidig, die Konkurrenz der anderen Klatschzeitungen fotografierte Simmons den grauen Star in die Bindehaut und Simmons brüllte vor Wut. Erst recht, als Aideen ihm den zweiten

Hieb versetzte. Ha, mit der nackten Handfläche versohlt zu werden zwickte manchmal mehr als eine Peitsche. Lia meinte ja immer noch, Flynns Hand auf ihrem Hintern zu spüren.

Herrje, ... Flynn. Lia hastete zur Hintertür, stemmte sich dagegen und stolperte in den Hof. Zuerst sah sie nur Mülltonnen und endlich erspähte sie Flynn. Er saß auf einer Bank, den Kopf auf der Lehne abgelegt, rauchte und sah in den Himmel.

Leise setzte sich Lia neben ihn. »Ich hätte mich nicht einmischen dürfen.«

»Stimmt. Das hättest du nicht«, sagte er müde, zog an der Zigarette und stieß den Rauch aus. Sein Gesicht wirkte in dem fahlen Licht der winzigen Neonlampe über ihnen zerfurcht. Kein Schimmer mehr von der jungenhaften Unbeschwertheit.

Lias Herz wurde schwer. Sie hatte seiner Ehe den Todesstoß versetzt. Warum hatte sie nicht einfach gewartet, bis die beiden sich versöhnten oder trennten? Aber sie hatte es nicht ertragen können, wie Lauren Flynn angefahren hatte. Das Verlangen, ihn zu beschützten, war größer gewesen als die Vernunft.

»Es tut mir leid«, hauchte sie. »Hätte ich den Mund gehalten, hätte sie sich nicht von dir getrennt.«

»Könnte sein.« Flynn zog erneut an dem Glimmstängel. »Oder wir wären zusammen nach Hause gefahren. Aber was hätte es genützt? Nichts. Es wäre ewig so weitergegangen. Lauren wäre nicht frei, in ihrer Karriere zu tun, was sie will, ohne einen nörgelnden Ehemann zu Hause zu haben, und ich wäre zwar verheiratet, hätte aber keine Frau.«

Er blies den Rauch in den Himmel und sah ihm hinterher.

»Also bin ich nicht schuld?«, fragte sie hoffnungsvoll.

»Doch, du bist schuld«, schnaubte Flynn. »Du wirst in der Hölle schmoren. Genau wie ich. Dann kann ich dir zusehen, wie du mit dem Teufel Schach spielst.«

Entgegen ihrem Willen entlockte er ihr ein kleines Lächeln. Aber Flynn grinste nicht. Er starrte nur geradeaus.

»Vielleicht könnt ihr eure Ehe retten«, sagte Lia leise. Jedes Wort versetzte ihr einen Stich. »Ihr könntet darüber reden oder Dates festlegen. Ich habe gelesen, das sei eine gute Strategie.« Ja, andere redeten der Liebe ihres Lebens bestimmt auch ein, sie sollen gefälligst ihre kaputte Ehe retten. War sie bescheuert? Und trotzdem konnte sie nicht die Klappe halten. »Ihr könnt doch ...«

Flynn setzte sich auf, beugte sich zu ihr und küsste sie. Urplötzlich schlüpfte eine Armada Raupen in Lias Bauch, verwandelte sich in tausende Schmetterlinge, die nichts Besseres zu tun hatten, als in ihrem Bauch hektisch hin und her zu schwirren und immer wieder gegen ihre Magenwände zu stoßen. Verdutzt vergaß Lia, seinen Kuss zu erwidern. Er küsste sie heftiger, sie spürte seine Verzweiflung und endlich dachte sie daran, die Arme um Flynns Nacken zu schlingen. Lia zog ihn noch näher an sich, strich sanft über seinen Hals und erwiderte die Berührung seiner Lippen voller Sehnsucht. Ohne nachzudenken, schwang sie sich über seinen Schoss und umfasste sein Gesicht. Immer wieder küsste sie ihn fordernd, wanderte mit den Lippen Flynns Hals entlang und zupfte sein Hemd aus der Hose. Ein kurzes Blitzen ließ sie irritiert innehalten, aber als Flynn sie erneut küsste, vergaß sie es wieder. Viel lieber rieb sie sich auf seinem Schoß.

Flynn stöhnte. »Lia.«

Sie öffnete seine Hose, zog die Unterhose herunter und streichelte ihn. Flynn keuchte, schob ihr Kleid hoch und fuhr über ihre Oberschenkel bis zwischen ihre Beine.

Für einen Augenblick stoppte er, seine Finger berührten sacht ihr Allerheiligstes. »Du trägst keine Unterwäsche.«

»Vielleicht besitze ich keine«, gab sie frech zurück.

»Als du über meinem Knie lagst, hattest du welche an.«

»Dann ist es das einzige Stück und in der Wäsche.«

Flynn zog die Träger des Kleides von ihren Schultern und schob den Stoff nach unten. Zart ließ er seine Zunge über ihre Brustwarze gleiten und löste damit ein beharrliches Ziehen in ihrer Mitte aus. Sie sprang beinahe von seinem Schoß, als er sie dort endlich streichelte. Erneut küsste sie ihn, neckte mit ihrer Mitte seine Spitze und schob sich über ihn.

Sie keuchte, Flynn knurrte.

Seine Lippen wanderten über ihren Hals, kitzelten sie mit kleinen Bissen. Lia bewegte sich auf ihm, ließ ihr Becken kreisen und genoss seine ausfüllende Pracht. Erst langsam, dann immer schneller taumelten sie der Ekstase entgegen. Stöhnend wand sich Lia auf ihm, ihre Bewegungen wurden wilder, ungestümer und als Flynn auch noch seinen Finger auf ihrer Perle kreisen ließ, war es um sie geschehen. Wogen heißer Lust schossen durch ihren Körper, feuerten sie zu einem wilden Ritt an und schwanden schließlich in Erlösung.

Atemlos lehnte Lia ihre Stirn an seine.

»Entschuldige«, sagte er leise.

Verdutzt sah sie auf. »Warum?«

»Neben Mülltonnen Sex zu haben zählt nicht unbedingt unter die Kategorie ›romantisches erstes Mal‹.«

»Immerhin muss ich nicht mit dir nackt vor den Bobbies flüchten«, stichelte Lia.

Sanft strich sie ihm über die Wange, und folgte der Linie seiner Lippen. Er sah immer noch müde und traurig aus, obwohl er schief lächelte. Ob er es bereute? Vor kaum einer Viertelstunde hatte sich seine Frau von ihm getrennt und schon saß eine andere halbnackt auf seinem Schoß. Die Klatschpresse wäre entzückt und Flynn der Inbegriff des Weiberhelden.

»Kommst du mit zu mir?«, fragte Lia leise. »In mein Bett passen wir locker zusammen rein, auch wenn die Wohnung nicht so groß ist wie die von Aideen.«

»Sofern nicht jemand die Tür zugeklebt hat.«

Lia lächelte, küsste ihn erneut, bevor sie von ihm herunterrutschte und ihr Kleid zurechtrückte. Flynn zog die Hose hoch, aber er gab sich nur wenig Mühe, den durchgevögelten Eindruck loszuwerden.

Das Hemd hing nachlässig heraus, bis Lia es ihm in den Bund stopfte und seine vorher sorgfältig frisierten Haare erinnerten eher an die Begegnung mit einem Hurrikan, als an die mit einem Kamm. Hier konnte Lia mit ihren Fingern nur wenig zurechtrücken, auch wenn sie sich alle Mühe gab.

»Lass nur.« Flynn wich zurück, doch bevor sie enttäuscht sein konnte, ergriff er ihre Hand. Sie überquerten den Hinterhof und landeten in einer der Seitenstraßen des Kinos. Wie Kriminelle auf der Flucht stahlen sie sich zu dem Parkplatz, baten den Einparker um die Schlüssel und eilten zu Lias Wagen.

Lias Magen fühlte sich an, als wäre eine Schmetterlingsfarm darin eingezogen. Der Wind wehte nicht nur ihre Haare durcheinander, sondern auch ihre Gedanken. Sie wirbelten herum und mochten sich kaum sortieren. Es erschien ihr alles surreal, als wäre es nur ein Traum. Einer, der sie verdammt glücklich machte.

Erklärte ihm bitte jemand, was hier passierte? Das ging ihm alles zu schnell. Aber wie trennte man sich auch langsam? Geduld war ohnehin nicht Laurens Stärke. Sie verlor nie unnötige Zeit. Bekam Flynn morgen schon den Scheidungsantrag zugestellt? Konnte er vorher noch einmal mit ihr sprechen? Wollte er das überhaupt?

Flynn hatte über zehn Jahre mit ihr verbracht, knapp ein Drittel seines Lebens. Das sollte jetzt alles vorbei sein? Einfach so?

Und keine zehn Minuten später liebten er und Lia sich auf einer klapprigen Bank neben Mülltonnen? Das passte nicht. Der nahtlose Übergang brachte sein schlechtes Gewissen zum Pöbeln. Es kam ihm vor, als hätte er Lauren betrogen. Und Lia. Sie verdiente eindeutig etwas Besseres, als nur der Lückenbüßer zu sein. Nicht, dass er sie als solchen betrachtete. Er mochte sie. Er mochte sie sehr. Sonst wäre es niemals zu diesem Eklat gekommen. Und es brauchte nur ein Lächeln von ihr und sein Bauch kribbelte.

Sie strich über Flynns Oberschenkel, während sie den Wagen durch die Straßen Londons lenkte. In der Ferne sah er den Big Ben und das Riesenrad. Die Lichter lenkten ihn ab und doch drehten sich seine Gedanken unaufhörlich im Kreis. Immer wieder spulte sich der Abend vor Flynns innerem Auge ab. Lauren, ihr Streit mit Aideen, dann der Streit mit ihm, Lia und der Sex.

War die Trennung eine Kurzschlussreaktion oder trug sich Lauren schon eine Weile mit dem Gedanken? War sie genauso feige wie er gewesen und es hatte nur genügend Wut gebraucht? Hatte er sie verletzt? Oder war es geschundener Stolz? War sie wirklich eifersüchtig?

Und was war mit Lia? Warum hatte sie sich plötzlich eingemischt und so die Eskalation eingeleitet? Oder hatte sie überhaupt etwas eingeleitet?

Stechender Schmerz fuhr durch seinen Kopf. Fuck. Entweder dachte er zu viel nach oder er hatte zu viel getrunken. Die Lichter der Autos, der Straßenlaternen und in den Fenstern der Häuser sah er nur verschwommen. Er fühlte sich benebelt und zugleich so klar wie selten zuvor. Er wünschte sich nichts mehr, als noch mehr trinken zu können, irgendwann einzuschlafen und erst wieder aufzuwachen, wenn die Welt wieder vernünftig geworden war. Wenn ... ja, wenn was? Wenn Lauren ihn zurücknahm?

Flynn presste die Hand gegen seine Stirn. Was wollte er eigentlich?

Lia parkte vor der Wohnung, sie stiegen aus und während sie die Treppen nach oben stiegen, ließ sie seine Hand nicht ein einziges Mal los. Sie schloss auf, zog ihn in die Wohnung und küsste ihn erneut. Ein Seufzen entfuhr ihm. Lia zu küssen war besser als nachzudenken. Ihre Berührungen, ihre Zärtlichkeiten ließen ihn zur Ruhe kommen.

Flynn tastete nach dem Reißverschluss ihres Kleides und zog ihn nach unten. Es fiel zu Boden, entblößte ihren nackten Körper. Er packte sie an den Schenkeln und hob sie hoch. »Wo ist das Schlafzimmer?«

Lia zeigte grinsend auf eine Tür, Flynn stieß sie auf und ... landete in der Küche.

»Ups«, kicherte Lia. Sie streichelte über seinen Nacken. »Ich hab mich in der Tür geirrt.«

Flynn küsste sie hart, visierte die nächste Tür an und diesmal war er richtig. Er wankte in den Raum hinein, stieß gegen ein Bett und ließ sich mit ihr darauf sinken.

Lia landete auf Flynns Schoß, rieb sich an der Beule in seiner Hose, bis er stöhnte. Er wollte sie spüren. Sofort. Er strich über ihre Oberschenkel, fuhr zwischen ihre Beine und wollte sie reizen, bis sie ihm endlich die verdammte Hose vom Leib riss, aber sie griff nach seiner Hand.

»Halt still.«

Flynn hielt inne. Ohne den Blick von seinen Augen zu lösen, öffnete Lia quälend langsam, Knopf für Knopf, sein Hemd und streichelte es von seinen Schultern. Die Krawatte in der Hand, kletterte sie von ihm herunter und kniete sich hinter ihn. Er ahnte, was kam. Sie drückte Flynns Hände hinter seinen Rücken und band sie zusammen.

»Was denn?«, spottete Flynn heiser. »Keine Handschellen?«

»Die hebe ich mir für später auf«, raunte Lia und ließ ihre Zunge über seinen Hals gleiten.

Sie drückte ihn auf das Bett, zerrte ihm die Hose herunter und küsste seinen Bauch. Quälend langsam arbeitete sie sich Millimeter für Millimeter nach unten und umkreiste seinen Nabel.

Flynn seufzte und drückte sich ihr entgegen. Jede ihrer Berührungen jagte ihm einen Schauer durch den Leib. Endlich konnte er die Bilder aus seinem Kopf verbannen. Ihre Küsse landeten auf seinem Bauch, den Oberschenkeln, seiner Hüfte. Mehr als einmal biss sie ihn sacht, aber Herrgott! Sie kümmerte sich um jeden Zentimeter seines Körpers, aber nicht um seine empfindlichste Stelle! Nur hin und wieder streiften ihre Finger oder ihre Wange seinen Schaft. Wollte sie ihn mit einem Hirnschlag umbringen? Sein Herz raste, er keuchte und drückte sich ihren Küssen entgegen. Lia drückte mit ihren Beinen seine eigenen zusammen, ließ nicht zu, dass er zwang, ihn endlich dort zu küssen, wo er doch schon schier barst.

Endlich leckte sie über seine Eichel und er schnappte nach Luft. Ihre Lippen wanderten an seinem Schaft entlang, immer wieder aufs Neue, variierten in der Intensität und schufen so ein wahres Feuerwerk der Reize. Ein langgezogenes Stöhnen entrang sich seiner Kehle. Er glaubte, kaum noch atmen zu können, als sich ihre Lippen fest um ihn schlossen und an ihm saugten. Geschickt ließ sie ihre Zunge um ihn kreisen, stupste ihn an, bis sein Stöhnen unbändiger wurde.

Mit den Nägeln strich Lia über die Innenseiten seiner Oberschenkel, kraulte seine Hoden oder wanderte spielerisch in Richtung seines Hinterns. Dabei hörte sie nicht auf, ihre Lippen rhythmisch an ihm entlang gleiten zu lassen und dann den gleichen Weg wieder zurückzunehmen. Wann immer er versuchte, sich ihr entgegenzustrecken, entzog sie ihm die Gunst ihrer Lippen und küsste sich stoisch über seinen Oberschenkel oder seinen Bauch, strafte ihn für seine Eigenmächtigkeit mit Liebesentzug.

Das war kein Sex, das war ein verdammter Mordanschlag!

Mit einem frechen Grinsen beugte sich Lia über ihn, küsste ihn auf die Lippen und er versetzte ihr mit der Schulter einen Stoß. Mit einem leisen Aufschrei kippte sie zur Seite.

»Nicht brav«, kicherte sie.

Diesmal beugte sich Flynn über sie. Er brauchte seine Hände nicht, um sich an ihr zu rächen.

Innig küsste er sie auf ihre Perle.

Sie keuchte und ihr entfuhr ein kleiner Aufschrei. »Schon gut, du hast gewonnen!«

Bereitwillig öffnete Lia ihre Schenkel, empfing seine Pracht und er meinte, schier zu bersten. Herrliche Enge umschloss ihn, ihre Muskeln krampften sich um ihn, forderten Flynn heraus. Gierig versenkte er sich in ihr, immer wieder. Rasende Erregung bündelte sich in ihm, schuf einen nicht abreißenden Strom hinreißender Empfindungen, die ihn völlig mit sich rissen. Pulsierend zog sie sich eng um ihn zusammen, hielt Flynn gefangen, bis sich die Anspannung in einem Knall löste. Der Höhepunkt umfing ihn wie eine Tsunamiwelle.

»Heilige Scheiße«, hörte er Lias Stöhnen wie durch einen Nebel.

Die Begierde und die Anspannung schwanden, zurück blieb nichts als reine Entspannung.

Flynn ließ sich neben Lia auf die Matratze fallen. »Du bist die einzige Frau, die mit einem ›heilige Scheiße‹ kommt.«

»Hab ich das gesagt?«, fragte Lia atemlos.

»Eher gebrüllt.« Er drehte ihr den Rücken zu. Lia löste die Krawatte, warf sie vom Bett und kuschelte sich an ihn.

»Hat es dich gestört?«

»Keineswegs«, sagte Flynn sanft und legte den Arm fest um sie. »Du kannst mit jedem Fluch kommen, der dir gefällt.«

PREMIERE MIT VIELEN ÜBERRASCHUNGEN!

Ein ungewöhnlicher Film verlangt eine ungewöhnliche Premiere. Das schienen sich nicht nur die Veranstalter, sondern auch der Hauptdarsteller gedacht zu haben. Den Gästen des Abends konnte nicht langweilig werden.

Eine waschechte Domina zeigte vor den Gästen ihre Künste. Unser mutiger Reporter Jonah Simmons stellte sich als Übungsobjekt zur Verfügung. ›So verprügelt wurde ich zuletzt auf dem Schulhof‹, weiß er zu sagen. ›Vergesst es. Ich schreib über diese Frau keine Story! Nicht mal in tausend Schildkrötenpanzer eingewickelt!‹

Da kann man schon mal fast vergessen, dass Flynn Brooks an diesem Abend ebenfalls für Schlagzeilen sorgte. Lauren Brooks verließ die Premiere nach einem lautstarken Ehekrach ohne ihren Mann. Aber machen Sie sich nicht zu viele Hoffnungen, Ladys. Der Platz auf Flynn Brooks Schoß ist trotzdem besetzt. Von Lia Carsen. Auf Seite 5 finden Sie weitere Fotos des neuen Promi-Pärchens – und von der selbstlosen Einlage unseres Reporters Jonah Simmons! Ein paar Anregungen, wie ihm seine Verlobte die Hochzeitsnacht versüßen kann!

Das Horn eines Krankenwagens weckte Lia. Sie rieb sich die Nasenwurzel, vertrieb den leichten Schmerz hinter ihrer Stirn. Die Sirene wurde leiser und sie streckte sich. Der Himmel war wolkenverhangen, die Wolken dunkel und die ersten Tropfen landeten auf den Fensterscheiben. Der perfekte Tag, um im Bett zu bleiben. Aber etwas fehlte. Lia tastete über das Kissen neben sich und drehte sich auf die Seite. Die andere Seite des Bettes war leer. Nanu. Wo war Flynn? Auf der Toilette? In der Küche?

Lia wickelte sich in die Bettdecke und tapste auf leisen Sohlen in den Flur. Sie sah in der Küche nach, in der Stube, im Badezimmer, sogar im Abstellraum! Sie fand nicht eine Spur von ihm. Nicht mal eine Socke!

»Dieser Mistkerl!«, fluchte sie. Der Bastard war abgehauen! Gnade ihm Gott, wenn er nicht nur Kaffee, Eier und Bohnen für das Frühstück besorgte! Sie presste die Hand auf ihre schmerzende Stirn. Ihr Nacken war völlig verspannt und ihre Augen brannten. Elender Mist! Sie zwang sich zum Durchatmen. Erst brauchte sie Kaffee, dann konnte sie ausrasten.

Lia tappte in die Küche, füllte Wasser in die Wasch- äh Kaffeemaschine und stutzte. Neben der Dose für das Kaffeepulver lag ein Zettel.

›Bitte verzeih.‹

Bitte was? Dieser elende Mistkerl. Der Blitz sollte ihn beim Masturbieren unter der Dusche treffen! Oder noch besser, dieser verdammte Reporter sollte ihn dabei erwischen und das Foto auf das Titelblatt der Times bringen! Was genau sollte sie Flynn verzeihen? Dass er abhaute? Dass er sie neben Mülltonnen knatterte, eine Nacht in ihrem Bett schnorrte und dann … ja, was dann? War er zu seiner Frau zurückgegangen? Bettelte er sie in diesem Moment auf Knien um Vergebung an? Ach nein, das mochte Lauren ja nicht. Also machte er es eben im Stehen! Beteuerte er ihr, dass alles nur ein verschissener Irrtum gewesen war? Oder suchte er sich lieber ein neues Haus, ein neues Leben und später auch eine neue Freundin?

Wutentbrannt zerknüllte Lia den Zettel, pfefferte ihn zu Boden und stampfte darauf herum. Dann warf sie ihn in die Toilette und drückte die Spülung. Dieser verfluchte Mistkerl sollte sich zum Teufel scheren! Wie konnte sie nur so unfassbar dumm sein und glauben, sie bedeutete ihm etwas?

Tränen der Wut und der Enttäuschung brannten in ihren Augen und sie wischte sie grob fort. Es gab keinen Grund zum Heulen. Kein Grund für Selbstmitleid. Das alles war ihre eigene Schuld!

Flynn saß in der Küche seines besten Freundes und massierte sich die Stirn. In der letzten Nacht musste ein verdammter Zwerg in Flynns Kopf eingezogen sein und jetzt klopfte er im Sekundentakt gegen die Innenseite seines Schädels!

Dylan hielt ihm sein iPad unter die Nase. Flynn zierte mit heruntergelassener Hose und Lia auf seinem Schoß das Foto auf der Titelseite des Onlinemagazins NPDL. Oder NLPD? Ach, wusste der Teufel, wie das verfluchte Blatt hieß. Dylan klickte und sprang auf die Website der Times. Das gleiche verdammte Foto und eine ähnliche Überschrift!

Hervorragend. Sie teilten ihr erstes gemeinsames Mal mit der Öffentlichkeit. Das war also der Blitz gestern Abend gewesen, ein verdammter Fotograf. Warum nur war Flynn nicht einfach Kleinstadtanwalt geworden? Die Langeweile war tausendmal besser als das hier!

Flynn riss Dylan das iPad aus der Hand und sprang zurück zu der Seite des LDNP. Er klickte für mehr Informationen auf den Artikel und wurde mit einem Foto belohnt, das zur Abwechslung nicht ihn und Lia zeigte, sondern Aideen und Simmons.

Anscheinend war es Aideen nach Flynns Verschwinden gelungen, den armen Kerl dazu zu überreden, seine Hose auszuziehen. Die schlackerte nämlich um die Knöchel des Journalisten, der mit entsetztem Blick und offenem Mund den Betrachter anstarrte. Hinter ihm erhob Aideen die Hand.

Dylan schüttelte den Kopf. »Junge, Junge, kaum lässt man dich einmal aus den Augen, bist du so gut wie geschieden und knutschst mit der Autorin eines SM-Romans rum. Ich war gerade mal drei Monate im Urlaub und du stellst dein Leben völlig auf den Kopf.«

Seufzend schob Flynn das iPad zur Seite. Je weniger er diesen Schwachsinn las, umso besser für seine Nerven. »Du machst zu viel Urlaub.«

»Das war der Urlaub der letzten drei Jahre!«

»Hättest du noch ein Jahr darauf verzichtet, hättest du alles live mitbekommen.«

Dylan kratzte sich den Bart. »Am Ende hätte Lauren nur behauptet, ich wäre an allem Schuld und hätte dich zu diesem Unsinn angestiftet. Im besten Falle hätte sie mir nur die Krallen durchs Gesicht gezogen. Sie mochte mich nie.« Dylans Lippen verzogen sich zu einem Grinsen und er legte Flynn die Hand auf die Schulter. »Die Trennung von ihr ist die beste Entscheidung deines Lebens. Eure Ehe existierte kaum. Sich mit ihr auszusprechen, könnte trotzdem nicht schaden. Sofern sie überhaupt noch mit dir redet, wenn sie das gelesen hat.«

»Vielleicht hat sie sich selbst mit jemanden getröstet«, seufzte Flynn. »Nur ist Lauren so clever, sich nicht erwischen zu lassen.«

»Sie bringt bestimmt jeden Reporter heimlich um, der sie bei irgendwas erwischt«, gluckste Dylan. »Ich hatte immer ein wenig Schiss vor ihr. Anwälte kennen die besten Killer.«

»Sie kennt keine Killer.« Flynn verdrehte die Augen. Autsch. Der Zwerg in seinem Kopf hämmerte noch stärker gegen seinen Schädel.

»Und jetzt zu Lia«, verkündete Dylan. »Hast du mit ihr geschlafen?«

»Ja, gestern«, stöhnte Flynn. »Und ich habe das Dümmste getan, was ich hätte tun können. Ich bin heute früh gegangen.«

Verblüfft riss Dylan den Mund auf, starrte ihn an und lachte. »Ausgerechnet *du* stiehlst dich nach einer heißen Nacht mit einer Sexgeschichtenautorin davon. Junge, Junge, wenn das der Beginn deines Single-Lebens ist, kannst du bald bessere Storys erzählen als ich.«

Toll. Hervorragende Aussichten. Flynn interessierte sich keinen Deut für lose Affären oder One-Night-Stands. Das war früher nicht sein Ding gewesen, warum sollte er heute damit anfangen? Am Ende geriet er an eine Frau, die ihn heimlich nackt fotografierte, die Fotos oder gleich ihre gesamte Lovestory an die Presse weiterverkaufte. Und natürlich seine Fähigkeiten als Liebhaber auswertete. Das hielt man nur mit verdammt viel Alkohol aus.

»Warum bist du abgehauen?«, fragte Dylan.

»Lauren und ich sind noch nicht einmal richtig getrennt und schon bin ich bei Lia. Wo bleibt da der Sinn?« Flynn schenkte sich Kaffee ein und rührte Zucker in die tiefschwarze Brühe.

»Du warst jahrelang mit Lauren verheiratet und hättest genauso gut auch Single sein können. Oder tot. Jetzt bist du wenigstens offiziell vogelfrei.« Dylan grinste frech. »Und vögelbar. Und Lia war die Erste in der Reihe.«

»Du verstehst das nicht.« Flynn verstand es ja selbst nicht.

Dylan stand auf und holte eine Flasche Scotch und zwei Gläser. Er ließ die bernsteinfarbene Flüssigkeit in die Gläser laufen. »Nein, mein Freund, du verstehst nicht, dass deine Trennung von Lauren der letzte offizielle Schritt ist. Inoffiziell lebt ihr bereits seit Jahren getrennt. Ihr habt nach und nach eure Beziehung zu Grabe getragen. Lauren, indem sie sich immer stärker von dir entfernte und begann, ihr eigenes Ding durchzuziehen und du, indem du es zugelassen hast. Gestern habt ihr lediglich das Datum auf der Sterbeurkunde eingesetzt. Lia hingegen ist der erste Schritt in eine neue Zukunft. Keiner weiß, was daraus wird, aber versuchen kannst du es. Oder auch nicht. Es ist deine Entscheidung. Darauf trinken wir jetzt.« Er drückte Flynn das Glas in die Hand, stieß sein eigenes dagegen und kippte den Inhalt hinunter, ebenso wie Flynn. Grundgütiger. Scotch am Vormittag war das Widerlichste, das einem frischgetrennten Menschen passieren konnte.

»Und was jetzt?«, seufzte Flynn.

»Was du willst.« Dylan zuckte die Schultern. »Genieße das Singleleben oder steh dazu, dass Lia mehr ist als eine nette Bettnummer. Dann solltest du eine gute Begründung für dein Abhauen haben. Die meisten Frauen reagieren darauf sehr unentspannt.«

Wenn einer das wusste, dann Dylan. Es war ein Wunder, dass Flynn nicht heute Morgen von einer halbnackten, frisch durchgevögelten Frau die Tür geöffnet wurde. Aber wahrscheinlich hatte sich Dylan im Urlaub ausgetobt.

Sein Freund überließ Flynn das Gästezimmer und verschwand zu einem Kundentermin.

»Heute Abend lassen wir uns richtig volllaufen«, versprach Dylan, bevor die Tür hinter ihm zufiel.

Eine Aussicht, die Flynn nicht sonderlich aufmunterte. Alkohol sagte ihm auch nicht, was er wollte. Oder wen. Unwillkürlich wünschte er sich, die Dreharbeiten wären nicht vorbei. Dann könnte er sich mit Arbeit ablenken. Lauren steckte mit Sicherheit schon wieder bis zur Nasenspitze in wichtigen, komplizierten Papieren. Flynns Arbeitsplan sah hingegen für heute ein lausiges Interview von maximal zwei Stunden vor. Was sollte er den Rest des Tages machen? In der leeren Wohnung hielt er es jedenfalls nicht aus. Also war seine einzige Alternative, die Zeit bis zu seinem Termin mit einem Spaziergang zu überbrücken.

Seufzend zog sich Flynn seine Jacke an und trat aus der Wohnung. Die Stufen knarrten, als er sie nach unten stieg, und draußen umfing ihn feuchte Luft. Der Regen hatte aufgehört, aber die Tropfen glänzten noch auf den Autos, den Mülleimern und färbten Asphalt und Steine dunkel.

Flynn schlug den Weg zum Central Park ein und keine zwanzig Minuten später ging er unter dem dichten Astwerk der Bäume entlang. Regentropfen fielen von den Blättern. Es waren nur wenige Passanten unterwegs. Lediglich ein paar Jogger drehten ihre Runden auf den breiten Wegen.

Flynn setzte sich auf eine Bank und streckte die Beine aus. Ob er Lia schreiben sollte? Oder Lauren anrufen? Vielleicht war beides eine gute Idee und doch konnte er sich nicht aufraffen, sein Handy hervorzuziehen. Er fühlte sich einfach nur unglaublich müde.

Ein Obdachloser mit weißen, zerzausten Haaren schlurfte den Weg entlang und schleifte seine Plastiktüten hinter sich her. Schnaufend erreichte er Flynns Bank und ließ sich mit einem Ächzen darauf nieder.

»Wenn man ein warmes Bett zum Schlafen und was zwischen die Kiemen hat, gibt's kein Grund, so niedergeschlagen auszusehen«, brummte der Alte missmutig. »Gutsituierte Jugend. Sehen überall Probleme, wo keine sind.«

Blinzelnd sah Flynn auf und sein Blick fiel auf die klapprige Gestalt. »Da haben Sie wohl recht.« Nur half ihm das nicht sonderlich weiter. Er würde gerade lieber über sein Abendessen nachdenken, aber er hatte nicht mal Hunger. Der Scotch schlug ihm auf den Magen. Wenn man schon Luxusprobleme hatte, dann richtig.

»Natürlich habe ich das«, erwiderte der Landstreicher mürrisch.

Flynn stand auf, drückte dem Obdachlosen die Scheine in die Hand, die er in seiner Manteltasche fand, und verabschiedete sich mit einem höflichen Nicken.

Verflucht, in dieser verdammten Stadt konnte man noch nicht mal ungestört deprimiert im Park herumsitzen. Er wusste selbst, dass andere Menschen wesentlich existenziellere Probleme hatten, aber deswegen wurde Flynns Misere nicht kleiner.

Als wäre seine Seele nicht schon traurig genug, setzte feiner Nieselregen ein. Egal, in welche Richtung sich Flynn drehte, der Wind blies ihm die feinen Regentropfen wie Nadelstiche ins Gesicht. Flynn fühlte sich gemobbt. Von Amor und vom Wetter.

Er zog die Schultern hoch und starrte stur auf seinen Weg, bis er das Hotel erreichte, in dem er das Interview geben sollte. Flynn betrat die Lobby und wurde von einem jungen Mann mit zerzausten braunen Haaren empfangen.

»Hi, Mr Brooks. Ich bin Ben. Bitte hier entlang.«

Flynn folgte Bens Aufforderung und wurde in einen Konferenzraum geführt. Auf dem schweren Holztisch lagen Pinsel, Puder, Farben, Flaschen und Gels. Eine Stylistin bat Flynn, sich in einen Stuhl zu setzen, und übertünchte eine Viertelstunde lang Flynns Augenringe mit Farbe, bevor sie über die sechzig Schichten Puder stäubte. Ein Blick in den Spiegel ließ ihn innerlich seufzen. Mochte er innerlich tot sein, äußerlich sah er nach zehn Tagen Mittelmeerurlaub aus.

Der Wuschelkopf, der ihn hierher gelotst hatte, führte ihn zu einem Stuhl. Eingekesselt zwischen Reflektoren und Lampen folgte Flynn den Aufforderungen des Fotografen. Mal setzte er sich breitbeinig hin, dann wieder nach links gewandt ... Während Flynn grinste, langweilte er sich zu Tode, vor allem gingen seine Gedanken immer wieder ihre eigenen Wege. Sie verirrten sich zu Lia. Ob sie verstand, warum er abgehauen war? Sie hatte ihm keine Nachricht geschickt. Sie hatte ihn nicht mal angerufen, um ihn anzubrüllen. Vielleicht wachte sie auch gern allein auf.

Herrgott, er wurde noch wahnsinnig, aber Ablenkung nahte. Sie platzte in Form von Jonah Simmons in den umfunktionierten Konferenzraum. Er erstarrte, als er Flynn sah. Die Hand noch immer auf der Klinke der Tür gelegt, lugte er um diese herum und sah sogar unter den Tisch. »Sie ... äh ...«, stotterte Simmons. »Miss Carsen begleitet Sie nicht, oder? Und vor allem nicht deren Freundin?«

Flynn runzelte die Stirn. »Meinen Sie Aideen?«

Simmons wurde erst weiß wie die Schirme der Deckenlampen, bevor ihm das Blut mit einem Mal ins Gesicht schoss. »Dieser Frau will ich in meinem ganzen Leben nie wieder begegnen!«

»Schön«, sagte Flynn. Was interessierte ihn das? Er hatte weder die eine noch die andere Furie im Handgepäck.

Simmons sah sich misstrauisch um, fuhr sich durch die Haare und zog sich einen Hocker heran. Sich ununterbrochen räuspernd ließ er sich darauf nieder und verzog schmerzerfüllt das Gesicht. Was hatte er denn? Man könnte meinen, er hätte den Hintern vollbekommen ... Halt! Natürlich! Es fiel Flynn wie Schuppen von den Augen. Der Zeitungsartikel! Simmons hatte Aideen als Vorführungsobjekt gedient.

Simmons rutschte auf seinem Stuhl herum, stöhnte ein wenig und rieb sich die Kehrseite.

Flynn hob die Augenbrauen. »Ein Andenken von Aideen?«

»Mindestens fünfzehn«, murrte Simmons. »Diese Frau ist eine Gefahr für die Allgemeinheit.«

»Ist Ihre Verlobte nicht eifersüchtig?«, fragte Flynn.

»Sie hat gelacht«, murrte Simmons.

»Dann sollt-«

»Hören Sie«, donnerte Simmons und deutete mit dem Finger auf Flynn. »Dieses Spiel mache ich nicht noch mal mit. *Sie* werden jetzt *mir* Fragen beantworten und *Sie* werden keine Zeit schinden, in dem Sie *mich* aushorchen, verstanden, Mister?«

Flynn hob abwehrend die Hände. »Schon gut«, gab er nach. »Heute ist auch ein offizieller Termin.«

»Wehe, Sie hauen wieder heimlich ab«, knurrte Simmons.

Flynn konnte nicht anders. Simmons Schmolllippe ließ ihn laut lachen. »Wenn Sie jetzt noch ordentliche Fragen stellen, könnten Sie zu meinem Lieblingsreporter avancieren.«

»Und ob ich die stellen werde«, murrte Simmons. »Verlassen Sie sich drauf. Ich weiß jetzt auch, wie man jemanden ankettet.«

Verdammt schade, dass Flynn die Aufführung mit Simmons in der Hilfsrolle verpasst hatte. Flynn gab sich wirklich Mühe. Er biss sich auf die Lippen und versuchte, das Glucksen in seinem Inneren zu unterdrücken. Simmons Blick wurde herausfordernder, er schaltete das Diktiergerät ein und fixierte Flynn.

»Ich freue mich, dass Sie hier sind, Mister Brooks«, behauptete er. »Der Film ›Jack's Black‹ wird von den Kritikern verrissen. Darf ich zitieren ›Machtwerk künstlich aufgegeilter Werbestrategien. Sex sells. Gut, in dem Fall verkauft auch Flynn Brooks. Aber er hätte seine Zeit wirklich besser verbringen können.‹ Was sagen Sie dazu?«

»Wird der Begriff ›Gesichtsausdruck eines bekifften Waschbären‹ erwähnt?«, fragte Flynn.

»Nein.«

»Dann bin ich zufrieden. Schlussendlich ist wichtig, wie der Film bei Kinobesuchern ankommt.«

»Was hat denn Ihre Frau zu dem Film gesagt?«, fragte Simmons und ein hinterlistiger Ausdruck schlich in seine Augen.

»Sie hat auch nichts von einem bekifften Waschbären erwähnt.«

»Hat sie eine Trennung erwähnt?«, stichelte Simmons.

Flynn verkniff sich mit Mühe ein Augenverdrehen. »Hat sie.«

Simmons riss die Augen auf, ein begeistertes Grinsen legte sich auf sein Gesicht.

»Simmons«, sagte Flynn.

»Ja.«

»Könnten Sie mir ein Wasser geben?« Flynn deutete auf den Kasten Wasserflaschen, der neben Simmons auf dem Boden stand. Der Reporter beugte sich zur Seite, verlagerte das Gewicht und zischte leise vor Schmerz. »Fuck.« Aber er schaffte es, eine der Flaschen zu angeln und Flynn zu reichen. Dieser lächelte den Reporter unschuldig an. »Ich brauche doch kein Wasser, stellen Sie die Flasche bitte zurück.«

Simmons zuckte tatsächlich zur Seite, als wollte er sich erneut nach unten beugen. Er fluchte schmerzerfüllt und endlich fiel der Groschen.

»Sehr witzig«, murrte er. Der Reporter richtete sich wieder auf und starrte Flynn an. »Ich habe schon Verbrecher und Mörder interviewt. Ein paar mochten mich und erweisen mir bestimmt einen Gefallen.«

»Morddrohungen sind strafbar.«

Simmons räusperte sich, holte tief Luft und schloss die Augen. »Weiter im Text«, beschloss er und hob die Lider. »Wie lange waren Sie noch mal verheiratet?«

»Zwölf Jahre.«

»Wie kommt es, dass man sich nach einer solch langen gemeinsamen Zeit plötzlich trennt?«

»Keine Trennung kommt urplötzlich.«

»Und Lia Carsen«, sagte Simmons gedehnt und beugte sich nach vorn. »Sie hat ja das Drehbuch zu Jack's Black geschrieben ...« Er verstummte für einen Moment. »Haben Sie ... Ich meine ... Ist es so, dass ...?«

»Was?«

»Na ja ... Sie haben nicht eine ähnliche Aufführung mit Miss Carsen gehabt, wie ich mit dieser verflu-, äh, sehr interessanten Freundin?«

Flynn hob die Augenbraue und starrte Simmons undurchdringlich an. »Sie sinken gerade auf meiner Beliebtheitsskala.«

»Ich bekomme es ja doch raus«, behauptete Simmons.

»Soll ich Aideen anrufen?«, fragte Flynn lieblich.

Simmons zuckte zurück, setzte sich aufrecht und verschränkte die Arme vor der Brust. »Schön, dann eben anders. Lieben Sie Miss Carsen? Oder ist sie nur eine Zwischen- ... äh ... -affäre?«

»Sie ist keine Zwischennummer«, blaffte Flynn. Gott bewahre ihn – Lia war viel mehr als das. Und es wurde Zeit, dass er ihr genau das sagte! Nicht über diesen verfluchten Reporter, sondern von Angesicht zu Angesicht. Im besten Falle hatte sie noch den Kissenabdruck im Gesicht und überhaupt nicht gemerkt, dass er weg war. Vielleicht, wenn er sich beeilte – es war erst kurz nach zwölf. Wenn sie heute länger als gewöhnlich schlief ...

Flynn sprang auf und griff nach seinem Mantel. »Bitte entschuldigen Sie mich. Ich habe einen dringenden Termin.«

»*Ich* bin der dringende Termin! Unsere Zeit ist noch nicht um!«, brüllte Simmons, aber Flynn ließ sich nicht beirren.

Mit langen Schritten durchquerte er den Konferenzraum, wich der Visagistin aus, die gerade die Tür öffnete und hechtete in die Lobby. Er zerrte sein Telefon aus der Jackentasche und öffnete WhatsApp. Doch als er den Chat mit Lia anklickte, wurde ihm flau im Magen. Sie war vor einer halben Stunde online gewesen. Verdammt, sie war schon wach. Gut, dann fiel das heimliche Zurückschleichen in ihr Bett aus. Aber er hatte noch eine andere Idee.

Flynn winkte sich ein Taxi heran und ließ sich zum nächsten Waffengeschäft fahren. Bevor es jemand mit der

Angst zu tun bekam: Er kaufte keine Waffe, sondern lediglich ein Paar Handschellen. Wenn er etwas von seinen Internetrecherchen gelernt hatte, dann die Tatsache, dass Sexshops nur die billigen Flauschedinger verkauften, bei deren Anblick ein gestandener SMler nur fragte, wo jetzt die Pointe wäre. Wollte man Qualität, ging man zu dem Waffenhändler seines Vertrauens. Dessen Grinsen nach zu urteilen, wusste der Ladeninhaber nur zu gut, weswegen sich harmlos aussehende Typen in sein Geschäft verirrten und mit erstaunlicher Zielsicherheit stabile Handschellen verlangten.

»Das sollte für Ihre Zwecke ausreichen. Damit läuft keine Lady davon«, brummte der Hüne mit einem verschmitzten Augenzwinkern und nahm zufrieden Flynns Kreditkarte entgegen. Wenn er der wüsste, dass nicht die Lady diese Teile tragen sollte.

Mit dem Beutel kehrte Flynn zu dem Taxi zurück und gab dem Fahrer Lias Adresse. Sein Herz klopfte schmerzhaft. Schneller, mal langsamer, dafür fester. Er verkrampfte seine Hände um die Tüte. Herrgott, war er nervös.

Dem Taxifahrer gab er zu viel Trinkgeld, doch er hatte keine Muse, die richtigen Scheine herauszusuchen. Flynn sprang aus dem Wagen, stemmte sich gegen die Haustür und dem Himmel sei Dank – sie war wieder mal nicht geschlossen.

Eilig stieg er die Stufen hinauf, nahm die Handschellen aus der Tüte und steckte sie sich in die Manteltasche. Atemlos erreichte er Lias Wohnungstür und drückte die Klingel. Lange, sehr lange, so lange bis Lia mit einem entnervten Blick die Tür aufriss. Wortlos maß sie ihn von oben bis unten und ihre Miene machte einer Gewitterfront alle Ehre.

»Hast du was vergessen?«

Flynns Herz schlug höher. Wenn sie über seinen Abgang wütend war, dann war er ihr nicht egal.

»Ja«, erwiderte Flynn. »Dich.«

Die Gewitterfront wich einem Stirnrunzeln. »Aha.«

Dieses Gespräch war eindeutig kein Selbstläufer. Lia verschränkte die Arme vor der Brust und trat von einem Bein aufs andere.

»Lia, ich war ein Idiot.«

»Erzähl mir was Neues«, murrte Lia.

Verflucht, das hatte er sich einfacher vorgestellt. In Lias Augen sah er nicht ein Fitzelchen von der Wärme, die sie sonst für ihn übriggehabt hatte. Sie sah nicht einmal verletzt aus, sondern unsagbar genervt.

»Ich weiß nicht, wie ich es dir sagen soll ...«, begann er.

»Dann komm wieder, wenn du es weißt«, fauchte Lia und wollte ihm die Tür vor der Nase zuschlagen, doch Flynn war schneller. Er drückte gegen das Holz und stand einen Moment später in ihrem kleinen Flur. Mit angriffslustig vorgestrecktem Kinn sah Lia zu ihm auf.

»Ich habe mich in dich verliebt!« Endlich, es war raus! Allerdings änderte sich nicht das Geringste in Lias Blick. Jetzt knirschte sie sogar mit den Zähnen.

»Aha!«

»Ist das alles, was du zu sagen hast?« Er streckte die Hand aus, wollte ihr über die Wange streichen, aber Lia schlug sie weg.

»Du läufst doch morgen eh wieder davon!«

»Das wird nicht passieren, aber vielleicht ist dir das eine Sicherheit.« Flynn hob seinen linken Arm und präsentierte die Handschelle, deren zweite Manschette ungenutzt herunterbaumelte. »Kette mich fest, wo du willst, damit genau das nicht passiert.«

»Was ist mit Lauren?«

»Diese Ehe ist schon lange dahin.«

Es war das erste Mal, dass er es selbst laut aussprach. Es fühlte sich seltsam an, aber wen wollte er noch belügen? Selbst der Paartherapeut, den sie eine Zeit lang besucht hatten, hatte irgendwann aufgehört, Optimismus zu versprühen und etwas von der Bereitschaft zu getrennten Wegen gefaselt.

»Also liebst du sie nicht mehr?«, fragte Lia.

Flynn fuhr sich durch die Haare. »Ich weiß nicht.« Er hasste Lauren nicht, so wie andere Männer ihre Ex-Frauen verabscheuten. Er war nicht einmal wütend auf sie. Im Grunde fühlte es sich immer noch an, als würde er nachher nach Hause fahren und sie käme abends heim. Dass das nicht mehr passieren sollte, erschien ihm nicht real. Er war ein Gewohnheitstier!

»Vielleicht ...«, setzte sie leise an und senkte den Blick. Sein Herz rutschte ihm wimmernd in die Hose. »Vielleicht solltest du darüber nachdenken, warum ihr trotz eurer Probleme so lange zusammen wart. Womöglich ist eure Liebe doch nicht so tot, wie ihr glaubt. Und wenn doch, dann kann gleich eine neue Beziehung wohl kaum das Richtige sein, oder? Dann sucht man sich höchstens ein paar Abenteuer, die das Ego pushen.«

Fassungslos starrte er sie an. Selbst ein Schlag ins Gesicht würde ihn weniger treffen, als jedes einzelne ihrer Worte.

»Du bist keine tröstliche Affäre für mich«, widersprach er.

»Das sagst du jetzt. Aber was auch immer dich getrieben hat, zu gehen, es hatte seinen Grund.« Ihr Blick war traurig, so traurig, dass es ihm das Herz zerriss. In einem Anflug der Verzweiflung machte er einen Schritt auf sie zu, beugte sich zu ihr herab und wollte sie küssen.

Aber Lia wich ihm aus. »Du solltest jetzt gehen.«

In ihrer Stimme lag die gleiche Entschlossenheit, mit der sie in Aideens Apartment vorgeschlagen hatte, er solle nach Hause gehen. Dabei hatte er keines. Für das Wochenende war die Wohnung ihrer Freundin sein Zuhause gewesen. Warum? Weil Lia dort gewesen war. Sie hatte neben ihm geschlafen, genauso wie in der letzten Nacht. Und er Idiot war gegangen, in dem unverständlichen Drang nach Abstand, um zu verarbeiten, was verarbeitet werden musste. Kurzum: Er hatte es versaut.

Mit einem ergebenen Seufzen wandte er sich ab und öffnete ihre Tür. Vielleicht hielt sie ihn zurück? Eine sinnlose Hoffnung, die gerade einmal zehn Sekunden Bestand hatte. Sie tat nichts dergleichen. Weder als er durch ihre Tür schritt, noch als er diese hinter sich zuzog.

Wie in Trance lief er die Treppen des Wohnhauses hinab und trat auf die Straße. Es kümmerte ihn nicht, dass der zweite Teil der Handschelle aus seinem Ärmel baumelte. Sollte jeder denken, was er wollte. Auf der gegenüberliegenden Straßenseite brachten Arbeiter auf der großen Werbetafel ein neues Plakat an. In Schwarzweiß war darauf ein Pärchen abgebildet. Sie saßen im Flugzeug - er entspannt in den Sitz gedrückt und die Arme um seine Freundin gelegt, während diese es sich auf seinem Schoß bequem gemacht hatte. Ihre Nase hatte sie in seine Halsbeuge vergraben. Beide hielten die Augen geschlossen und man konnte sehen, dass jeder von ihnen über jeweils einen Ohrstecker Musik aus dem gleichen Player hörte. ›This‹ stand darüber. Dass die Werbung Musik verkaufte, ging an Flynn vorüber. Für ihn war dieses Foto, diese Werbung, das Sinnbild dessen, wonach er sich sehnte. Nach stiller Einigkeit, nach der Nähe der Frau, die er liebte, die sich ohne Zögern an ihn schmiegte und dabei auch Rückenverkrampfungen in Kauf nahm, solange sie ihm nur nahe sein konnte. Die schweigsame Harmonie der beiden und doch die tiefe Verbundenheit. Gegen die kühle Mauer des Hauses hinter ihm gelehnt, betrachtete Flynn das Bild. Sein Herz verkrampfte sich, sodass der Schmerz körperliche Ausmaße annahm und während sich sein Herzschlag beschleunigte, schloss er die Augen. Es war nicht die Leere in seinem Haus, die ihn unglücklich machte. Es war nicht die Leere seines Berufes, der ihm zwar Spaß machte, ihn dennoch niemals so ausfüllte, dass er sich vollständig fühlte. Es war die Leere in seinem Inneren, die ihn fertig machte. Und nein, es war kein Hunger.

ENDGÜLTIGE TRENNUNG VON LAUREN UND FLYNN BROOKS BESTÄTIGT!

Während Flynn Brooks nach einem abgebrochenen Interview unauffindbar bleibt, konnten wir seine Ehefrau für ein Statement erreichen. ›Natürlich ist sie (Anm. d. Red: die Trennung) endgültig‹, beteuert Lauren Brooks. ›Und jetzt runter von meinem Rasen, sonst können Sie sich nach meiner Klage nur noch von Schuhsohlen ernähren!‹

Flynn war nicht der Einzige, der das Plakat auf der gegenüberliegenden Straßenseite betrachtete. Kaum krachte die Tür hinter Flynn ins Schloss, holte Lia zitternd Luft.

Unglaublicher Druck fiel von ihr ab. Doch danach kam keine Erleichterung. Es war sehr viel schlimmer. Sie fühlte sich, als hätte sie gerade etwas Wichtiges verloren. Keinen guten Bekannten, keinen guten Freund und auch keinen Spielgefährten, der sich für einige Tage ihren Wünschen unterworfen hatte. Es war, als wäre ihr plötzlich der Sinn ihres Lebens abhandengekommen.

Seit Jahren lebte sie allein in dieser Wohnung, doch so etwas wie jetzt hatte sie noch nie gefühlt: Einsamkeit.

Ihr Herz sehnte sich nach Flynn. Sie wollte ihn spüren, küssen, lieben, sich in seinen Armen verlieren. Warum war sie so dumm? Warum hatte sie ihn nicht sofort in ihr Schlafzimmer gelotst, ihn festgemacht, sich auf ihn gelegt und gewartet, bis er darum bettelte, doch wenigstens mal auf Toilette zu dürfen?

Warum machte sie alles so schrecklich kompliziert? Warum zweifelte sie an, dass er wusste, für was und wen er sich entschied? Warum musste sie daran festhalten, dass Flynns und Laurens Ehe nicht dahin war? Sie brauchte nur die Statistiken lesen. Jede zweite Ehe wurde geschieden, sicher nicht aus Langeweile. Und trotzdem unterwarf sie sich lieber der romantischen (und idiotischen) Vorstellung, dass zwei Menschen, die solange miteinander gelebt, gelitten und geliebt hatten, nicht so urplötzlich auseinandergehen konnten.

Sie hatte keine Ahnung von der Ehe.

Sie hatte keine Ahnung von Flynn.

Und sie hatte keine Ahnung von Lauren.

Sie wusste nur, was Flynn ihr erzählt hatte. Dann, wenn seine Fassade nicht mehr hielt.

Blinzelnd versuchte sie, die Tränen zu vertreiben. Wie lange starrte sie auf das Plakat? Sie konnte sich nicht davon lösen. Es symbolisierte alles, was sie wollte. Wie gern würde sie dort sitzen, auf Flynn und an seine Brust geschmiegt, die Nase in seiner Halsbeuge vergraben und seinen Duft inhalieren.

Sie schluckte hart und verlor. Sie verlor gegen den Strom der Tränen, der sich unbeirrt den Weg aus ihrem Innersten suchte.

Wie betäubt kehrte Flynn in Dylans Wohnung zurück. Sein Freund empfing ihn mit einem Glas Whisky in der Hand. Urlaubsende und die Rückkehr in den Joballtag hießen für ihn nicht, mit dem Trinken aufzuhören.

Flynn warf die Tür hinter sich zu und Dylan holte ein zweites Glas aus der Küche, füllte es randvoll und reichte es

Flynn. »Möchtest du mir erklären, warum du Handschellen trägst?«

Die leere Schelle, die immer noch an Flynns Handgelenk hing, schaukelte, als Flynn die Hand nach dem Glas ausstreckte. Es war viel zu früh für Alkohol. Es war aber auch zu früh für die Abfuhr seines Lebens. Sein Herz krampfte sich zusammen und Flynn trank den Doppelten auf Ex. Er wartete auf das wohltuend beruhigende Gefühl, das immer nach dem ersten Brennen kam. Doch nichts. Nicht einmal der Alkohol gönnte ihm ein Fünkchen Glück.

»Vielleicht nach dem vierten«, brummte Flynn endlich eine Antwort und hielt Dylan sein leeres Glas hin.

In der Hinsicht war auf seinen Freund Verlass. Dylan verschwendete Flynns Zeit nicht mit unnötigen Fragen, sondern füllte Flynns Glas auf. Allerdings weniger als noch bei dem ersten Glas. Aber Flynn nahm, was er bekam und kippte die Flüssigkeit in seine Kehle. Sie brannte, aber genauso gut könnte er auch Wasser trinken.

»Zieh die Schuhe und das Sakko aus und komm in die Küche«, befahl Dylan. »Den vierten gibt es erst in der Küche.«

Das war Erpressung! Doch Flynn war eindeutig zu schlecht gelaunt und zu müde, um einen Streit vom Zaun zu brechen. Also stolperte er aus seinen Schuhen, hängte das Sakko an die Flurgarderobe und folgte Dylan.

Es regnete nicht mehr. Die Wolken hatten sich verzogen und das Sonnenlicht knallte durch die Fenster. Fuck, war das hell! Flynn setzte sich mit dem Rücken zum Fenster, so brachte das Licht nicht seinen Schädel zum Bersten. Wenigstens hielt Dylan sein Versprechen und stellte ihm den nächsten Drink vor die Nase.

»Also?«, hakte sein bester Freund nach. »Vorher gibt es keinen fünften.«

Welche Schlagzeile dachte sich Simmons aus, wenn Flynn seinen besten Freund mit der halbleeren Scotch-Flasche erschlug? Konnte er dann auf unzurechnungsfähig plädieren, weil sein Leben gerade den Bach runterging?

»Woher willst du wissen, dass ich überhaupt einen weiteren will?«

»Ich kenne dich«, behauptete Dylan. »Bei üblen Kummer säufst du wie ein Loch.«

Da hatte er leider Recht. Das Glas war schon wieder leer. »Du machst sie nicht richtig voll.« Sehnsüchtig starrte Flynn die Flasche in Dylans Händen an. Ihr Inhalt könnte ihn heute ablenken und morgen, übermorgen, die nächsten Monate.

»Erst erzählst du«, verlangte Dylan.

Mist, verfluchter. Hätte er sich nur einen besseren Freund ausgesucht. Aber vielleicht ließ er Dylan noch eine Weile leben, denn dieser streckte ihm ein Päckchen Zigaretten hin.

Ein mieser Trost, aber besser als gar keiner. Flynn nahm eine Zigarette heraus, steckte sie sich zwischen die Lippen und zündete sie an.

Der feine Rauch schlich sich in seine Lunge und allein das Gefühl der Zigarette beruhigte ihn ein wenig. Verdammte Kindheitsprägung. Kaum nuckelte man an etwas, fühlte man sich besser. So wie früher an der Milchflasche. Hatte jemand schon mal untersucht, dass diese Art der Babyernährung für alle Raucher und Kiffer dieser Welt verantwortlich war?

»Ich war nach dem Interview bei Lia. Und ich Depp entschied mich für die pseudoromantische Nummer. Mit der Bitte, mich doch irgendwo festzuketten, damit sie sicher sein kann, dass ich am nächsten Morgen nicht wieder fort bin. Nun, ihre Antwort war eindeutig. Sie will nicht. Sie denkt, Lauren und mich verbindet zu viel.«

»Na ja, immerhin zwölf Jahre Ehe und drei Jahre Beziehung davor.«

»Auf wessen Seite stehst du eigentlich?«, fauchte Flynn, deutete auf die Scotchflasche und dann auf sein Glas.

Dylan verdrehte die Augen und schenkte nach. »Was, wenn du mal aufs Klo gemusst hättest?«

»Was?«

»Entschuldige.« Dylan hob die Schultern. »Ich kapier diese Fesselspielchen nicht. Ich wette, ich müsste nach einer Sekunde pinkeln, einfach, weil ich gerade nicht könnte.«

»Du bist neununddreißig Jahre alt, Dylan, nicht sechzig. Deine Blase sollte völlig in Ordnung sein!«

Zur Hölle, war das Dylans einziges Problem? Seine Blase? Flynn hatte an alles gedacht, aber nicht, ob er pinkeln musste.

Dylan stieß ihn an. »Hörst du mir zu?«

Hatte er was gesagt? Flynn runzelte die Stirn. »Nein.«

»Ich sagte, das Mädchen ist dumm. Schlag sie dir aus dem Kopf. Du bist jetzt frei. Du kannst jede haben, die du willst. Oder du nimmst überhaupt keine und genießt es, dass dich nicht ständig jemand anzickt. Wir gehen jetzt essen, dann was trinken und im besten Fall findest du eine, die dir in der Clubtoilette ein ›Willkommen in der Freiheit‹-Ständchen bläst.«

Flynn verzog das Gesicht. In der Clubtoilette? Er war keine zwanzig mehr. Aber gegen Essen und Trinken hatte er nichts. Ständchen konnte sich Dylan blasen lassen. Also zuckte Flynn mit den Schultern. »Gut.«

Flynn stieg von dem Küchenhocker. Was hieß ›stieg‹? Eher rutschte er und er krallte sich rechtzeitig an der Theke fest. Die Welt drehte sich für seinen Geschmack viel zu schnell.

Hoffentlich verlor er diesen Pegel nicht unterwegs. Der Einstieg in seine Schuhe gelang Flynn lediglich mit Dylans Hilfe und der Tatsache, dass sein Freund die Haken an der Flurgarderobe bombenfest angebracht hatte. Das würde Lia gefallen. Die wüsste damit einiges anzufangen. Sicher keine Hängebondage, aber interessant wäre es bestimmt.

»Warum starrst du die Garderobe so verliebt an?«, drang Dylans Stimme zu ihm durch. Flynns Handschelle schwang gegen die Tapete. Ach ja, die Handschellen.

»Vielleicht solltest du die zu Hause lassen«, murmelte Dylan. »Sonst hast du gleich den nächsten Freak an der Backe.«

Flynn zog den Schlüssel aus seiner Hosentasche, aber wenn die Welt zu tanzen schien, war es eine unglaublich komplizierte Angelegenheit, einen winzigen Schlüssel in ein noch kleineres Loch zu dirigieren. Dylan zerrte Flynn ins Licht der Flurlampe und nach einer gefühlten Ewigkeit löste sich die Schelle und fiel zu Boden. Dylan kickte sie weg wie eine giftige Schlange.

»Aber du solltest das auch mal probieren«, nuschelte Flynn.

»Ich lass die lieber die Ladys tragen«, erwiderte Dylan und dirigierte ihn zur Tür. Glücklicherweise besaß er einen Aufzug, doch das Schlimmste kam draußen. Die frische Luft war wie ein Schlag ins Gesicht und trieb Flynns Pegel nach oben. Zum Glück war der Barbecue-Grill lediglich zehn Minuten entfernt und als Flynn die ersten Rippchen im Magen hatte, schaukelte die Welt weniger heftig.

Allerdings konnte sich Flynn so nicht bewusstlos stellen, als Dylan eine Flasche Scotch orderte und ihn nach der Hälfte des Inhalts in eine Diskothek schleppte. Dort musste sich Flynn an die Bar lehnen, um überhaupt aufrecht stehen zu können. Die Musik wummerte in Flynns Ohren, in dem flackernden Licht konnte er kaum etwas erkennen.

»Schau mal, wen ich gefunden habe«, brüllte Dylan über den Lärm hinweg.

Flynn blinzelte und kniff die Augen zusammen. Er konnte nur mit Bestimmtheit sagen, dass jemand vor ihm stand. Vermutlich eine Frau oder ein sehr schmaler Mann. Ihre Haare waren lila, oh, grün, nein, blau und jetzt rot! Herrgott, was war das? Ein menschliches Chamäleon?

Es kam näher und endlich fiel der Groschen. Es war eine Blondine, deren Haar das wechselnde Licht reflektierte. Das war wesentlich besser als ein Chamäleon, obwohl so ein Tier durchaus interessant war ...

Sie bewegte den Mund. Es war doch ihr Mund, oder? Flynn verstand kein Wort. Was immer sie sagte, wurde von der lauten Musik verschluckt. Ehe er sich versah, zerrte sie ihn auf die Tanzfläche. Eingekeilt zwischen rhyth¬misch zuckenden Leibern blieb ihnen nichts anderes übrig, als sich näher zu kommen. Näher als es Flynn lieb war. War es tatsächlich notwendig, ihr Bein zwischen seine Oberschenkel zu schieben und sich mit jeder Bewegung an seinem Schoß zu reiben? Selbst durch den Nebel des Alkohols war Flynn irritiert. Sie kannte ihn überhaupt nicht!

Flynn öffnete den Mund, wollte etwas sagen, da presste sie nachdrücklich ihre Lippen auf seine. Das war kein Kuss, das grenzte bereits an Missbrauch!

Flynn wich zurück. »Isch denke nischt, dass dasch gut ischt.«

Er spürte, wie das Adrenalin durch seine Adern schoss. Er wollte weg und sein Körper schaltete in den Fluchtmodus. Für einen Augenblick fühlte er sich nüchterner und auch sein Blick wurde klarer. Er erkannte blaue Augen, volle Lippen und eine süße Stupsnase. Weiter kam er nicht. Sie umarmte ihn schon wieder, presste sich an ihn und biss ihn ins Ohrläppchen. Au! Verflucht! Warum war sie so anhänglich?

Sie drängte ihn zu einem Sessel, der zu seinem Unglück frei war, und stieß ihn hinein. Vielleicht auch daneben, er wusste es nicht genau. Doch bevor er nachsehen konnte, setzte sie sich auf seinen Schoß.

»Keine gute Idee«, keuchte Flynn. Wie bekam er sie von seinem verfluchten Schoß, ohne gewalttätig zu werden? Das blitzende Licht der Diskokugel schmerzte in den Augen, aber da verdeckte sie es schon. Die Fremde beugte sich über ihn, küsste ihn ein weiteres Mal und ihre Lippen glitten über seine Wange bis zu seinem Ohr.

»Ich kann dich hart versohlen. Wie würde es dir gefallen, zu knien, keine Möglichkeit zu entfliehen, und du mir deinen Hintern entgegen recken musst?«, raunte sie.

Flynn hatte keine Ahnung, wie sie es schaffte, rauchig zu klingen, obwohl sie ihm ins Ohr brüllte. Sie rieb sich auf seinem Schoß und er sog scharf die Luft ein. Sein Gehirn kapitulierte. Es kam nicht mehr mit.

»Isch glaube ...«, setzte er an und erstarrte. Die Menge der Tanzenden teilte sich für einen Moment, gab den Blick auf die Bar frei und auf ... Verdammt, das waren Lia und Aideen! Oh, Himmel, lass sie nur eine Halluzination sein. Aber dann starrte ihn die Fata Morgana von Aideens Freundin geradewegs mit offenem Mund an. Auch Lia drehte sich von dem Barkeeper weg und sah genau in Flynns Richtung.

»Du wirst beben, wenn dich der erste Schlag trifft. Erzittern über den kurzen Schmerz und die Erregung, die dich durchfährt«, raunte es an Flynns Ohr. Sie rieb sich auf ihm wie ein Hund mit Würmern und packte seine Handgelenke, aber er riss sich los. Flynn stützte sich auf die Lehnen des Sessels und stand auf. Ihr Aufschrei kümmerte ihn nicht, stattdessen stürzte er in Lias Richtung. Die Schneise auf der Tanzfläche hatte sich geschlossen und er konnte Lia und Aideen nicht mehr sehen. Eilig schob er sich durch die undurchdringliche, feierwütige Menge. Er musste zwei Frauen auf die Füße treten, damit sie überhaupt zur Seite wichen, und bekam mehrere Ellenbogen in Bauch und Rücken gerammt.

»Pass doch auf«, keifte eine Stimme und plötzlich fühlte sich Flynns Hemd nass an. Sie hatte ihm den Drink über die Brust gekippt. Aber zum Teufel, das hielt ihn garantiert nicht auf! Er schob sich hinter einem Mann mit dem Kreuz eines Bodybuilders vorbei und endlich erreichte er die Bar.

Flynn drehte sich nach links und nach rechts. So schnell, dass ihm schwindelte und er sich an der Theke festhalten musste. Verflucht, wo war Lia?

Das Licht wurde dunkler, passte sich einem langsameren Lied an. Flynn erkannte nur Schemen. Er stolperte den Tresen entlang, sah jedem ins Gesicht, aber keine Lia! Er drängelte sich zur Damentoilette durch und fragte eine der herauskommenden Ladys, ob sie Lia gesehen hätte.

»Ne«, lautete deren Antwort.

»Kumpel, was ist los?«, tönte Dylan hinter ihm.

»Lia war hier. Mit Aideen! Aber ich finde sie nicht!«

»Haben sie dich auch gesehen?«, fragte Dylan.

Flynn lehnte sich gegen den Zigarettenautomaten und stützte den Kopf auf die Hand. »Ich fürchte ja. Ausgerechnet als Blondie auf mir saß.«

Dylan kratzte sich am Kopf. »Pass auf. Heute retten wir nichts mehr. Wir trinken noch was, dann gehen wir und sehen morgen weiter.«

Widerwillig folgte Flynn Dylans Vorschlag und bereute es eine halbe Stunde später bitterlich. Auf seinen Freund und die Blondine gestützt, wankte er aus dem Club. Die kühle Nachtluft machte alles nur noch schlimmer. Zu viel Alkohol und zu wenig Platz in Flynns Blutbahnen, vor allem in seinem Magen.

»Kotz dich ruhig aus«, nuschelte Dylan an seiner Seite und hielt sich an einer Laterne fest.

KAUM GETRENNT,
SCHON ALLZEIT B(E)REIT

Flynn Brooks weiß eine Trennung zu feiern. Gestern Nacht wurde er im Fire's Inn, einem bekannten Londoner Club, gesichtet. Die Drinks waren lauwarm. Ob das nur an dem kaputten Eisfach gelegen hatte? Wir glauben eher, dass er mit der schönen Blondine den Raum zu stark aufgeheizt hat. Wenn Lia Carsen sich nicht spontan für eine andere Haarfarbe entschieden hat, hatte Flynn Brooks ein neues Häschen auf seinem Schoß. Wer ist die schöne Unbekannte? Und was sagt Lia Carsen dazu? Ist sie am Ende doch nicht die neue Frau an seiner Seite? Flynn Brooks hält es spannend.

Wie sie es nach Hause schafften, war Flynn ein Rätsel. Auch noch, als er am nächsten Tag erwachte. Die Realität traf ihn wie ein Schlag ins Gesicht. Er zuckte nach oben und sofort zog stechender Schmerz über seinen Nacken bis in die Stirn. Fuck! Mühsam öffnete Flynn die Augen. Die Sonne brannte ihm unbarmherzig durch das Fenster ins Gesicht. Warum schien immer die verdammte Sonne, wenn er mit einem Kater aufwachte? Wo waren die Regentage des Lebens, wenn man sie einmal brauchte?

Flynn ließ sich stöhnend zurücksinken. Wo war er? Worauf lag er? Es war schon mal nicht der Rinnstein und auch keine Parkbank, dazu war seine Unterlage zu weich. Oh Gott, er war doch nicht bei der Blonden gelandet? Nein, die hatte er gestern von seinem Schoß gestoßen und war dann Lia hinterhergestürmt. Lia! Bitte, bitte, lass es ihr Bett sein. Aber in Lias Schlafzimmer hingen keine asiatischen

Malereien von nackten Frauen an der Wand. Nein, das war Dylans Gästezimmer. Verdammt.

Flynns Mund fühlte sich an, als hätte er zu lange Zigarrenrauch inhaliert. Pelzig und trocken. Er brauchte dringend etwas zu trinken. Aber dazu musste er aufstehen. Flynn musste sich zwei Minuten gut zureden, bis er motiviert genug war, sich auf die Seite zu wälzen. Er setzte die Beine aus dem Bett und stöhnte. Selbst ein Hundertjähriger stand eleganter auf. Flynn zwang sich in die aufrechte Position und plötzlich erfasste ihn ein Schwindel, als wäre er drei Stunden Karussell gefahren. Blind tastete er nach dem Nachtschrank und fiel prompt auf die Knie. Auch gut. Wer schon unten war, konnte nicht tiefer fallen. Leise fluchend rieb er sich über das Gesicht und vertrieb die Schwärze vor seinen Augen. Der Schwindel ließ nach, das Hämmern in seinem Kopf blieb. Flynn nahm die Hände von den Augen, blinzelte und starrte direkt auf zwei Beine. Keine haarigen Beine mit kräftigen Waden, die zu Dylan gehören könnten. Nein, diese Beine waren glatt, haarlos und eindeutig weiblich. Wohlgerundet und für einen verkaterten Mann, der langsam und ungläubig seinen Blick nach oben wandern ließ, beinahe endlos. Nach gefühlten zehn Minuten erreichte er das Ende ihrer Schenkel und blickte direkt auf blondes Schamhaar. Fassungslos besah er sich den Rest des nackten Körpers. Die hellen Haare, die vollen Lippen und Augen so blau wie Kornblumen. Das war die Blondine aus dem Club! Oh, Himmel, was hatte er getan?

Flynn senkte den Blick und stöhnte erleichtert auf. Er trug eine Hose! Er dankte Gott. Er dankte Allah, Mohammed, Buddha, Ra, Zeus und überhaupt allen Göttern, die ihm einfielen. Und auch allen Göttinnen.

»Ich hätte nicht gedacht, dass du dich so schnell zu meinen Füßen wirfst«, stichelte die Blondine.

Flynns Gehirn kapitulierte vor der Überlastung. Es hängte einfach das ›außer Betrieb‹-Schild raus und fuhr in den Urlaub. Für einige Momente starrte Flynn die ihm unbekannte Schönheit an. Vielleicht träumte er?

»Entschuldige mich«, murmelte Flynn, rappelte sich auf und taumelte in die Küche.

An der Theke hockte Dylan, die Hände in den zerzausten Haaren und dicke Tränensäcke unter den Augen. Auf seinem Rücken lehnte eine nackte Rothaarige, die immer wieder seinen Hals küsste. Dylan quittierte die Liebesbezeugungen mit unwilligem Murren.

»Erklär es mir«, bat Flynn und hielt sich an dem Küchenblock fest.

Dylan schob ihm eine Tasse Kaffee hin. »Keine Ahnung, woran du dich noch erinnerst. Wir waren was trinken, dann tanzen, schließlich hast du Lia gesehen. Du wolltest wohl mit ihr sprechen, aber sie ist abgehauen. Wir sind dann noch an die Bar. Da der Whisky alle war, sind wir auf Tequila umgestiegen. Nach dem zweiten bist du erstaunlich aufrecht zu Susann gegangen und hast sie gebeten, deine Herrin zu sein. Du hast sie mehrfach so betitelt und ihr einige Vorschläge gemacht, was sie mit dir anstellen soll. Junge, mein Gästezimmer ist doch kein SM-Studio. Bei einigen Dingen wusste ich noch nicht mal, dass das überhaupt Fun macht.«

»Du denkst dir das nicht nur aus, um mich zu ärgern?«

»Ne.«

Wow. Wann war er das letzte Mal so betrunken gewesen? Aber das erklärte zumindest Susanns Äußerungen.

»Die zwei haben uns nach Hause gebracht«, fuhr Dylan fort. »Aber Susann war spätestens, als du in den Rinnstein gekotzt hast, klar, dass mit dir nix mehr anzufangen ist.«

»Trotzdem ist sie mitgekommen?«

»Die Weiber fahren auf dich ab«, murmelte Dylan. »Dazu musst du denen nicht mal deinen Kontostand verraten.«

Flynn presste die Finger gegen seine Schläfen. Ab dem Moment der Kotzerei fehlte ihm jegliche Erinnerung. Genau genommen konnte er sich nicht mal an die Zeit davor erinnern. Er wusste nichts von Tequila. Er wusste auch nichts davon, dass er eine Herrin wollte.

Nie wieder Alkohol. Jedenfalls nicht mehr mit Dylan.

»Ich hatte diese Nacht mehr Glück als Susann«, kicherte die Rothaarige und steckte Dylan die Zunge in den Mund.

»Mir ist schon schlecht«, beschwerte sich Flynn.

Dylan gluckste. »Wenn er verkatert ist, wird er gemein.« Er tätschelte den Hintern der Rothaarigen. »Geh schon mal duschen.«

Sie küsste ihn ein weiteres Mal, zog ab und Dylan beugte sich nach vorn. »Du kannst dich nicht zufällig an ihren Namen erinnern?«

»Wessen Namen?«

»Na ihren!« Dylans Kopf ruckte in die Richtung, in die seine Gespielin gerade verschwunden war.

»Wenn du ihn nicht weißt, woher soll ich ihn wissen?«

»Du hast eine Weile mit ihr geredet.«

»Wann?«

Dylan verdrehte die Augen und stöhnte. Er legte die Hand auf die Stirn. »Das sollte ich die nächsten Stunden lassen.«

Susann tauchte so unvermittelt neben Flynn auf, dass er zurückzuckte und sich in die Küchentheke krallen musste, um nicht umzufallen.

Sie hielt ihm das Handy unter die Nase und hob die Schultern. »Sorry, du hast das gleiche Telefon wie ich und auch noch einen ähnlichen Klingelton. Ich bin aus Versehen rangegangen. Es ist eine Lia.«

Flynn schreckte auf und riss ihr das Telefon aus der Hand. »Lia?«

Aber aus dem Lautsprecher klang nur gleichmäßiges Tuten. Fuck! Flynns Auge zuckte. Konnte er den Kaffee bitte gegen Tequila eintauschen? Er drückte das Tuten weg und strich sich über das Gesicht.

»Ruf sie doch zurück«, schlug Susann vor.

Genau. Weil Lia auch ans Telefon ging, nachdem sie ihn angerufen hatte und eine fremde Frau abnahm.

Flynn schüttelte den Kopf, dafür krallte sich Dylan sein Handy, drückte darauf herum und legte es in die Mitte. Das Display zeigte Lias Nummer an, der Rufton hallte durch die Küche, am Ende ging nur die Mailbox ran.

»Schade«, murmelte Dylan und legte auf. »Aber wenn wir gerade bei den schlechten Nachrichten sind ...« Er schob Flynn die Tageszeitung hin und schlug die Tratschseite auf. Bitte nicht. Wer pflegte diese Schundseite? Hatten die kein eigenes Leben, das sie ausschlachten konnten?

Kaum getrennt, schon allzeit b(e)reit

Wieder gab es Bilder von Flynn und wieder hockte eine Frau auf ihm. Nur war es diesmal eine Blondine. Susann.

»Erschieß mich«, flehte Flynn.

»Ähm, es wäre nett, wenn niemand erfährt, wer ich bin und was wir angeblich miteinander hatten«, meldete sich Susanns unsichere Stimme. »Ich studiere Jura und will ein Praktikum in einer renommierten Kanzlei absolvieren. Wenn mein Name in einem solchen Zusammenhang auftaucht, kann ich meine Karriere in den Wind schreiben.«

»Keine Sorge«, seufzte Flynn. »Wenn du nichts sagst, beschaff ich dir ein Praktikum in der Kanzlei meiner ...« Er wollte ›Frau‹ sagen, aber Herrgott, Lauren hatte sich von ihm getrennt und je eher er das verstand, umso besser! »Ex-Frau«, sagte er schließlich.

»Bei Mitchells & Brownes?«, jauchzte Susann.

Flynn nickte und Susann schlang die Arme um seinen Hals. Fünfmal schmatzte sie auf seine Wange.

»Mann, Flynn, was schenkst du den Weibern erst, wenn sie wirklich Sex mit dir haben?«, brummte Dylan.

›Eine Menge Ärger.‹ Aber das behielt Flynn für sich. Das Handyklingeln ließ ihn zusammenfahren. Lia! Eilig griff er nach dem Telefon, nahm den Anruf an und hielt es sich ans Ohr.

»Lia?«

»Nicht ganz.« Die Stimme war zwar weiblich, aber sie war wesentlich dunkler und nüchterner als Lias warme Stimme.

Flynn sank in sich zusammen. »Lauren ...«

»Ich freue mich auch wahnsinnig, dich zu hören«, spottete sie. »Kannst du mir erklären, warum du mit einer Blondine in der Zeitung bist? Ich denke, Lia ist das Flittchen.«

»Sie ist kein Flittchen«, protestierte Flynn.

»Dann bist *du* hier das Flittchen und lass mir gefälligst das Recht«, schnaubte Lauren. »Aber wenn ich dich schon auf die Straße setze, dann weil du diese halbgare Domina liebst. Wie passt da Barbie hinein?«

Flynns Kopf schwirrte. Er kam nicht mehr mit. Wieso interessierte sich Lauren für sein Liebesleben?

Er strich sich über die Stirn. »Lauren, ich weiß nicht ...«

»Flynn«, sagte Lauren streng. »Ich kann nicht leugnen, dass es mir nicht wehtut, aber ich kann auch nicht behaupten, dass du der Mann bist, für den ich mein Leben komplett umkrempeln würde. Du weißt, ich lebe für meinen Job, und dabei bleibst du auf der Strecke.« Sie hielt einen Moment inne. »Hörst du mir überhaupt zu?«

»Ja«, erwiderte Flynn mit rauer Stimme.

»Ich habe dich sehr geliebt. Ich liebe dich auch heute noch. Aber anders. Ich habe Angst davor, alleine zu sein. Trotzdem weiß ich, dass ich nicht von dir verlangen kann, bei mir zu bleiben und weiterzumachen wie bisher. Ich würde gern die Scheidung einreichen.« Hart schluckte er und sein Magen verkrampfte sich. »Oder möchtest du das nicht?«

Seine Hand, mit der er sich am Küchentresen festhielt, zitterte. Der sichere Weg führte zurück zu Lauren. Doch dann änderte sich nicht das Geringste. Er würde stillstehen. Der begabte Schauspieler mit den passablen Filmen, dem attraktiven Äußeren (die verkaterten Morgen ausgenommen) und dem Charme des netten Nachbarn. Harmlos, ungefährlich, sympathisch, freundschaftlich. Oder wie Dylan sagen würde: langweilig. Na toll, kein Wunder, dass Lia ihn lieber zurück in die Arme von Lauren schieben wollte. Allerdings würde Flynn auch einen Teufel tun, sich ein Piercing durch sein bestes Stück schießen zu lassen, um zu beweisen, wie abgerockt er war.

»Doch«, sagte er leise.

»Du liebst sie?«

»Ja.«

»Dann hör auf, dich mit Blondinen herumzutreiben!«

Zum Henker, war sie laut. Flynn zuckte zusammen. Das Telefon rutschte ihm aus der Hand.

»Was soll das werden? Eine verfrühte Midlife-Crisis?«, schimpfte Lauren gedämpft vom Boden. »Bekenn dich gefälligst zu ihr!«

Flynn bückte sich, angelte nach dem Telefon und ihm wurde für einen Moment schwarz vor Augen, bis er es endlich zu fassen bekam.

»Sie will nicht«, rief er viel zu laut. »Sie glaubt, wir hätten noch eine Chance.«

»Dann sag ihr, wir haben keine. Wenn sie nicht innerhalb einer Woche auf Knien zu dir kommt, schlage ich ihre hübsche Nase ein.«

»Das kannst du nicht machen.«

»Doch, das kann ich. Ich kann auch jemanden anrufen, der das für mich übernimmt«, beharrte Lauren. »Und jetzt mach's gut. Ich muss lo-«

Sie legte auf, mitten im Wort, aber Flynn wählte erneut ihre Nummer.

»Was denn noch?«, fragte Lauren.

»Brauchst du noch eine Praktikantin? Eine Jura-Studentin?«

»Wie kommst du denn jetzt darauf?«, fragte Lauren verblüfft.

»Sie ist blond ...«

»Flynn ...«

»Und anständig!«

Lauren seufzte. »Meinetwegen. Sie soll mich anrufen. Kann ich jetzt weiterarbeiten?«

»Ich werde dich den Rest deines Lebens nicht mehr davon abhalten«, schnaubte Flynn und ha! Diesmal legte er schneller auf!

Susann rang die Hände vor der Brust und starrte ihn hoffnungsvoll an. »Ruf sie einfach an«, sagte Flynn.

»Danke, danke, danke«, jubelte Susann und ihre schrille Stimme zwang ihn fast in die Knie. Sie küsste ihn erneut, nur diesmal traf sie seinen Mund. »Ups, tschuldige«, kicherte sie. »Ich zieh mich an und dann ruf ich sie gleich an.«

Susann wirbelte herum und rannte aus der Küche.

»Du weißt, dass sie jetzt mit dir so oft durch das Bett turnt, wie du willst?«, mischte sich Dylan ein.

»Danke, kein Bedarf«, wehrte Flynn ab. Er brauchte nicht noch mehr Frauen in seinem Leben. Eine würde ihm reichen – Lia. Dass er mit ihr reden musste, war ihm selbst klar. Aber was sollte er tun, damit sie ihn nicht einfach wieder wegschickte? Vielleicht sollte er *sie* anketten, eine Verurteilung wegen Freiheitsberaubung passte gut in die Reihe der Schlagzeilen.

»Du kennst doch ihre beste Freundin«, bohrte Dylan. »Und du weißt, wo sie wohnt.«

»Ich halte es für keine gute Idee, Aideen mit hineinzuziehen.«

»Ich schon. Weiber haben besondere Beziehungen untereinander. Verkackst du es bei der besten Freundin, ist deine Halbwertszeit überschritten. Aber wenn du Lia wirklich willst, kannst du das über sie deichseln.«

»Sprichst du aus Erfahrung?«, fragte Flynn.

Dylan grinste schief. »Ich war nicht immer der unwiderstehliche Womanizer mit einer Vorliebe für unverbindliche Bekanntschaften.«

»Die Tatsache, dass du in den letzten Jahren alles flachgelegt hast, was nicht laut genug nach der Polizei gebrüllt hat, spricht nicht gerade für den Erfolg dieser Strategie.«

Dylan verzog beleidigt das Gesicht. »Sie funktioniert. Totsicher. Kannst du sie überzeugen, wird Lia dich zurücknehmen. Einfache Gleichung.«

»Du hast gesagt, du wärst in Mathematik zweimal durch die Prüfungen gerasselt.«

»Hast du eine bessere Idee?«, fauchte Dylan.

»Zu Lia gehen?«

»Kannst du danach immer noch.«

Flynn seufzte. »Meinetwegen. Du hast gewonnen.«

Dylan grinste breit und kratzte sich den Bart. »Wie ist sie eigentlich so?«

Flynn blinzelte irritiert. »Lia?«

»Ne«, meinte Dylan. »Aideen. Die Domina.«

»Ich habe sie nur zweimal gesehen.«

Visierte Dylan gerade seine nächste Eroberung an? Obwohl ... mit Aideen aneinanderzugeraten, könnte seinem besten Freund nicht schaden. Immerhin kannte er schon ihren Namen und sollte er ihn vergessen, würde ihn Aideen auf seinen Hintern eingravieren.

»Ist sie hübsch?«, bohrte Dylan.

»Sehr hübsch. Ich glaube, sie könnte sogar dein Beuteschema sein.« Ganz ehrlich? Dylans Beuteschema beinhaltete nur zwei Kriterien: eindeutig weiblich und unter fünfzig Jahre alt.

Dylan grinste breiter und rieb sich die Hände. »Hervorragend. Zieh dir was Ordentliches an und dann fallen wir über sie her. Äh, überfallen wir sie.«

Das schien sich ein gewisser Reporter ebenfalls zu denken. Sie setzten kaum einen Fuß auf die Straße, da tauchte hinter einer Hecke Simmons auf. Blätter rieselten aus seinem Haar auf den Gehweg und ein Ast steckte in seinem Kragen.

»Hey, das ist doch dieser Reporter«, rief Dylan aus. »Der Kerl hat mich ernsthaft im Urlaub behelligt, als ich gerade so ein scharfes Teil anbaggerte.« Dylan hielt die Hände vor seine Brust, mit einem Abstand, in den bequem extragroße Melonen passten.

Flynn verdrehte die Augen. »Du solltest wirklich dein Verhältnis zu Frauen therapieren lassen.«

Dylan wollte gerade antworten, da fauchte Simmons dazwischen: »Ich habe immer noch nicht mein verdammtes Interview!«

»Was kann ich dafür, dass Sie die falschen Fragen stellen?«, erwiderte Flynn.

Herrgott, er hatte keine Zeit für diesen Journalistenanfänger.

»Ich will es jetzt!«, blaffte Simmons.

»Ich habe zu tun.«

»Wo gehen Sie hin?«

»Zu ...«, setzte Flynn an, doch dann hielt er inne. »Wenn ich es mir recht überlege, können Sie mitkommen.«

»Was?«, fragte Dylan entsetzt. »Du willst den kleinen Penner mitnehmen? Warum gibst du nicht gleich eine Pressemitteilung raus.«

»Ich denke, Aideen wird uns wesentlich freundlicher gesinnt sein, wenn wir ihn mitbringen. Die beiden kennen sich schon. Sehr gut sogar«, grinste Flynn.

Simmons ächzte. »Sie gehen zu Aideen?«

»Ja ...«

Simmons wich zurück. Die Lippe des Reporters zitterte und auf seiner Stirn bildeten sich Schweißperlen. »Also ... ich ... äh ... ich muss mit meiner Verlobten unbedingt noch ... äh ...«

»Hochzeitskuchen aussuchen?«

»Ja, genau, Hochzeitskuchen aussuchen«, rief Simmons. »Rufen Sie mich einfach an, wenn Sie Zeit für das Interview haben.« Der Reporter wirbelte herum und raste davon. So schnell wie Simmons war vermutlich noch kein Journalist vor ihm davongerannt. Andere Promis machten sich die Mühe, Paparazzi zu verprügeln. Vielleicht sollte er Aideens Nummer als Geheimtipp weitergeben.

»Ich werde immer neugieriger auf diese Frau«, murmelte Dylan.

»Du wirst nicht enttäuscht werden«, versprach Flynn.

Eine Stunde später standen sie vor Aideens Wohnungstür. Flynns Herz schlug so schnell, dass es ihn nicht wundern würde, wenn es jetzt einfach kündigte und stehenblieb. Was, wenn Lia bei Aideen übernachtet hatte? Dann bekam er die Chance, mit Aideen zu reden, gar nicht erst. Er konnte sich schließlich kaum zwischen Lia und Aideen stellen, mit den Worten: ›Sorry, aber ich wollte gerade mit Aideen darüber sprechen, wie wir dich überzeugen können, deine Meinung zu ändern.‹

»Wie lange wollen wir hier rumstehen und meditieren?«, fragte Dylan. Er trat von einem Fuß auf den anderen und sah so nervös aus, wie Flynn sich fühlte.

Er drückte die Klingel und Flynns Herz sprang in seiner Kehle nach oben. Wer öffnete die Tür? Lia? Aideen?

Die Tür schwang auf, aber dahinter tauchten weder Lia noch ihre beste Freundin auf. Sondern ein Mann. Nicht irgendein Mann. Er trug Lederchaps, darunter einen Tanga. Auf seiner Brust prangte ein dicker Metallring, der von Lederriemen gehalten wurde. Das Gesicht verbarg er hinter einer schwarzen Maske, deren Reißverschlüsse über die Augen und Mund geöffnet waren.

Flynn fiel die Kinnlade nach unten, genauso wie Dylan. Der ächzte. »Heilige Scheiße.«

»Wir wollen zu Aideen«, würgte Flynn heraus.

»Da müsst ihr schon warten, schließlich hab ich für die ganze Stunde bezahlt«, drang es aus dem Reißverschluss hervor.

»Ts, ts, wie unfreundlich.« Aideens Stimme mischte sich mit dem Klackern hoher Absätze. Sie schritt den Flur entlang und blieb hinter ihrem Sklaven stehen. Das Licht spiegelte sich in dem Latex ihres Overalls.

Dylan keuchte wie ein Mops.

»Entschuldige dich bei den beiden«, fuhr Aideen den Ledermann an.

Der senkte den Kopf und murmelte eine Entschuldigung.

»Lauter«, befahl Aideen. Sie zog eine Gerte aus ihrem Stiefel und klatschte sie auf den nackten Männerhintern.

Der Gepeinigte zuckte zurück. »Bitte verzeiht!«

Flynn nickte eilig und au, fuck, seine Kopfschmerzen wurden wieder stärker.

Aideen stemmte die Hand in die Hüfte und lehnte sich an den Türrahmen. Ihre Gerte schlug sie immer wieder gegen ihren Stiefel. »Was wollt ihr überhaupt hier?«

»Mit dir reden. Über Lia«, erwiderte Flynn.

»Hat dir die Blonde nicht zugesagt?«

»Da war nichts«, beteuerte Flynn und stieß seinen Freund an. Er sollte ihm gefälligst helfen, deswegen war er doch hier! »*Er* dachte, ich bräuchte Ablenkung.«

»So.« Aideens Mundwinkel zuckten und sie betrachtete Dylan von oben bis unten. »Also ist *er* daran schuld, dass Lia mir zwei Stunden lang die Ohren vollgeheult hat.«

»Was?«, gurgelte Dylan.

»Ich sollte Genugtuung dafür verlangen«, sinnierte Aideen.

»Wenn du mir bei Lia hilfst, kannst du ihn haben.«

Aideen grinste vergnügt und wies mit der Gerte einladend in den Flur. »Dem Angebot kann ich nicht widerstehen. Setzt euch ins Wohnzimmer, ich bin gleich fertig.«

Flynn musste Dylan am Gürtel packen und mit sich ziehen, damit sich sein Freund überhaupt bewegte. Aus Aideens Arbeitszimmer stolzierte ein weiterer Mann, mit getuschten Wimpern und High Heels. Auf den zusammengebundenen braunen Haaren thronte keck eine Hausmädchenhaube, die zu seinem Kleid und dem Taillenmieder passte.

»Ich muss gehen«, rief Dylan aus, wirbelte herum, aber Flynn hielt immer noch seinen Gürtel fest. Er stemmte sich gegen den Zug seines Freundes und zerrte ihn ins Wohnzimmer.

Aideen lachte kehlig. »Er kann doch mitspielen.«

»Töte mich«, flehte Dylan.

Aideen lachte noch lauter, zwinkerte Flynn zu und ließ sie im Wohnzimmer allein. Sie befahl ihre beiden Sklaven zu sich und eine Tür fiel zu.

Dylan blieb für zehn Minuten stumm wie ein Fisch. Dann ächzte er, keuchte und japste nach Luft. »Hat sie das mit dir auch gemacht?«, platzte er heraus.

»Ich habe kein Kleid und keine hohen Schuhe getragen«, wehrte Flynn ab. »Und auch nicht solches Zeug wie der andere.«

»Gott sei Dank«, seufzte Dylan und ließ sich auf das Sofa fallen. »Ich hätte jeglichen Respekt vor dir verloren.«

»Du kannst mir dann erzählen, wie es ist.«

Dylan ruckte hoch. »Was?«

»Schon vergessen?«, spottete Flynn. »Ich habe dich ihr versprochen, wenn sie mir mit Lia hilft.«

»Was?«, brüllte Dylan. »Du hast mich verkauft?«

»Ich hätte nicht gedacht, dass ich so billig davonkomme«, lachte Flynn.

Dylan streckte ihm den Mittelfinger entgegen und fuhr sich durch die Haare. »Warum bezahlt man eine Frau, damit die so etwas mit einem anstellt?« Er senkte die Stimme, schielte zur Tür und trotzdem war es Aideen, die ins Zimmer trat und ihm antwortete: »Warum lieben es manche, sich jeden Sonntag in die Küche zu stellen und stundenlang zu kochen? Es ist einfach so.«

Sie lehnte sich in den Türrahmen, öffnete die Verschlüsse ihrer Stiefel und zog sie aus. Prompt war sie zehn Zentimeter kleiner. »Lia hat mir erzählt, dass du am Morgen nach der Premiere oder eher nach dem Sex mit ihr verschwunden bist. Es spricht nicht gerade für die Liebe, wenn man morgens abhaut und einen Abend später mit einer fremden Frau im Club knutscht.«

»Hat sie dir auch erzählt, dass ich am Nachmittag bei ihr war und sie mich zu Lauren zurückgeschickt hat?«, knurrte Flynn.

Aideen lächelte und schob die Stiefel in den Flur. »Nein, das hat sie vergessen zu erwähnen.«

»Wir reichen die Scheidung ein.«

»Und du willst Lia«, vermutete Aideen sanft.

»Ja.«

»Hast du dir das gut überlegt?«, gluckste Aideen. »Sie ist meine beste Freundin, aber nicht die einfachste Partie.«

»Wären mir unkomplizierte Frauen die liebsten, hätte ich nicht Lauren geheiratet.«

»Touché.«

Aideen öffnete den Reißverschluss ihres Overalls bis zur Brust, griff hinein und zog ein Telefon heraus. Sie tippte auf dem Display herum, hielt es sich ans Ohr und keifte: »Lia Sophie Carsen!«

Flynn sah Dylan im Augenwinkel zusammenzucken und selbst Flynn wäre beinahe einen Schritt zurückgewichen.

»Du kommst sofort zu mir, und zwar ein bisschen plötzlich!«, donnerte Aideen, legte auf und lächelte Flynn an. »Sie ist gleich da. Ihre Rekordzeit zu meiner Wohnung liegt bei einer Viertelstunde.«

Auf nackten Sohlen tappte sie näher und blieb vor Dylan stehen. »Ist er immer so schüchtern, oder traumatisiert?«

Flynn trat Dylan gegen das Schienbein, was immerhin ein wenig Leben in seinen geplagten Freund brachte. Dieser richtete sich auf und drückte den Rücken durch. »Ein kluger Mann beobachtet und schweigt.«

Aha. Flynn könnte schwören, dass Aideen das Gleiche dachte.

Sie biss sich auf die Unterlippe, aber ihre Mundwinkel zuckten nach oben. »Kluge Männer sind auch neugierig. Wollen Sie sich ein wenig umsehen?«

»Nein, danke«, erwiderte Dylan herablassend. »Ich kenne alle Schandtaten, die man in erotischer Hinsicht veranstalten kann.«

»Sie waren also schon mal bei einer Domina?«

Dylan riss die Augen auf. »Nein!« Er verschränkte die Arme vor der Brust. »Aber ich habe mit genügend Frauen geschlafen, um zu wissen, was *Shades of Grey* bei denen angerichtet hat.«

Aideen legte den Kopf in den Nacken und lachte. »Das eine ist kaum mit dem anderen vergleichbar.«

»Sieh dir doch ihr Zimmer an. Dann weißt du, wer Recht hat«, schlug Flynn vor.

Dylan schenkte ihm einen bitterbösen Blick.

Aideen hingegen lächelte. »Kommen Sie. Kein Grund zur Angst.«

Sie marschierte in den Flur, Dylans Blick regelrecht auf ihrem glänzenden Hintern festgetackert. Flynn packte seinen Freund an den Schultern, zog ihn vom Sofa und hinter Aideen her. Im Flur begegneten sie den beiden Kunden, die sich wieder umgekleidet hatten, in die Schuhe schlüpften und sich mit einem Nicken verabschiedeten.

»Ich will nicht«, protestierte Dylan.

Aideen hielt die Tür zu ihrem Arbeitszimmer auf, Flynn versetzte seinem Freund einen Stoß und er stolperte hinein.

Mit einem Ruck blieb Dylan stehen. »Ach du Scheiße!«, stöhnte er. »Nach wie vielen Dates zeigen Sie einem Mann dieses Zimmer?«

Okay … Das war nicht unbedingt das Erste, das Flynn in diesem Zimmer eingefallen war.

Aideen hob verblüfft die Augenbrauen. »Das kommt darauf an. Wieso?«

»Und mit wie vielen davon kommt es danach zu einem weiteren Date?«

Aideen runzelte die Stirn. »Worauf wollen Sie hinaus?«

Flynn boxte seinem Freund in den Rücken. Wenn er jetzt die falsche Antwort gab, würde Flynn einen Teufel tun, ihn zu retten.

Aber Dylan wich ihm aus und verschränkte die Arme vor der Brust. »Worauf ich hinauswill? Dass es schwer für Sie sein muss, normale Männer kennenzulernen.«

»Sie wollen also sagen, weder meine Kunden, noch meine Dates sind normal?« Aideen trat auf Dylan zu. Obwohl sie ihm ohne Schuhe lediglich bis zur Brust reichte, machte er genauso viele Schritte zurück.

»Äh«, ächzte Dylan und warf Flynn einen flehenden Blick zu. »Hilf mir, Kumpel!«

»Vergiss es«, lehnte Flynn erbarmungslos ab. »Aus der Nummer quatsch *ich* dich nicht raus.«

»Ich geh bestimmt nicht auf die Knie«, zischte Dylan.

Aideen schnaubte verächtlich. »Dazu fehlt Ihnen sowieso die nötige Anmut.«

Damit traf sie Dylan an der richtigen Stelle – seinem Ego.

Er öffnete den Mund, aber Aideen kam ihm zuvor. »Außerdem: Je selbstsicherer sie tun, umso wehleidiger sind sie«, spottete sie.

»Ich bin nicht wehleidig!«, knurrte Dylan.

»Ha!«, rief Aideen aus. »Sie würden einen Herzinfarkt erleiden, müssten Sie jemals die Kontrolle abgeben.«

»Ich muss aber auch keine Frau ans Bett fesseln, damit sie zu ihrem Vergnügen kommt.«

»Woher wissen Sie, dass sie es nicht nur vortäuscht?«

»Woher wissen *Sie*, dass Ihre Kunden nicht nur vortäuschen?«

»Sie wären ziemlich dumm, mich für etwas zu bezahlen, das sie nicht wollen. Oder denken Sie, meine Kunden wären auch noch geistig beschränkt? Nachdem Sie Ihren Freund schon als unnormal betitelt haben.«

»Ich habe nicht ...«, widersprach Dylan.

»Doch«, fuhr Aideen dazwischen. »Wenn das Ihre Art zu flirten ist, könnten Sie ein wenig Nachhilfe gebrauchen.«

»Ich flirte nicht mit Ihnen! Und Flynn ist alles andere als normal, deswegen bin ich ja mit ihm befreundet!«

»Sie mögen also unnormale Menschen?«

Dylan knurrte. Die Diskussion drehte sich im Kreis. Dylan konnte sie nicht gewinnen und das nervte seinen Freund maßlos.

»Ich mag Flynn«, beharrte Dylan.

Aideen kicherte. »Also bekommt Lia doch noch Konkurrenz.«

Dylans Gesichtsfarbe wechselte von totenbleich zu puterrot. »Ich bin nicht schwul!«

Dem Himmel sei Dank unterbrach die Türklingel das Intermezzo. Oder was hieß hier dem Himmel sei Dank? Das war Lia und damit bahnte sich das nächste Drama an. Entweder es gipfelte in einem Happy End oder er konnte schon mal eine Tupperdose für die Scherben seines Herzens suchen.

»Ab mit euch ins Wohnzimmer«, kommandierte Aideen.

Dylan ließ sich das nicht zweimal sagen. Er wandte dem Raum eilig den Rücken zu und Flynn folgte ihm. Im Wohnzimmer hörten sie, wie Aideen die Tür öffnete.

»Zwölf Minuten, achtunddreißig Sekunden!«, keuchte Lia. »Hast du jemanden umgebracht? Wurdest du überfallen? Ausgeraubt? Ist dieser anhängliche Reporter bei dir eingestiegen? Du brauchst eine verdammt gute Begründung. Ich bin bestimmt dreimal geblitzt worden!«

Vielleicht sollte Flynn doch noch mal nach einer Feuertreppe suchen.

»Komm einfach mit«, befahl Aideen.

Ihre Stimme kam näher, bis sie in der Tür auftauchte, Lia am Arm gepackt. Diese erstarrte als sie Flynn sah.

»Ich bin dafür, dass ihr das mit den Handschellen und dem Aussöhnen nochmal übt. Solange bis es klappt«, verkündete Aideen und winkte Dylan. »Und *wir* gehen.«

»Was?«, rief Dylan aus. »Ich gehe nicht noch mal in das Zimmer.«

»Wir gehen spazieren!«

»In dem Aufzug?«

Aideen sah an sich hinunter. »Ich wüsste nicht, was es auszusetzen gibt. Oder sind Sie anderer Meinung?«

»Äh ... Nein?« Dylan schob sich zögernd an Flynn vorbei. »Beeilt euch gefälligst mit der Versöhnung«, zischte er ihm zu.

Lia schob die Hände in die hinteren Taschen ihrer Jeans und sah auf ihre Schuhe, bis die Wohnungstür ins Schloss fiel.

»Lia«, setzte Flynn an.

»Warum?« Lia hob den Kopf und starrte ihn trotzig an. »Was soll das?«

»Sag mir erst, warum du heute früh angerufen hast.«

Verbissen presste Lia die Lippen aufeinander und wich seinem Blick aus. »Ein Anfall von Wahnsinn«, bekannte sie trotzig.

Am liebsten würde er sie in die Arme nehmen, an sich ziehen, einfach nur ihre Nähe spüren. Aber das kam immer erst nach der Liebeserklärung. Er hatte sie schon oft genug in Filmen aufgesagt, allerdings nie im echten Leben. Es war nie nötig gewesen.

»Also, was soll das?«, fragte Lia.

Flynn fuhr sich durch die Haare und rieb sich den Nacken. »Ich würde dir jetzt gern, wie in den letzten Sequenzen eines Films, schlaue und weise Worte sagen, die dich überzeugen, endlich deine Meinung zu ändern und deine verqueren Ansichten zu überwinden. Mir fallen leider keine ein«, sagte er leise. »Lia, ich liebe dich und ich möchte mit dir zusammen sein. Ich kann meine Ehe nicht ungeschehen machen und ich will es auch nicht. Die Zeit mit Lauren war gut, mal mehr, mal weniger, aber sie ist vorbei. Unwiderruflich. Den nächsten Teil meines Lebens werde ich nicht mit ihr verbringen, sondern mit dir. Ich würde gern herausfinden, wohin das mit uns beiden führt. Wenn du das nicht willst, dann sag mir, dass du meine Gefühle nicht erwiderst, und ich gehe endgültig. Aber speise mich nicht ab, indem du mich großzügig, wie ein unbestelltes Paket, wieder zu meiner Ex-Frau zurückschickst.«

Lia sah ihn nicht an. Sie schaute nach unten, auf ihre Finger, die sie ineinander verschlang. Suchte sie jetzt nach den richtigen Worten, um ihm eine Abfuhr zu erteilen, die er endlich kapierte? Er rechnete so fest damit, dass er ihre Worte nicht realisierte, als sie endlich den Mund aufmachte.

»Was?«, fragte er.

»Es tut mir leid«, rief Lia aus. »Ich wollte dich nicht wie ein Paket zurückschicken. Ich wollte nur nicht, dass du einen Fehler machst! Ich bin in dich verknallt, seit ich dich kenne. Dein Vorschlag und alles, was danach kam, hat mir den Rest gegeben. Aber ich wollte nie etwas zerstören, geschweige denn dich. Du warst so unglaublich fertig, als

Lauren dich verließ. Ich dachte, du hängst wirklich noch an ihr, und es hat mir das Herz zerrissen. Ich vermisse dich, ich liebe dich und verflucht, das klingt so kitschig wie in meinem blöden Buch.«

Fahrig fuhr sie sich über die Stirn, drehte eine Locke um ihren Finger und zog daran. Flynns Herz machte einen Sprung, diesmal keinen schmerzhaften, sondern einen freudigen. Sie liebte ihn. Sie liebte ihn so sehr, dass sie schon Löcher in den Boden starrte. Flynn strich über ihre Wange, hob ihr Gesicht an und beugte sich zu ihr. Sanft trafen ihre Lippen aufeinander. Lia streckte sich ihm entgegen, schlang die Arme um seinen Nacken und küsste ihn. Erst zart, dann immer leidenschaftlicher, begieriger. Sie wickelte ihn ein, fesselte ihn mit ihren Lippen. Flynn wollte nirgends anders sein. Nur hier, bei ihr.

Lia tastete nach seinem Arm und plötzlich fühlte er etwas Kühles an seinem Handgelenk. Verdutzt löste er sich von ihr. Um seinen Arm lag eine Handschelle und das Gegenstück trug … Lia. Sie zog mit einem unschuldigen Lächeln die Schultern hoch und die Nase kraus.

»Ich will auf Nummer sichergehen.«

Flynn hob die Augenbrauen. »Du hattest sie die ganze Zeit einstecken?«

Lias Wangen färbten sich rot. »Nein …«

Flynns Mundwinkel zuckten nach oben. Erneut zog er Lia an sich, küsste ihren Mund und glitt mit den Lippen ihre Wange entlang, bis zu ihrem Ohr. »Ich find die Schlüssel ja doch.«

ERSTES LIEBES-INTERVIEW!

Das Rätselraten ist beendet und das Geheimnis gelüftet. Für die Fans von Flynn Brooks und Lia Carsen haben wir gute und schlechte Nachrichten. Die schlechte: Beide sind vom Markt. Die gute: Sie haben ihr Glück beim jeweils anderen gefunden. Das aktuell beliebteste Promi-Pärchen gibt unserem Reporter Jonah Simmons ein Exklusiv-Interview.

Miss Carsen, Mr Brooks – wir freuen uns sehr, dass Sie sich heute für uns Zeit genommen haben.

Flynn Brooks: Ich würde es Erpressung nennen.

Sie waren mir noch einen Gefallen schuldig!

Flynn Brooks: Ach ja? Wofür?

Für ... Ach ist doch egal. Sie haben zugesagt. Gut, fangen wir an. Nun ist endlich offiziell, was wir schon lange wussten ... Wie fühlen Sie sich?

Lia Carsen: Also, ich habe ehrlich gesagt, etwas Hunger.
Flynn Brooks: Schon wieder? Wir haben vor einer Stunde Fish and Chips gegessen.
Lia Carsen: Aber das war vor einer Stunde! Bestellen wir heute Abend Pizza? Dieses Insektenzeug fand ich nicht soo schlecht. Es hatte einen gewissen Reiz.
Flynn Brooks: Isst Ihre Verlobte auch so viel?

Meine Verlobte? Denken Sie ja nicht, Sie können mich wieder ablenken! Mr Brooks, Ihre Frau hat die Scheidung eingereicht? Verläuft die Trennung einvernehmlich?

Flynn Brooks: Sicher. Lauren hat keine Zeit für einen langen Rosenkrieg.

Dann werden Sie bald frei sein, wieder eine Ehe einzugehen.

Lia Carsen: Worauf wollen Sie hinaus?

Nun ja, eine Hochzeit ist doch etwas Schönes. Und Sie, Miss Carsen, waren noch nie verheiratet ...

Flynn Brooks: Wann ist eigentlich Ihr Termin?

In zwei Monaten. Beth ist schon völlig hysterisch ... äh ... aufgeregt. Das Brautkleid muss noch angepasst werden. Die Torte schmeckt ihr doch nicht mehr und kein Mensch ist mit der Sitzordnung einverstanden. Ich kapier auch nicht, wie sie auf einhundertzwanzig Gäste gekommen ist. Oder wer ein Spanferkel zu einer Hochzeit haben will. Oder eine Eismaschine und einen Clown. Ich meine, wer braucht auf der Hochzeit einen Clown?

Flynn Brooks: Sie haben doch wohl keine Angst vor Clowns?

Ein wenig ...

Flynn Brooks: Das sollten Sie Ihr unbedingt sagen, sonst wird die Hochzeit ein Desaster.

Ich hab mein Veto schon bei der Tischdeko und bei der Anzahl der Brautjungfern aufgebraucht.

Lia Carsen: Wovor hat Ihre Verlobte Angst? Sie könnten sonst damit drohen, Spinnen in den Brautstrauß zu setzen.

Flynn Brooks: Nein, Sie sollten sich einen Abend für Beth freinehmen. Keine Planung, nur Entspannung. Romantisches Essen, ein warmes Bad, eine Massage und wenn sie eingeschlafen ist, suchen Sie die Nummer des Clowns raus und sagen ihm ab. So habe ich das mit meinem Schwager auf der Hochzeit mit Lauren gemacht. Jetzt kann ich es ja sagen: Ich konnte den Kerl nicht leiden. Er hätte wieder zu viel getrunken und sich mit Dylan um die Brautjungfern geprügelt.

Beth würde mich umbringen! Seit sie die Fotos von der verdammten Premiere gesehen hat, hat sie sowieso seltsame Anwandlungen. Apropos. Was unsere Leser brennend interessiert – wie hart geht es bei Ihnen im Schlafzimmer zu? Ich meine, eine ›Dark Romance‹-Autorin wird doch nicht nur über etwas schreiben und nicht selbst anwenden ...

Flynn Brooks: Noch so eine indiskrete Frage und ich rufe Aideen an.

Lia Carsen: Au ja, er und Aideen ... das könnte die Inspiration für ein neues Buch sein. Jonah Simmons ist auch ein schnittiger Name.

Flynn Brooks: Dylan ist da eher ein Kandidat.

Lia Carsen: Aber Dylan ist das wandelnde Klischee. Wer will das schon lesen?

Wann kommt denn Ihr neues Buch, Miss Carsen?

Lia Carsen: Ich kann Sie nicht leiden.

Flynn Brooks (lacht): Schlechtes Thema. Sie hat noch drei Wochen für das Exposé und drei Kapitel.

Lia Carsen: Jetzt hasse ich *dich*.

Flynn Brooks: Ich mach es wieder gut.

Lia Carsen: Aideen ist zwei Wochen auf den Malediven.

Flynn Brooks (grinst): Die drei Kapitel und das Exposé schaffst du bestimmt in einer Woche, oder?

(Seufzt) Es ist schön, Sie beide so entspannt und verliebt zu erleben. Wohnen Sie schon zusammen?

Lia Carsen: Natürlich, was denken Sie denn? Flynn ist bei Lauren rausgeflogen. Wo soll er sonst wohnen?

Bei einem Freund?

Flynn Brooks: Bei Dylan zu wohnen verkraftet meine Leber nicht.

Lia Carsen: (kichert)

Was steht dann als Nächstes auf dem Plan? Kinder vielleicht?

Lia Carsen: Hören Sie auf, so auf meinen Bauch zu schielen!

Flynn Brooks: Da ist leider noch kein Baby drin, sondern die sechs Tonnen Eiscreme, die sie gestern Abend verdrückt hat und die natürlich absolut nichts mit ihrer Verstopfung zu tun haben.

Lia Carsen: Das ist unfair! Du wolltest ihm überhaupt nichts Wichtiges sagen, damit er nicht wieder diesen Humbug schreibt, und jetzt erzählst du ihm von meinen Darmgewohnheiten!

(Hustet) In diesem Fall wäre ich sogar geneigt, selbst das Thema zu wechs-

Flynn Brooks: Wir müssen dann auch wieder los.

Wir haben noch fünfzig Minuten!

Flynn Brooks: Es war die Rede von einer Stunde.

Davon sind erst zehn Minuten um!

Flynn Brooks: Falsch. Es sind sechzig Minuten um. Sehen Sie, wir haben um vierzehn Uhr angefangen, jetzt ist es fünfzehn Uhr.

Wir haben erst vor zehn Minuten angefangen! Ich wollte vierzehn Uhr anfangen, aber Sie wollten ja erst eine Tour durch unsere Büroräume machen, weil Sie ›schon immer mal sehen wollten, wie Journalisten sich in ihren kleinen Schreibecken den Humbug, der ständig veröffentlicht wird, aus den Fingern saugen.‹

Flynn Brooks: Oh ja, vielen Dank für die Führung. War auch sehr interessant, mit Ihren Kollegen zu sprechen. Sie mögen Sie nicht so recht, kann das sein?

Ich bin der Neue! Den Neuen darf niemand mögen, bis der nächste Neue kommt! Nächste Frage, verdammte Hacke! Wie belastend ist der Altersunterschied? Elf Jahre sind nicht wenig. Hat das Auswirkungen auf die Beziehung?

Flynn Brooks: Ich muss auf die Toilette, bitte entschuldigen Sie mich.

Er kommt doch wieder?

Lia Carsen: Natürlich kommt er wieder.

Wollen Sie schon etwas zu dem Altersunterschied sagen?

Lia Carsen: Von mir aus. Bisher haben wir damit keine Probleme. Ich meine, Flynn ist siebenunddreißig. Er kann sich seinen Hintern noch selbst abwischen und seine Zähne sind fest in seinem Mund verankert.

Bisher waren Sie zwar als Autorin bekannt, aber standen nicht so sehr im Fokus der Öffentlichkeit wie Mr Brooks ...

Lia Carsen: Ha! Genau. Die Zeitungsartikel über unsere Affären haben Sie nur aus Mitleid geschrieben, damit überhaupt jemand meinen Namen erwähnt.

Nein! Ach, ich meinte doch, vorher waren Sie eher unbekannt!

Lia Carsen: Vorsicht! Aideens Nummer hab ich schnell gewählt!

(Seufzt) Wie gehen Sie damit um, öfter als sonst von Reportern verfolgt zu werden, die sich für Ihr Liebesleben interessieren?

Lia Carsen: Also bislang gibt es nur einen nervtötend penetranten Reporter und das sind Sie.

Ich fühle mich geehrt. Die nächste Frage betrifft wieder Sie beide. Wir können ja kurz auf Mr Brooks warten ...

Lia Carsen: In Ordnung.

...

Lia Carsen: ...

Mr Brooks kommt nicht wieder, oder?

Lia Carsen: Doch. Seien Sie nicht so misstrauisch!

Wir sind hier im Erdgeschoss und die Herrentoilette hat ein großes Fenster.

Lia Carsen (seufzt): Er kommt wieder! Warten Sie, ich geh ihn suchen. Bin gleich zurück!

Nachwort

Liebe LeserInnen,

vor über vier Jahren habe ich dieses Buch in seiner ersten Fassung geschrieben. Tatsächlich wolle ich es letztes Jahr nur ein wenig ‚aufhübschen‘ – Sätze geradebiegen, vielleicht noch den einen oder anderen Witz einfügen. Tja, wie es mit Plänen so ist, veränderte sich Flynn und Lias Geschichte völlig eigenständig. Ich saß nur da, tippte, löschte, fluchte. Jetzt, über ein Jahr später, gefällt mir diese Fassung hier wesentlich besser als die erste veröffentlichte. Die Charaktere haben noch mehr Charme und ich bin traurig, mich jetzt wieder von ihnen verabschieden zu müssen.

Ich hoffe, ihr habt euch mit den beiden genauso wohlgefühlt wie ich.

Auch hier möchte ich wieder die Gelegenheit nutzen, um den zu danken, die das Buch bei der Entstehung und Vollendung begleitet haben.

Harper Johnson: Danke für deine tausend Kommentare.

Mathew Snow: Du bist schon arm dran, du bist all die Seiten lesen, die ich schreibe.

Tiara Blacky Werner und Maria Heine: Danke für eure Unterstützung, eure Mühe und eure Geduld hinsichtlich der Rechtschreibung. Ihr habt mir sehr geholfen.

Auch allen anderen, die dieses Buch vorabgelesen haben und mit mir ihre Begeisterung teilten – Danke! Ich konnte endlich aufhören, an den Fingernägeln zu kauen. Okay, ich kaue immer ein wenig, aber dank euch ist es weniger geworden.

Und natürlich:

Danke an meine lieben LeserInnen.
Ich liebe eure Rezensionen, eure
Nachrichten, auf welchem Wege sie mich auch
erreichen, und eure Wärme!

Eure Allyson

Weitere Bücher von Allyson Snow

Verflixt und zugebissen-Reihe:
- Vampire, Pech und P(f)annen
- Bis dass der Pflock euch scheidet
- Entführungen sind reine Nervensache

(alle Bücher sind in sich abgeschlossen und können voneinander unabhängig gelesen werden)

Einzelromane:
- Diebstahl mit Sockenschuss
- Lapidem Maleficus – Auch Amulette können beleidigt sein
- Geist – ledig, schlecht gelaunt, zu verschenken
- Fledermäuse bleiben nicht zum Frühstück

Kostenlose Kurzgeschichten:
- Forderungen, Umsatzsteuer an (Streck-)bank
- Vom Keks, der auszog, Weihnachten zu überleben
- Will you be my Kacki-Keks?
- Herz über Kobold